나를
일으키는

회복
루틴

나를 일으키는 회복 루틴

운동, 독서, 기록으로 삶의 리듬을 되찾다

초 판 1쇄 2026년 03월 20일

기 획 백작
지은이 강단교, 강화정, 글빛혁수, 배수진, 백현기, 신민진, 쓰꾸미, 연수, 육이일, 윤미경,
        은재롭다, 이연화
펴낸이 류종렬

펴낸곳 미다스북스
본부장 임종익
편집장 이다경, 김가영
디자인 윤가희, 임인영, 윤영빈
책임진행 이예나, 안채원, 김은진, 국소리, 송가희

등록 2001년 3월 21일 제2001-000040호
주소 서울시 마포구 양화로 133 서교타워 711호, 808호
전화 02) 322-7802~3
팩스 02) 6007-1845
블로그 http://blog.naver.com/midasbooks
전자주소 midasbooks@hanmail.net
페이스북 https://www.facebook.com/midasbooks425
인스타그램 https://www.instagram.com/midasbooks

ISBN 979-11-7355-114-7 03810

값 19,000원

미다스북스는 다음세대에게 필요한 지혜와 교양을 생각합니다.

운동, 독서, 기록으로
삶의 리듬을 되찾다

나를 일으키는 회복 루틴

기획 백작

강단교 강화정 글빛혁수 배수진 백현기 신민진
쓰꾸미 연수 육이일 윤미경 은재롭다 이연화

미다스북스

살고 싶어서,
운동하고 읽고 썼다

짠 내 가득한 눈물을 닦는 가장 정직한 방법은, 염분기 가득한 땀 흘리기다.

삶은 예고 없이 멈춰 선다. 잘 닦인 고속도로를 달리던 자동차가 갑자기 굉음을 내며 퍼지듯, 성실하게 쌓아 올린 일상이 무색하게 바닥으로 곤두박질치는 순간은 누구에게나 온다. 여기 모인 열두 명의 작가도 그랬다. 우리는 특별한 영웅이나 고매한 성인군자가 아니다. 그저 어제 당신의 옆자리에서 묵묵히 밥을 먹고, 지하철 손잡이를 잡고 졸던 평범한 이웃들이다.

어떤 이는 강원도 깊은 산속, 눈이 녹지 않는 펜션에 고립되어 청춘을 저당 잡힌 채 노동에 시달렸고, 또 어떤 이는 자폐 진단을 받은 아이를 안고 매일 밤 아파트 난간 앞에 서성였다. 반복된 해고와 교통사고로 몸이 부서진 남자가 있었고, 완벽한 엄마가 되려다 소진 되어버린 여자가 있었다. 허리디스크가 터져 천장만 바라보며 누워있어야 했던 시간, 직장 내 괴롭힘과 관계의 단절로 마음의 문을 걸어 잠근 시간이 있었다.

　이유는 제각각이었으나 결과는 같았다. 멈췄다. 더 이상 나아갈 힘이 없었다. 앞이 보이지 않는 깊은 어둠 속에서 비명을 지르는 대신 침묵했다. 침묵은 포기가 아니라, 앞으로 가겠다는 처절한 몸부림이었다. 물러설 수 없는 끝에서 우리를 구원한 길은 거창한 기적이나 로또 당첨이 아니었다. 신의 계시도 더더욱 아니었다. 그저 몸을 움직이고, 타인의 생각을 읽고, 자신의 마음을 적는 지극히 사소하고 고전적인 행위들이었다.

　무너진 마음을 추스르기 위해 가장 먼저 한 일은 역설적이게도 '생각 멈추기'였다. 우울과 불안은 방 안에 가만히 누워 있을 때 몸집을 불렸다. 꼬리에 꼬리를 무는 부정적인 생각은 해 질 녘 그림자처럼 자라나 주변을 감싸안았다. 그래서 신발을 신었다. 고립된 산속에서 탈출하고 싶었던 여자는 화려한 옷 대신 운동복을 입고 걷기 시작했고, 교통사고로 걷는 것조차 기적이라 불렸던 남자는 매일 밤 20km를 걸어 끝내 100km를 완주했다. 아이를 키우며 자존감을 잃어가던 엄마는 유모차를 밀며 동네 뒷산을 올랐다. 누군가는 세상의 소음이 차단된 물속으로 들어가 오직 거친 호흡 소리만을 들으며 팔을 저었고, 누군가는 헬스장의 차가운 쇳덩이를 들어 올리며 분노와 무기력을 근육으로 맞바꾸었다.

처음에는 고통스러웠다. 10분 걷기가 물속을 걷는 듯 한 걸음 한 걸음이 무거웠고, 굳어버린 관절은 비명을 질렀다. 하지만 멈추지 않았다. 이 결정은 감성적인 위로가 아니라 명백한 과학이었다. 심장이 뛰고 혈액이 돌자 굳어버린 뇌가 깨어났다. 허벅지에 근육이 붙자, 마음 속 물렁뼈도 단단해지기 시작했다. 우울은 수용성이라 물에 씻겨 내려간다는 말은 사실이었다. 땀은 정직했다. 흘린 만큼 몸은 가벼워졌고, 몸이 가벼워지자, 바닥에 붙어있던 시선이 조금씩 위로 향했다. 몸이 변하면 마음은 따라온다는 문장도 지혜였다. 몸을 움직이는 행위는 절대 포기하지 않겠다는 강력한 선언이었다.

몸이 살아나자 비로소 정신이 허기를 느끼기 시작했다. 땀 흘리며 일어섰지만, 어디로 가야 할지 몰라 막막할 때 시선을 밖으로 던져 책이라는 세계에 닿았다. 책을 오해했었다. 육아서 기준에 자신을 맞추며 "나는 왜 부족한 부모인가"를 자책하거나, 성공한 이들의 자기계발서를 보며 패배감에 젖기도 했다. 그러나 무너짐을 경험한 후, 펼친 책은 달랐다. 독서는 현실 도피가 아니다. 오히려 적극적인 현실 돌파구다. 강박에 시달리던 이는 에세이를 읽으며 '완벽하지 않아도 괜찮다'라는 문장에 기대어 숨을 골랐다. 미래가 불안한 이는 고전을 읽으며 수천 년을 관통하는 삶의 지혜를 빌려왔다. 건강을 잃은 이는 몸에 관한 책을 읽으며 질병을 저주가 아닌 관리 대상으로 받아들였다.

활자 속엔 우리보다 먼저 고통받고, 먼저 일어선 수많은 스승이 있었다. 그들 또한 해고당했고, 이혼했고, 아팠고, 실패했다. 하지만 그들은 다시 일어섰다. 페이지를 넘기며 안도했다. "나만 힘든 게 아니었구나.” 내 고통이 인류 보편의 비극임을 깨닫는 순간, 고통은 견딜 만한 것이 되었다. 책은 캄캄한 터널 속에서 통과하는 유일한 손전등이었으며, 시공간을 초월해 만난 연대였다. 책을 빌려 드디어 고립에서 벗어났다.

운동으로 에너지를 얻고 독서로 얻은 지혜를 온전히 내 것으로 붙들어 매는 방법은 '기록'이었다. 기록은 화려한 문장이 아니라 나아가기 위해 사진처럼 한 장면을 찍은 추억이었다. 직장과 육아 사이에서 자아를 잃어버린 이는 새벽 4시에 일어나 순간을 다이어리에 새겼다. 흩어지는 시간을 붙잡아 일상의 주도권을 되찾으려는 의식(ritual)이었다. 걷다가 문득 떠오른 생각을 놓치지 않으려 길가에 멈춰 서서 메모를 남긴 이도 있었고, 병상에 누워 통증의 강도와 그날의 감정을 적어 내려간 이는 기록을 통해 자기 몸을 객관적으로 바라보게 되었다.

기록은 삶을 객관화하는 도구다. 머릿속에서 '포기하고 싶다'라는 생각은 자신을 망가뜨리는 독이 되지만, 종이 위에 '죽고 싶을 만큼 힘들다'고 적으면 그것은 단지 해결해야 할 목표로 바뀐다. 쓰는 순간, 자신의 감정에서 분리된다. 고통받는 피해자가 아니라, 고통을 관찰하는 작가로 바뀐다. 썼다. 엉망진창인 하루도 썼고, 남들이 보면 콧방귀 뀔만한 성취도 썼다. 감사할 일이 없는 날에도 억지로라도 감사할 거리를 찾아 적었다. 쓰지 않으면 사라지지만, 쓰면 자신의 역사가 된다. 투박한 기록이 모이고 모여, 건조한 일상에 매력적인 주인공이 되어 세상 유일한 스토리로 끌고 갈 수 있다.

완벽하길 꿈꾼다. 운동하고, 책 읽고, 글 쓴다고 해서, 주변 모든 문제가 마법처럼 해결되지 않았다. 여전히 넘어지고, 화를 내고, 불안해한다. 아이에게 소리를 지르고 후회하기도 하고, 며칠간 운동을 쉬고 게으름을 피우기도 한다. 하지만 이제는 두렵지 않다. 흔들려도 돌아올 곳이 있기 때문이다. '루틴'이라는 동아줄이다. 흔들릴 때, 고민하는 대신 몸을 움직인다. 운동화를 신고 나가는 현관문 앞이 출발선이다. 마음이 시끄러우면 스마트폰 대신 책을 편다. 활자의 숲을 거닐며 소음을 잠재운다. 하루가 버거울 때 펜을 든다. 오늘의 감정을 털어내고 내일의 다짐을 적는다.

이 책에 담긴 열두 개의 이야기는 정직한 루틴의 기록이다. 성공담이 아니다. 실패하고, 넘어지고, 다시 일어서기를 반복한, 흙투성이의 생존 보고서다. 과정을 통해 배웠다. 회복에는 왕도가 없다. 다만 매일 반복하는 정직한 행동이 있을 뿐이다.

지금, 오늘 하루가 무너져 내렸다고 느끼는가? 도무지 앞이 보이지 않아 주저앉고 싶은가? 그렇다면 당신은 운이 좋다. 진짜 당신을 만날 기회가 왔으니까. 가면이 벗겨지고, 민낯을 마주할 시간이다. 거창한 결심은 필요 없다. 대단한 목표도 버린다. 이불을 걷어차고 일어나기, 현관문을 열고 밖으로 나가기, 책 한 페이지를 넘기기, 그리고 오늘 느낀 감정을 한 줄 적기. 사소한 반복이 당신을 예상치 못한 반전으로 이끌어 줄 것이라 믿는다. 작가가 조연에서 주연으로 바뀌었듯. 혼자서는 힘들지만, 함께라면 가능하다. 이 책이 당신의 러닝메이트가 되었으면 한다. 당신보다 먼저 걸어본 회복이 가득한 길 위에서, 당신을 기다린다. 이제, 당신 차례다.

작가 쓰꾸미

목차

1장

나를 살린 운동과 독서

강단교

마음은 몸을 따라간다

아침이다. 눈이 부셨다. 양손으로 이불을 움켜쥐고 머리끝까지 올렸다. '이대로 시간이 멈추었으면….'

2005년 가을, 엄마를 따라 강원도 산속으로 이사 왔다. 외출했다가 집까지 오려면 울퉁불퉁한 흙길을 지나와야 한다. 비탈길, 낭떠러지, 불쑥 튀어나온 곳, 움푹 팬 곳. 자동차 바닥이 긁히지 않게 이리저리 피하고 조심조심 운전하다 보면 한 시간 남짓 걸린다. 겨울에 눈이 내리면 기본 30cm가 넘게 오는 곳이다. 사륜구동 SUV 자동차에 쇠사슬로 된 체인을 감아야만 겨우 통행할 수 있다. 이런 오지 산골에서 엄마와 함께 펜션과 식당을 운영했다. 겨울, 눈 한 번 오면 녹지 않고 도로 사정도 좋지 않아 안전상의 이유로 12월부터 4월까지는 손님을 받지 않는다. 이때가 휴식기다.

기온이 영하로 떨어지기 전, 사용하던 시설을 살피고 얼지 않게 준비해야 한다. 실내외 화장실, 야외에 설치된 싱크대와 수도, 지하수와 연결된 물탱크, 수도관까지. 일일이 확인하고 얼지 않게 손본다. 매년 겨울 준비를 단단히 했다고 마음을 놓았다가 펌프가 얼고 물 호스에 금이 가서 집이 물바다가 된 적이 한두 번이 아니다. 매년 반복하는 일인데도 이곳의 겨울은 늘 만만히 볼 수 없는 상대다. 강원도 인제 자작나무 숲의 가장 깊은 곳. 이곳이 나의 집이자 일터다.

15년 전, 자작나무 숲이 신문에 소개되면서 방문객이 늘었다. 채소밭에서 일하고 있던 엄마에게 등산객 한 명이 다가와 자신을 트래킹 여행사 대표라고 소개했다. 그는 등산객들의 단체 식사를 해줄 수 있겠냐고 정중히 물었다. 이른 아침부터 숲을 구경하고 우리 집까지 걸어오면 딱 점심시간이 될 것 같다고. 며칠 고민한 끝에 여행사 대표의 제안을 수락했다.

첫 손님은 스물다섯 명이었다. 기왕 식당을 열었으니, 최선을 다하기로 했다. 테이블마다 오가며 반찬이 부족한지 살폈다. 손님이 말하기 전에 먼저 채워주며 드실 수 있을 만큼 마음껏 드시라고 권했다. 입소문이 나자, 경쟁이라도 하듯 예약 전화가 왔다. 봄과 가을은 두 달 전부터 예약이 찼다. 블로그에 직접 찍은 사진을 올리고 자작나무 숲 주차장에서 식당까지 오는 길을 지도에 표시해 설명했다. "먼 길 오시느라 정말 고생 많으셨어요."라는 말을 하루에도 수십 번 반복했다. 그렇게 나의 하루가 채워져 갔다.

손님이 많아질수록 친구들과는 거리가 멀어졌다. 결혼식, 돌잔치 등

　　　　　　　　　　　　　　　　　　　　　나를 일으키는 회복 루틴

경조사 한 번 제대로 챙기지 못했다. 몸이 멀어지니 마음도 뜸해졌다. 잠시 시간이 날 때 휴대전화를 켜면 SNS 속 친구들은 다른 세상에 사는 것 같았다. 한 친구는 파리 에펠탑 앞에서 환하게 웃고 있었고, 다른 친구는 에메랄드빛 바다가 보이는 휴양지에서 칵테일 한 잔의 여유를 만끽하고 있었다.

설거지물이 튀어 축축해진 앞치마, 땀과 음식 냄새가 뒤섞인 내 모습과는 비교조차 할 수 없었다. 공들여 꾸며본 적 언제인지 모른다. 특히 저녁 식사를 위해 숯불 피우고 나면, 옷에 숯검정 묻는 건 다반사였다. 이 지긋지긋한 일상에서 벗어나고 싶었다. 이러지도, 저러지도 못하는 처지에 마음은 바람 빠진 풍선처럼 쪼그라들었다. 친구들에게 이런 내 모습 들킬까 겁났다. 이대로 산속에 숨어지내기로 했다.

2017년 여름. 지인이 친구들과 펜션에 놀러 왔다. 평일이니 시간이 괜찮으면 함께 라벤더 축제에 가자고 했다. 입소문 자자한 곳이라 가보고 싶었다. 마침, 예약 손님도 없어서 자리를 비워도 문제없어 보였다. 얼른 화장하고 옷 갈아입은 뒤 따라나섰다. 차로 삼십 분쯤 달려 축제장에 도착했다. 온 세상이 보랏빛으로 물들어있었다. 차에서 내려 꽃길을 따라 걸었다.

"단교야! 저기 앉아볼래?"

지인이 가리킨 곳은 라벤더꽃 사이에 마련된 하얀색 의자였다. '파란 하늘에 라벤더꽃 양탄자라니! 오늘 인생 사진 하나 건지겠는데!' 흥분된 마음을 누르고 휴대전화를 건네며 의자에 앉았다.

"하나. 둘 셋!"

"언니, 잘 나왔어?"

"그럼! 당연하지."

설레는 마음으로 지인이 내미는 휴대전화를 건네받았다. '헉, 정말? 이게 나라고?' 사진에는 모자 쓴 중년 아줌마 한 명이 떡하니 앉아 있었다. 화장으로도 감출 수 없는 검게 탄 피부. 살 속에 묻혀버린 이목구비. 불쑥 올라온 승모근 덕에 사라진 목. 앞으로 말린 어깨와 굽은 등. 어디 하나 반듯한 곳을 찾을 수 없었다. 미쉐린 타이어의 마스코트를 닮았다. 조금 전까지 한껏 올라가 있던 입꼬리가 아래로 축 늘어졌다. 애써 웃음을 지어 보았지만, 마음은 온통 사진 속 내 모습에 머물렀다.

펜션에 펼쳐진 이불만 봐도 어깨부터 손가락 끝까지 저리고 아팠다. 사람을 만나는 일이니 힘들어도 힘든 티 낼 수 없었다. 열이 39도가 넘는 날에도 움직여야 했다. 손님을 위해 더울 땐 시원하게, 추울 땐 따뜻하게 해주는 것이 내 일이었다. 나 자신을 돌보는 것은 사치였다. 울고 싶어도 웃어야 했다.

그만두고 싶었다. 나를 산속으로 불러들여 고생시키는 엄마를 원망했다. 친구들은 번듯한 직장에 결혼도 하고 저마다의 삶을 잘 꾸려나가고 있었다. 엄마를 돕고 있는 나는 무능한 사람이 된 것 같았다. 서른 중반이 되도록 청소와 주방일 말고는 할 줄 아는 것이 없었다. 내 삶을 스스로 선택하지 못한 자신에게 화가 났다. 수백 번 뛰쳐나가고 싶었지만, 엄마 혼자 이 집을 관리하고 운영할 수 없다는 사실을 누구

     나를 일으키는 회복 루틴

보다 잘 알고 있었다. 빠져나갈 길 없는 현실에 좌절했다. 사소한 일에도 예민해졌고, 화가 치밀어 올랐다. 나와 관련된 모든 상황이 형편없다고 느껴졌다.

까칠함으로 무장한 나를 지켜보던 엄마가 조심스럽게 말을 꺼냈다. 겨울이라도 도시로 나가 살아보면 어떻겠냐고 물었다. 이곳을 잠시 벗어나 숨 고르라는 뜻이었다. 석 달 동안 뭐라도 배우며 지내보라는 말도 덧붙였다. 걱정 섞인 말이라는 걸 알면서도 쉽게 고개를 끄덕이지 못했다. 결국 못 이긴 척 제안을 받아들이고, 며칠을 더 고민하다 가방을 쌌다. 겨울이 시작되던 때였다.

평택에 네 평짜리 방을 얻었다. 옷과 이불, 필요한 집기류를 챙겨 차에 실어 날랐다. 짐 정리를 마치고 누워 천안으로 시집간 친구에게 메시지를 보냈다. 올겨울은 평택에 머물 예정이니 얼굴 한번 보자고.

"야! 너 프로필 사진이 그게 뭐냐! 완전 아줌마네. 살 좀 빼!"

친구의 대답에 손가락이 얼어붙었다. 무슨 말을 어떻게 해야 할지 몰라 망설였다. 나중에 시간 약속 잡자는 말을 남기고 급히 채팅방을 닫았다. 라벤더 축제에서 찍었던, 외면하고 싶었던 내 모습이 머릿속을 스쳤다. 그길로 운동을 시작하기로 결심했다.

이십 대 중반, 두 달 다녔던 요가가 떠올랐다. 첫 운동이어서인지, 체형이 교정되어서인지 살도 빠졌고, 걸음걸이도 반듯해졌던 기억. 바로 '평택 요가'를 검색했고 새로 오픈하는 요가원에 등록했다.

새로운 환경과 배움, 그리고 운동은 지친 삶에 서서히 활력을 불어넣었다. 체력이 좋아지자, 마음에도 공간이 생겼다. 돌이켜보니 나는, 뚱뚱하다는 말에 상처받았던 게 아니었다. 자격지심, 그리고 나 자신과 내 삶을 사랑하지 못했던 마음 때문에 상처받았던 것이다. 몸이 무너지지 않았다면, 마음도 여기까지는 오지 않았을 거라는 생각이 들었다.

이듬해 봄을 맞이하며 다짐했다. 매년 겨울, 배우고 운동하는 삶을 살겠다고. 건강을 되찾는 과정을 통해 몸을 돌보는 일이 곧 마음을 살리는 일이라는 것을 알게 되었다.

삶의 방향을 바꾼 운동과 독서

매일 요가원에 나갔다. 식단 조절도 해 봤지만, 몸무게는 제자리였다. 장을 보고 집으로 돌아오는 길, 전봇대에 붙은 포스터 하나를 발견했다. 잘록한 허리와 탄탄한 근육으로 무장한 여성 피트니스 모델이 눈에 들어왔다. 휴대전화를 꺼내 포스터를 찍었다.

'몸짱' 포스터에는 1:1 개인 수업 회원만 받는다고 적혀있었다. '개인 수업? 비쌀 텐데. 너무 쓸 궁리만 하는 거 아니야?' '아니지, 그동안 죽도록 일했는데 이 정도는 나에게 투자할 수 있지!' 엎치락뒤치락하다가 '에라, 모르겠다!' 고민을 뒤로하고 전화를 걸었다.

그날 저녁, 상담 시간 맞춰 헬스장을 방문했다. 현관문을 열고 들어가 양쪽을 두리번거렸다. 입구에는 근육 갑옷 입은 트레이너들의 사진이 빼곡히 걸려있었다. 직원에게 상담 신청했다고 말하니 상담실로 안내했다. 몸무게와 체성분을 측정했다. 운동을 왜 하려고 하는지 물었다. 살도 빼고 싶고 굽은 어깨와 등도 펴고 싶다고 말했다. 어릴 때부터 다른 사람들보다 무릎이 뒤로 빠져 있어서 이상해 보이는데, 이 부분도 교정하고 싶다고 했다. 결제 후 회원 카드를 작성하자, 앞으로 자신이 나를 담당할 거라고 말하며 전화번호를 건넸다. 오늘부터 먹는 건 모두 사진 찍어 보내라고 당부했다.

요가는 오전에, 헬스 수업은 오후에 받았다. 1:1 수업이 없는 날에는 저녁에 운동하러 갔다. 헬스장은 사람들로 북적였다. 빈 운동기구가 없었다. 러닝머신 위에서 힐끔거리며 주변을 둘러봤다. 헬스 기구에서 땀 흘리며 운동하는 사람들을 보며 나는 언제쯤 저렇게 될 수 있을까 부러웠다.

헬스 다닌 지 한 달쯤 되었을 때, 이제 막 배운 동작을 연습하고 있었다. 등 뒤에서 시선이 느껴져 돌아봤다. 관장님이었다. 인사하니 깜짝 놀라며 체형이 좋아져서 다른 사람인 줄 알았다고 했다. 회원님일 거라는 상상도 못 했다고. 얼떨떨했다. "아…네…." 대충 얼버무리고 돌아앉아 운동하는 척했다. 얼굴이 뜨거워졌다. 두근거렸다. 볼이 터질 듯 입꼬리가 올라갔다.

타지 겨울 살기 3년 차, 코로나19 비상사태가 발생했다. 이것저것 따질 것 없이 방을 비워둔 채, 가장 안전하다고 판단되는 산속 집으로 돌아왔다. 펜션은 봄이 되어도 손님을 받을 수 없었다. 몸은 편해졌지만, 할 일 없어지니 무기력이 고개를 들었다.

네이버 블로그에서 『더 해빙』이라는 책을 소개하는 글을 읽었다. 인생을 풍요롭게 바꿔준다는 말에 호기심이 생겼다. 온라인 독서 모임도 운영한다는 소식에 빈자리가 있을지 모르겠지만 꼭 참여하고 싶다고 댓글을 썼다. '내가 이렇게 적극적인 사람이었던가?' 뭐에 홀린 것 같았다. 독서와는 거리가 먼 삶을 살았던 나였다. 책 한 권이 나를 독서하는 삶으로 이끌었다.

모임은 책 속의 한 문장과 그에 대한 느낀 점, 삶에 적용할 내용을 적어 채팅방에 공유하는 방식으로 진행되었다. 직접 만난 적은 없지만 책을 통해 생각을 나누는 사람들과의 교류는 오랫동안 외톨이였던 내게 심리적 안정을 주었다. 그리고 책을 꾸준히 읽을 수 있는 원동력이 되었다.

독서 모임 이후 저자 특강부터 시작해 독서법, 온라인 도구 사용법, 다이어리 기록법, 사진 편집법 등의 무료 줌 강의를 수강했다. 이전에는 오프라인으로 강의가 진행되었는데, 코로나19를 계기로 인터넷만 연결되면 어디서든 강의를 수강할 수 있는 환경이 만들어졌다. 그 과정에서 초보자를 위한 자기 계발 커뮤니티에도 참여하며 새로운 관계를 형성하고 스승과 멘토를 만나 좋은 인연으로 발전시킬 수 있었다.

자기 계발 모임에서 만난 멤버 세 명과 '나를 사랑하는 첫걸음'이라는 소모임을 만들었다. 건강과 다이어트라는 두 마리 토끼를 잡기 위해 운동과 식단을 공유했지만, 뚜렷한 목표가 없으니 흐트러지는 날이 많아졌다.

"우리 기왕 살 빼기로 했으니, 보디 프로필 촬영에 도전해 보는 건

어때요? 제 버킷리스트예요!"

먼저 용기 내어 제안하자, 다들 한 살이라도 젊을 때 도전해 보자며 마음을 모았다. 4개월 뒤로 촬영 날짜를 확정하고 스튜디오를 예약했다. 첫 두 달은 일하는 중이라 집에서 유튜브 영상 보며 운동하고 식사량을 줄였다. 살은 조금 빠졌지만, 눈에 띄는 변화는 없었다. 전문가의 도움이 절실했다. 결국 헬스장을 찾았다. 트레이너와 상담하며 한 달 반 뒤, 보디 프로필을 찍을 거라고 말했다.

"지금 상태로는 그 날짜에 몸 만드는 게 쉽진 않을 겁니다. 그래도 하는 데까지 해보죠."

딱 봐도 운동이라곤 해본 적 없을 것 같은 사십 대 여자가 한 달 반 만에 체지방 18%의 근육질 몸을 만들겠다니! 시간이 흐른 지금도 트레이너의 흔들리던 눈빛을 잊을 수 없다.

누가 뭐라든 상관없었다. 촬영하는 날, 내가 상상한 모습 그대로 카메라 앞에 서게 될 것을 의심하지 않았다. 두 달간 홈트레이닝을 해왔고 스쾃, 플랭크 등 맨몸 운동은 자신 있었다. 독서와 멘토의 코칭을 통해 나 자신을 사랑하는 방법을 배웠고 매일 거울 앞에서 '할 수 있다.'라고 외치며 스스로 다독이고 응원했다.

추위가 가시지 않은 2월. 두 시간의 강도 높은 근력 운동이 끝나면 노상 주차장의 차 안에서 차가운 도시락을 비우고 다시 헬스장으로 향했다. 시키는 대로 군말 없이 해내는 나를 지켜보던 트레이너도 열정을 보이기 시작했다. 수업이 없는 날에도 함께 운동하며 부족한 부분을 채워주었다. 그는 나의 도전을 진심으로 응원하며 용기를 북돋아

　　　　　　　　　　　　　　　나를 일으키는 회복 루틴

주었고, 기꺼이 든든한 조력자가 되어주었다.

보디 프로필 촬영에 도전한다는 그 과정이 자체가 즐거웠다. 운동 후 먹는 닭가슴살 한 덩이, 브로콜리 두 조각, 탁구공 크기의 고구마가 질리지 않았다. 힘든 운동도 맛없는 식단도 도전 자체를 즐겁게 받아들이니, 내게는 더없이 행복한 여정이었다.

마침내 근거 없어 보였던 믿음이 현실이 되었다. 촬영 당일. 체지방 13%, 몸무게 47kg, 골격근량 23.5kg. 기대 이상이었다. 이 모든 것이 가능했던 건, 그동안 이어왔던 독서를 통한 내면 성장 덕분이라 생각한다.

뇌는 믿는 방향으로 현실을 조율한다. 앞으로 이렇게 될 것이라고 마음속에 그려두면, 그 예측에 가까워지기 위해 신체 반응과 의식, 행동을 바꾸어 나간다. 이를 뇌 과학에서는 '예측 부호화'라 한다. 내가 어떤 예측을 하고, 어떤 믿음을 선택하느냐에 따라 다른 미래를 만들 수 있다. 삶을 바꾸는 힘은 특별한 데서 나오는 것이 아니다. 나 자신을 향한 신뢰에서 비롯된다는 사실을 독서와 운동을 통해 알게 되었다. 믿음은 막연한 낙관이 아니라 오늘의 선택을 바꾸는 힘이다. 내 삶의 방향을 결정하는 것은 외부의 상황이 아닌 나를 향한 믿음이었다.

나를 지키는 힘, 기록

3년 전부터 식당만 운영했다. 식당은 밤에 신경 쓸 일이 없었으니, 일이 수월해질 거라 믿었다. 고심 끝에 대표 메뉴를 수제 떡갈비 정식으로 정했다. 미리 만들어 두었다가 익히기만 하면 되니 시간이 절약되어 테이블 회전이 빨라질 것이라고 예상했다.

여러 방법을 참고해서 나만의 떡갈비 조리법을 정리했다. 떡갈비 만드는 일은 생각보다 쉽지 않았다. 식감을 위해서 두께와 크기가 다른 고기를 준비했다. 다진고기는 칼로 여러 번 밀어 거친 결을 정리해야 한다. 두 종류의 두께로 슬라이스 해 온 고기는 모양을 다르게 썰어야 했다. 한 번에 다루는 고기만 15kg이었다. 채소 손질도 만만치 않았다. 양파와 표고버섯, 파, 마늘 등의 재료는 다지고, 재료별로 볶았다. 손질한 재료를 순서에 따라 넣어 반죽할 때는 온몸을 써야 했다. 반죽을 마치고 나면 진이 빠졌다. 반죽을 떼어 무게를 재고, 양손으로 번갈아

던져 공기를 빼주었다. 한 조각당 서른 번씩 던지는 과정을 반복했다. 이 과정을 허술하게 하면 구울 때 고기가 갈라지고 육즙을 머금지 못해 식감이 거칠었다. 어느 단계 하나 허투루 넘길 수 없었다.

열심히 준비했지만, 손님 입맛에 맞지 않을까 걱정됐다. 테이블 위의 반찬들과 식사하는 표정을 수시로 살폈다. 손님의 대부분은 여행객이었다. 준비한 식사가 여행과 더불어 좋은 추억으로 남길 바랐다. 건강함과 맛, 정성을 모두 담은 음식을 대접하고 싶었다. 사소한 표정의 변화에도 혹시 맛이 없는 건 아닐지 마음이 쓰였다.

다시 찾아온 겨울, 임시 휴업을 계기로 가게가 얼지 않도록 연탄난로를 설치하기로 했다. 천장에 연통을 고정하기 위해 사다리에 올랐다. 연결 부위에 은박 테이프를 감으려고 종이를 벗겨내는 순간, 오른손을 움직일 수 없었다. 등줄기를 타고 식은땀이 흘렀다. 이를 악물었다.

잠시 쉬면 괜찮아질 줄 알았던 통증은 반복되었다. 통증으로 움직이기 힘든 오른손을 대신해 왼손을 사용하니 왼손에도 같은 증상이 나타나기 시작했다. 결국, 병원을 찾았다. 의사는 안 쓰는 것이 최선이며 평생 가지고 가야 할 고질병이라고 말했다. 겁났다. 손 안 움직이고 살 수 없는 노릇이다. 빵을 만들고 쿠키를 굽고 음식하고. 모두 손 사용해야 하는 일뿐이다.

집에 누워 천장 한 번 바라보고 몸을 옆으로 돌려 웅크렸다. 휴대전화로 눈길 돌려 결말이 뻔한 드라마를 틀어놓고 자다 깨다 반복했다. 대부분의 시간을 침대에 누워서 보냈다. 건강 악화는 나를 순식간에

멱살 잡고 다시 어두운 동굴로 끌고 갔다. 대출받아 무리하게 투자한 땅 때문에 늘어난 이자를 매달 갚아나가야 했다. 벌어도 벌어도 늘어나지 않는 통장 잔액. 더군다나 겨울 동안 손님 받을 수 없으니 어떻게 살아야 할지 막막했다.

여느 날처럼 누워 휴대전화를 보던 중 무일푼에서 시작해 70억의 자산을 일궜다는 유근용 작가의 인터뷰를 보게 되었다. 궁금했다. '어떤 사람일까? 어떻게 그 짧은 시간 안에 남들이 부러워할 궤도에 올라설 수 있었을까?' 그의 책을 읽어보기로 했다. 나도 그 사람처럼 하면 상황이 나아질지 모른다는 희망이 생기자, 책이 술술 읽혔다. 그의 성공 습관이라는 '일기 쓰기', '확언하기'를 따라 했다. 아침, 저녁으로 일기를 썼다. 일기 마지막에는 확언 세 문장, 그리고 미래의 날짜를 적고 그날 이루고 싶은 소망을 한 줄 덧붙였다.

'강단교, 너는 무조건 잘될 거야!'

'주변 모든 사람도 무조건 잘될 수밖에 없다!'

'나는 매일매일 모든 면에서 점점 더 나아지고 있다!'

일기를 쓰기 시작하자 침대에 누워 있는 시간이 눈에 띄게 줄었다. 새벽에 일어나 일기를 쓰고 공부하는 루틴도 생겼다. 그전까지는 무기력이 찾아와도 그러려니 방치했지만, 잠들기 전 일기 쓰기를 통해 어제와 다른 새로운 오늘을 맞이할 수 있었다.

내면 성장 프로그램 '빛소영 아웃풋 스쿨'에 참여하던 시절, 흔들릴 때마다 방향을 잡아 주고 끝까지 해보라며 등 밀어주던 빛 코치가 떠올랐다. 용기 내 전화를 걸었다. 무기력했던 시간과 일기 쓰기, 독서를 통해 조금씩 회복해 온 지금의 상태, 그리고 경제적 어려움. 모두 털어 놓았다. 코치는 내면 성장 프로그램에 다시 참여해 보길 권했다. 언니처럼 생각하고, 힘들 때 언제든 연락하라는 말도 덧붙였다. 혼자가 아니라는 생각에 눈물이 쏟아졌다.

코치는 '무드 미터(Mood Meter)'라 불리는 표를 보내주었다. 감정이 색깔로 정리된 표였다. 일기를 쓸 때 맨 위에, 그날의 감정을 표에서 골라 적어보라고 했다. 조언대로 기록을 이어가니 일기장을 넘겨보는 것만으로도 감정의 흐름이 한눈에 들어왔다.

무기력에서 벗어났다고 해서 좋은 상태가 계속 유지되는 것은 아니었다. 감정은 파도가 치듯 계속해서 오르내렸다. 하지만 기록을 통해 감정이 나빠지려는 순간을 알아차리게 되었고, 그 감정 속으로 깊이 빠져들지 않기 위해 노력할 수 있었다. 동굴 속으로 들어가는 나를 그대로 방치하는 일. 더 이상 하지 않았다.

일기와 함께 건강 다이어리를 쓰기 시작했다. 커피를 마신 시간, 튀긴 음식을 먹은 날, 잠든 시각과 깬 시간을 적었다. 기록이 쌓이면서 몸에 나타나는 이상 패턴이 보이기 시작했다. 음식 섭취 직후가 아니라, 이틀쯤 지나 몸이 보내는 신호들이 있었다. 눈에 핏줄이 서고 얼굴과 몸이 붓고 목소리까지 잠기는 때가 종종 있었다. 그 이삼일 전에는 항상 갑각류나 메밀을 먹었다고 적혀있었다. 바로, 지연성 알레르기다. 병원에서 알레르기 검사했을 때 아무 문제 없었다. 다이어리에 무엇을 먹었는지와 몸의 반응을 기록으로 남기면서 내 몸에 맞는 것과 맞지 않는 것을 구분할 수 있었다.

　기록은 나를 이해하고 알아갈 수 있는 가장 빠르고 확실한 길이었다. 기록을 통해 세 가지 변화를 경험할 수 있었다. 첫째, 나를 객관적으로 바라보게 되었다. 둘째, 흔들려도 다시 돌아올 수 있는 기준이 생겼다. 무너지더라도 다시 방향을 잡으며 제자리를 찾기 위해 노력할 수 있었다. 셋째, 매일의 작은 기록이 쌓여 삶의 질을 높여주었다. 식습관과 수면 습관의 기록을 통해 좋지 않은 습관을 바로 잡을 수 있었다. 피해야 할 음식을 알게 되면서 컨디션 관리가 쉬워졌다.

　미국의 사상가 에머슨은 삶은 기록된 만큼 성장한다고 했다. 적어두면 잊지 않는다. 맥없이 흘려보내던 순간을 잡을 수 있다. 기록을 통해 삶을 돌아보고 성찰할 수 있다. 성찰은 실패나 실수의 반복을 줄여주었다. 기록은 습관을 넘어 어제의 나를 이해하고 오늘의 나를 지켜내는 힘이 되었다.

내 몸 사용 설명서

어렸을 때부터 운동과는 거리가 멀었다. 운동회 날이면 달리기 꼴찌는 늘 내 차지였다. 친구들 고무줄놀이할 때면 늘 옆에서 지켜보기만 했다. 롤러 스케이터는 몇 번 휘청거리다가 넘어진 뒤로 다시는 신지 않았다. 무용 시간에는 겨우 기본 점수만 받아 들고 교실로 돌아왔다. 고등학생 때는 친구들과 점심시간마다 줄넘기하자고 약속했지만, 1분도 못 가서 숨이 턱 끝까지 차올랐다. 발목과 종아리의 통증을 견디지 못하고 며칠 만에 때려치웠다.

아프고 회복하기를 반복하며 마흔이 넘어서야 운동 없이는 삶이 제대로 굴러가지 않는다는 걸 알았다. 하지만 시간 없다는 이유로, 꾸준히 이어가지 못했다. 멈추고 나면 다시 시작하기 쉽지 않았다. 몸은 금세 운동하지 않았던 때로 되돌아갔다. 몸은 무거웠고, 익숙하던 동작들조차 할 수 없게 되었다. 다시 시작할 때마다 기초부터 차근차근 하나씩 밟아가야 했다. 급하게 마음먹고 덤비면, 몸이 먼저 거부했다.

그럼에도 이전처럼 쉽게 포기하고 싶지 않았다. 건강 악화와 우울증을 겪으며 한 가지를 분명히 알게 되었기 때문이다. 몸이 무너지면 마음도 함께 무너진다는 것. 마흔둘의 여름. 병원 문을 나서며, 나만의 운동 루틴이 없다면 언제든 다시 무너질 수도 있다는 불안이 엄습했다. 그날 이후, 지속 가능한 나만의 루틴을 하나씩 만들어 오고 있다.

'게으른 완벽주의자'라는 말이 있다. 게으른 완벽주의자란 마음속 기준은 높지만, 그 기준에 스스로 눌려 시작조차 하지 못하는 사람을 말한다. 바로 나였다. 운동하려면 준비운동부터 본 운동, 스트레칭까지 빠짐없이 해야 한다고 믿었다. 그러려면 적어도 한 시간 이상은 확보해야 한다고 생각했다. 그 시간을 내지 못하는 날이면, 운동을 내일로 미루길 반복했다. 완벽에 발목 잡힌 채, 운동하지 않는 날이 점점 늘어갔다. 시간 관리를 못한 나를 자책하고 나무랐다. 해야 하는 일을 하지 않았다는 죄책감이 덤으로 따라붙었다. 돌이켜보면 나에게 '완벽'은 시도조차 막는 장애물이자, 마음을 갉아먹는 벌레였다.

미루고 미뤘던 운동이지만, 일단 시작하고 나면 몸이 풀리며 더 하고 싶은 마음이 생겼다. '해야 하는데'를 종일 곱씹으며 마음속 여기저기 굴러다니던 짐을 '3분 운동'으로 내려놓을 수 있었다. 운동 계획을 매일 3분으로 바꾸고 나니 시작이 쉬워졌다. 운동복을 세트로 갖춰 입고 운동화까지 신어야 운동할 수 있다는 강박도 내려놓게 되었다.

가볍게 3분 운동으로 시작하면 언제 어디서든 운동할 수 있었다. 미루지 않게 되니 자연스레 운동이 습관으로 자리 잡았다. 때로는 짧게, 때로는 길게. 상황에 맞춰 유연하게 시간을 쓰니 부담은 줄고, 운동 횟

수와 시간이 오히려 늘어났다. 미루지 않으니, 자책이 차지하던 자리가 만족으로 채워졌다. 해야 할 일이 아니라 하고 싶은 일이 되었다.

이 경험을 토대로 독서와 강의 듣기, 우쿨렐레 연습 시간도 '시간 단위' 계획에서 '분 단위' 계획으로 바꿨다. 10분 독서, 10분 강의 듣기, 5분 우쿨렐레 연습. 이렇게 짧게 계획하자 부담 없이 시작할 수 있었고, 가벼운 마음으로 시작하니 오히려 집중력은 더 높아졌다.

의지가 약해질 때는 모임에 가입하는 것도 도움이 된다. 25년 6월부터 운동과 글쓰기를 함께하는 '10분 운동 챌린지'에 참여하고 있다. 몸 상태는 어떤지, 서툰 동작과 잘 되는 동작은 무엇인지, 어떻게 개선해 나갈지에 대한 생각과 감정 등을 블로그에 기록하고 있다. 책에서 읽은 내용과 운동을 연결해 보기도 하고, 소소한 일상의 조각들을 끼워 넣기도 한다. 글을 통해 함께 참여하는 회원들과 소통하는 일 또한 습관을 이어가게 만드는 힘이 된다.

운동 기록이 여섯 달째 블로그에 쌓이고 있다. 블로그 제목에 운동을 이어온 횟수를 숫자로 남겼다. 기록이 '100일'에 가까워지자, 100이라는 숫자를 채우고 싶다는 마음에 운동이 더 즐거워졌다. 그 성취감과 즐거움은 자연스럽게 '200일'을 향해 나아가게 했다. 기록은 나를 멈추지 않게 하는 '페이스메이커'였다.

요즘은 집에서 쉽게 좋은 선생님을 만날 수 있다. 게다가 공짜. 바로 유튜브다. 체형 교정부터 물리치료, 요가, 덤벨을 활용한 근력 운동까지 종류도 다양하다. 컨디션과 기분, 내 수준에 맞는 영상을 골라 따라

하기만 하면 된다. 결국 중요한 건, 자신의 상황과 성향에 맞는 운동과 선생님을 고르는 일이다.

나는 왜 이 운동을 해야 하는지 원리를 알려주고 동작을 상세히 설명해 주는 영상을 적극 활용한다. 무작정 따라 하기보다 바른 자세로 제대로 정확하게 근육을 쓰고 싶기 때문이다. 틀어진 몸을 바로 잡으며 목디스크의 통증에서 벗어난 뒤로 '제대로 된 자세'에 더 집착하게 되었다.

근육을 키우고 싶은 욕심에 근력 운동만 고집하다가, 오히려 통증으로 고생한 적이 있다. 그 경험을 통해 운동을 오래 이어가려면 몸을 한 가지 방식으로만 써서는 안 된다는 걸 배웠다. 강약을 조절하고 다양한 움직임으로 균형을 맞춰야 한다. 한 가지 운동에 매달리기보다 여러 가지 운동을 병행하자, 오히려 운동이 즐거워졌다. 몸치였던 내가 하나의 운동을 시작으로 다른 운동까지 도전하게 된 것. 그 자체가 내게는 분명한 성과였고, 성장이었다.

나의 지속 가능한 운동 루틴은 작고, 느리며, 유연하다. 첫째, 3분 운동으로 심리적 문턱을 낮춘다. 시작의 부담을 줄이는 것이 핵심이다. 둘째, 챌린지를 통해 함께 운동한다. 행동과학에서 말하는 '사회적 약속'을 하는 것이다. 책임감이 높아져 운동을 지속할 힘을 기를 수 있다. 셋째는 기록이다. 운동 기록은 소통으로 이어졌고, 소통은 동기부여가 되었다. 쌓인 기록은 성취로 남았고, 성취는 다시 운동을 지속하는 힘이 되었다. 심리학에서는 이렇게 자기 행동과 상태, 성과를 기록하고 관찰하는 행위가 행동 변화를 촉진하는 과정을 '자기 모니터링 효과'라고 부른다. 넷째, 나에게 맞는 선생님과 운동을 선택한다. 이 선택에서 비롯된 자율성은 의무가 아닌 나의 결정이 되어, 강력한 내적 동기로 작동하며 이는 운동을 지속 가능하게 한다. 심리학에서는 이를 '자기결정이론'이라 한다. 다섯째, 여러 가지 운동을 병행하며 강약을 조절한다. 컨디션이 좋은 날에는 근력 운동과 스트레칭, 지친 날에는 요가로 마음의 안정을 찾는다. 기분 전환이 필요한 날에는 신나는 음악과 함께 몸을 움직이는 댄스 운동을 선택한다. 운동생리학에서 이를 '교차 훈련'이라 한다. 이 훈련의 효과는 운동 종류와 강약을 달리하면서 특정 근육의 과사용을 줄이고 피로와 부상 위험을 낮춘다. 다양한 자극은 신체의 적응력을 높여 운동에 대한 흥미와 지속성을 함께 끌어올려 준다.

운동을 잘하는 사람보다 꾸준히 운동하는 사람이 되고 싶다. 기록을 통해 나를 이해하고, 그 안에서 나만의 원동력을 찾는 것이 중요하다고 믿는다. 빠른 성취보다 내 속도를 존중하며 운동을 오랜 친구처럼 곁에 두는 것. 이것이 내가 운동을 대하는 태도다. 오늘도 기록을 통해 몸과 마음에 대한 나만의 '내 몸 사용 설명서'를 써 내려가고 있다.

몸과 마음을 지키는 운동 루틴 만들기

첫째, 3분 운동으로 쉽게 시작한다.

둘째, 의지가 약하다면, 챌린지를 통해 함께 운동한다.

셋째, 기록을 통해 '자기 모니터링 효과'를 활용한다.

넷째, 나에게 맞는 운동과 선생님을 선택한다.

다섯째, 여러 가지 운동을 병행하며 몸의 균형을 맞춘다.

2장

삶을 움직이는 세 가지 도구

강화정

다시 태어나기로 했다

사람들이 말한다. "항상 긍정적이시네요." "정신력이 강하시네요." 그런 말을 들을 때마다 7~8년 전의 내 모습이 떠오른다. 당시의 나는 아침에 일어나지 못했다. 알람을 끄고 다시 눈을 감았다. 팔 한쪽 무게가 10kg은 되는 것 같았다. 오후 2시가 되어도 여전히 파자마 차림이었고, 머리는 사흘째 감지 못했다. 싱크대에는 그릇이 쌓였고 빨래 바구니는 넘쳐흘렀다. 바닥에는 아이 양말 한 짝이 덩그러니 떨어져 있었다. 쌀통을 열다 말았다. 창밖 햇살이 눈부셔 커튼을 쳤다. 저녁 7시, 침대에 누워 천장만 바라봤다. 천장에 얼룩이 보였다. 빗물 자국일지, 벗겨진 페인트일지 멍하니 바라보다 눈을 감으면 그 잔상이 눈꺼풀 뒤에 어른거렸다.

둘째 아이가 자폐 진단을 받던 날, 병원 진료실 의자에 앉아 있었다.

의사가 검사 결과지를 펼쳤다. "자폐성 장애입니다." 손끝이 차가워졌다. "언어 지연이 있고요." 뒤이어 들려오는 소리는 더 이상 귀에 들어오지 않았다. 집으로 돌아오는 차 안, 건널목 앞에 멈춰 섰다. 엄마와 아이가 손을 맞잡고 건너는 모습이 보였다. 아이가 무언가 말하자 엄마가 웃으며 대답했다. 뒤에서 경적이 울렸다. 신호가 초록 불로 바뀌었지만, 발이 브레이크에서 떨어지지 않았다. 아파트 주차장에 도착해 시동을 껐다. 운전대를 잡은 손이 떨렸다. 그렇게 차 안에 한 시간이나 앉아 있었다. 뒷좌석에서 아이는 쥐여준 휴대전화만 바라보고 있었다. 집에 들어가자고 보채지도, 떼를 쓰지도 않았다. 자폐라서 그런 걸까. 종일 저렇게 말 한마디 없이 앉아 있을 수 있는 걸까. 운전대에 이마를 댔다. 사고 없이 집에 왔다는 안도감과 앞날의 막막함이 뒤섞여 눈물이 흘렀다.

거울 속 내 모습이 낯설었다. 머리카락은 기름기로 번들거렸다. 마지막으로 감은 게 언제인지 기억나지 않았다. 밤이 되면 편의점으로 향했다. 맥주 다섯 캔을 샀다. 첫 번째 캔의 쓴맛이 혀를 타고 목구멍까지 내려갔다. 두 번째 캔을 비울 때쯤이면 손끝이 따뜻해졌다. 세 번째, 네 번째 캔을 마시며 눈꺼풀이 무거워지길 기다렸다. 다섯 번째 캔까지 다 비우고 침대에 누우면 천장이 빙글빙글 돌았다. 그제야 잠이 왔다. 아침이면 쓰레기통에 빈 캔들이 나란히 서 있었다. 남편은 봉투를 묶으며 아무 말도 하지 않았고, 나 역시 입을 열지 않았다. 다음 날도, 그다음 날도 편의점으로 향했다. 어느 날 밤, 다섯 캔을 다 마셨는

　　　　　　　　　　　　　　　나를 일으키는 회복 루틴

데도 잠이 오지 않았다. 눈을 감으면 심장 소리만 귓가에서 쿵쿵거렸다. 시계를 보니 새벽 3시였다. 휴대전화 검색창에 한 글자씩 눌렀다. '자. 살.' 글자가 뜨자 "도움이 필요하신가요?"라는 문구가 나타났다. 화면을 껐다. 어둠 속에서 눈물이 뺨을 타고 베개로 스며들었다. 내일 아침에는 눈을 뜨지 않았으면 좋겠다고 생각했다.

우리 집은 21층이었다. 낮에는 거실 창문 너머로 반짝이며 흐르던 강물이 제법 예뻐 보였지만, 밤이 되자 한낮의 생기를 잃어버린 강물은 시커먼 잉크를 풀어놓은 듯 탁하고 무거웠다. 그 끝없는 어둠 속으로 한 걸음만 내디디면 영영 돌아올 수 없을 것 같았다. 창문을 열자 칼날 같은 차가운 바람이 뺨을 때렸다. 난간에 손을 얹었다. 손바닥을 타고 전해지는 쇠붙이의 냉기가 뼛속까지 스며들었다. 한 발을 올리고 아래를 내려다보았다. 바닥은 끝을 알 수 없을 만큼 까마득했다. 저 밑바닥처럼 내 앞날도 영영 빛이 들지 않는 어둠뿐일 것 같았다. 그때 문득 첫째 딸의 얼굴이 떠올랐다. 고작 일곱 살. 유치원 가방을 메고 나가는 첫째 딸의 환한 미소와 "엄마, 이거 예뻐?"하던 목소리가 눈앞을 스쳤다. 나는 비틀거리며 창문을 닫고 걸어 잠갔다.

누웠지만 잠이 오지 않았다. 새벽 5시, 조용히 일어났다. 현관 신발장에서 운동화를 꺼내 천천히 신었다. 가족들이 깰까 조심스럽게 문을 열고 밖으로 나왔다. 공기가 차가웠고 하얀 입김이 흩어졌다. 가로등 불빛 아래 내 그림자가 길게 늘어졌다. 어디로 가야 할지 몰라 그저 걸었다. 한 걸음, 두 걸음 걷다 보니 십자가 불이 켜진 교회가 보였다. 문이 열려 있었고, 마치 나를 향해 두 팔을 벌리고 있는 것만 같았다. 기도실 안으로 들어가 의자에 앉았다. 참았던 눈물이 쏟아졌다. 목구멍에서 신음이 새어 나왔다. "살고 싶어요." 처음으로 입 밖으로 내뱉은 말이었다. "살고 싶어요." 다시 말했다. 더 크게, 더 간절하게. 울고 또 울었다. 썩은 물처럼 고여있던 절망들이 쏟아져 나왔다. 티슈 한 상자를 다 비우고 나서야 울음이 멎었다. 목이 쉬어 있었다. 교회 화장실 세면대에서 찬물로 얼굴을 씻고 정수기 물을 한 컵 마셨다. 차가운 물이 목구멍을 타고 온몸으로 퍼졌다. 마음을 비워낸 만큼 발걸음이 한결 가벼웠다. 어둠이 걷힌 세상은 달라 보였다. 똑같은 거리와 가로등이었지만 모든 것이 선명했다. 나뭇잎이 바람에 흔들리는 모양, 내가 숨을 쉬고 있다는 감각. 들이마시고 내쉬는 숨 속에서 나는 내가 살아 있음을 느꼈다.

집에 돌아오니 가족들은 아직 잠들어 있었다. 거실 창가 책장에 먼지가 쌓인 채 꽂혀 있는 『특수교육학개론』, 『언어장애』, 『특수아동교육』 책들이 눈에 들어왔다. 교사가 된 후 제자들을 더 잘 가르치고 싶어 샀던 책들이다. 나는 특수교사다. 손을 뻗어 책 한 권을 꺼내자 먼지가 날렸다. 책을 펼치니 10년 전 내가 그어놓은 형광펜 줄이 보였다. 활자를 따라 읽어 내려갔다. "자폐 아동은 적절한 중재와 교육을 통해 발달할 수 있다." 가슴이 두근거렸다. 한 문장 한 문장을 읽어 내려갈수록 숨결이 고르게 가라앉았다. 손가락으로 밑줄을 그었다. 손끝에 힘이 실렸다. 내가 배운 지식으로 내 아이를 도울 수 있다는 사실을 깨달았다.

그날부터 매일 책을 읽었다. 아침에 일어나면 커튼을 열어 쏟아지는 햇빛을 맞았다. 창문을 열고 차가운 공기를 마셨다. 아이 손을 잡고 공원을 걸었다. 아이가 내 손을 뿌리치고 뛰면 나도 뛰었다. 아이가 방향을 바꾸면 나도 바꾸고, 아이가 멈추면 나도 멈췄다. 처음에는 산책이라기보다 추격전에 가까웠다. 숨은 거칠어지고 발바닥이 아팠다. 하지만 매일 반복하다 보니 아이의 움직임이 보이기 시작했다. 언제쯤 방향을 틀지, 어느 지점에서 멈출지 조금씩 눈에 들어왔다. 숨이 덜 가빠졌고 어느새 아이의 리듬에 맞춰 움직이고 있었다. 아이의 리듬이 곧 나의 리듬이 되었다.

매일 아이 곁을 걸었다. 바스락, 내가 낙엽을 밟자 아이가 멈춰 섰다. 이번엔 아이가 낙엽을 밟았다. 바스락. 내가 다시 밟았다. 바스락. 아이의 입꼬리가 살짝 올라갔다. 작은 미소였지만 그것으로 충분했다. 아이가 즐거워하는 모습만으로도 나는 행복했다.

저녁을 먹고 아이 손을 잡았다. "나가자." 아파트 놀이터로 내려가 비눗방울을 불었다. 방울들이 가로등 불빛을 받아 반짝이며 날아갔다. 아이가 고개를 들어 시선으로 비눗방울을 쫓았다. "또?" 내가 묻고 기다리자, 아이가 내 손을 잡아당겼다. 다시 비눗방울을 불었다. 어둠 속에서 방울들이 반짝였다.

그날 이후, 나는 더 이상 무력하게 누워있지 않았다. 쓰레기통에 맥주캔이 쌓이는 일도 사라졌다. 냉장고에는 정갈한 반찬이 채워졌고 싱크대는 깨끗해졌다. 기름기로 번들거렸던 머리카락에서는 산뜻한 바람의 향기가 났다. 어느 저녁 식사 시간, 아이가 컵을 가리키며 "물."이라고 했다는 소식을 전하자 남편은 나를 보며 웃었다. 지금도 여전히 어떤 날은 힘이 들고 아침에 일어나기 싫을 때도 있다. 그럴 때면 책을 펴고 아이 손을 잡고 밖으로 나간다. 한 걸음을 내디딘다. 가끔 새벽에 잠이 깨면 창가에 앉아 세상을 본다. 가로등 불빛 하나만으로도 세상은 충분히 반짝인다. 나는 그 가로등 불빛이 되어 아이의 삶을 반짝이게 해주고 싶다.

오늘 나는, 반짝이는 엄마로 살아 있다.

침묵 속에 찾아온 친구들

　평생 곁에 두고 싶은 친구가 둘 있다. 말없이 내 곁을 지켜주고, 힘들 때마다 기꺼이 손을 내밀어준 친구들이다.

　첫 번째 친구는 '책'이다. 중학교 2학년, 여름방학이 끝나고 개학 날 진주에서 부산으로 전학을 왔다. 담임선생님이 내 이름을 칠판에 적으며 새로 온 친구라고 소개했지만, 아이들은 고개를 들지 않았다. 하필 시험 날이었다. 책장 넘기는 소리만이 교실을 가득 채웠다. 나는 조용히 "안녕하세요."라고 인사했지만, 내 목소리는 허공에 흩어졌다. 그 날, 나는 맨 뒷자리에서 시험을 봤다. 낯선 문제지 앞에서 연필을 쥔 손이 떨렸지만, 아는 문제든 모르는 문제든 빈칸을 채우며 묵묵히 답안을 써 내려갔다.

　다음 날, 담임선생님이 "공부 잘하는 친구가 전학을 왔네."라며 다시 나를 소개했다. 그제야 아이들이 나를 흘깃거렸고, 어떤 아이는 미소를 지어 보이기도 했다. 하지만 이미 견고하게 만들어진 무리 속으로 들어가기는 쉬운 일이 아니었다. 하루하루가 유난히 길고 쓸쓸했다. 점심시간엔 도시락을 혼자 먹었고, 쉬는 시간엔 창밖을 바라봤다. 복도에서 운동장에서 뛰노는 아이들의 웃음소리가 창 너머로 멀게만 들렸다.

진주에서의 삶은 달랐다. 늘 반장이었고, 행사 때마다 마이크를 잡았다. 사람들 앞에서 말하는 걸 즐기던 아이였다. 그런데 이곳에선 아무도 나에게 말을 걸지 않았다. 그 낯섦이 유독 견디기 힘들었던 어느 날, 진주 친구들이 보낸 소포가 도착했다. 안에는 교지와 편지가 들어 있었다. '반장, 잘 지내지?', '우리 반은 네가 없어서 허전해.' 나는 그 자리에서 한참을 울었다. 눈물을 닦고 교지를 펼쳤다. 그 안에는 예전의 내가 정성껏 써 내려갔던 나의 글이 실려 있었다. 내가 쓴 문장들을 하나하나 다시 읽어 내려가는 동안, 낯선 곳에서 요동치던 마음이 비로소 차분해졌다. 내 글이 나를 다독이고 있었다.

어느 날 아파트 상가 1층에 도서 대여점이 생겼다. 유리문 너머로 빼곡하게 꽂힌 책등을 본 그날의 설렘은 아직도 또렷하다. 처음 빌린 책은 『셜록 홈스』였다. 안개 낀 런던 거리를 상상하며 읽었다. 마지막 장을 넘기고 나면 마치 내가 사건을 해결한 것처럼 뿌듯했다. 그다음은 『작은 아씨들』이었다. 네 자매 중에서도 나는 '조'를 좋아했다. 책 읽기를 좋아하고 글쓰기를 즐기는 조가 나와 닮았다고 느꼈다. 조가 다락방

　　　　　　　　　　　　　　　나를 일으키는 회복 루틴

에서 글을 쓰는 장면을 읽을 때면, 나도 작가가 된 것만 같았다. 『토지』
는 어려웠다. 모르는 단어도, 등장인물도 많았다. 하지만 포기하지 않
았다. 시대의 격랑 속에서도 땅을 지키는 서희의 의지를 닮고 싶었다.

　책을 한 권 빌려 품에 안고 나오면 기분 좋은 종이 냄새가 났다. 집
에 돌아와 책상에 앉아 첫 장을 펼치는 순간이 가장 좋았다. 새로운 세
계로 떠나는 기분이었다. 책장이 넘어갈수록 외로움은 옅어졌다. 어느
새 나는 책 속 주인공이 되어 런던 거리를 걷고, 미국 시골 마을의 작
은 집에 앉아 있다가, 조선 땅 지주댁 마당에 서 있기도 했다. 밤 10시
가 넘어 엄마가 "불 끄고 자라."라고 하시면, 이불 속으로 책을 가져가
손전등을 켜고 몰래 읽었다. 눈이 아프고 졸렸지만, 결말이 궁금해서
멈출 수가 없었다. 다음 날 수업 시간에 졸기도 했지만 후회하지 않았
다. 나에게 말을 걸어주는 유일한 친구는 바로 책 속 인물들이었다. 그
들은 내가 원할 때 언제든 만날 수 있었다. 그 순간만큼은 교실의 침묵
도, 혼자 먹던 도시락의 쓸쓸함도 잊을 수 있었다. 책은 나의 위로이자
도피처였고, 가장 다정한 친구였다.

　두 번째 친구는 '걷기'였다. 임용시험을 준비하던 시절, 8월에 대학
졸업 후 부산 집으로 돌아왔다. 시험까지는 석 달이 남아 있었다. 하루
대부분을 책상 앞에서 보냈다. 새벽 5시에 일어나 책을 폈고, 자정이
넘어야 눈을 붙였다. 처음 한 달은 집중도 잘 됐고 외운 내용도 머리에
잘 들어왔다. 하지만 두 달째에 접어들자 상황이 달라졌다. 같은 문장

을 서너 번 읽어도 이해가 되지 않았다. 교육학 이론이 머릿속에서 뒤섞였고, 특수교육법 조항들이 눈앞에서 춤을 췄다. 멍하니 허공만 바라보는 시간이 늘어났다.

더는 견딜 수 없어 답답한 가슴을 부여잡고 집을 나섰다. 목적지는 없었다. 그냥 발이 닿는 대로 걸었다. 골목을 지나 큰길로 나오고, 건널목을 건너 모퉁이를 돌았다. 근처 초등학교 운동장에 도착했을 때 운동장은 텅 비어 있었다. 아이들은 이미 하교했고, 석양빛만이 트랙을 비추고 있었다. 나는 트랙 위를 천천히 걷기 시작했다. '이렇게 시간을 낭비해도 되나?', '어서 들어가 공부해야 하는데.' 불안한 생각들이 꼬리를 물고 쫓아왔다. 하지만 계속해서 발을 내디뎠다. 한 바퀴를 돌자 숨이 깊어졌고, 두 바퀴가 지나자 어깨에 들어갔던 힘이 빠졌다. 세 바퀴째에 문득 올려다본 가을 하늘은 높고 맑았다. 책상 앞에서는 한 번도 본 적 없는 풍경이었다. 선선한 가을바람이 귓가를 스쳤고, 발아래 흙먼지의 촉감이 운동화 밑창을 통해 생생하게 전해졌다. 네 바퀴째부터는 중얼거리기 시작했다. "교육학, 특수교육법, 개별화 교육, 통합교육…" 외워야 할 용어들을 입 밖으로 내뱉었다. 신기하게도 걸으면서 외우니 훨씬 잘 외워졌다. 왼발과 오른발을 내딛는 박자에 맞춰 단어들이 리듬을 탔다. 머리로만 외울 때와는 달랐다. 온몸이 그 지식을 기억하기 시작했다. 바퀴 수가 더해갈수록 이마에 땀이 맺히고 숨은 턱 끝까지 차올랐지만, 기분은 오히려 서늘할 정도로 맑아졌다. 몸을 타고 흐르는 땀방울과 함께 마음속에 엉겨 붙어있던 불안들도 씻겨 내려가는 것 같았다.

그날 이후, 나는 매일 오후 5시면 운동장을 찾았다. 비가 오면 우산을 쓰고 빗소리에 발소리를 맞추며 걸었다. 단순하고 반복적인 발걸음은 요동치던 잡념을 잠재웠고, 그 빈자리에 뒤엉켜 있던 교육학 이론들이 선명한 질서를 잡으며 들어앉았다. 운동장 한 바퀴를 돌 때마다 불확실했던 미래에 대한 확신이 조금씩 차올랐다.

사실 나는 대입 재수를 거쳐 특수교육과로 전과한 늦깎이 학생이었다. 동기들보다 세 살이나 많다는 사실은 언제나 나를 조급하게 만들었다. 다른 친구들은 이미 사회에 자리 잡을 나이에 나만 여전히 시험공부나 하고 있다는 생각에 마음이 조마조마했다. '그냥 교직이 아닌 다른 일반 직장으로 취업 추천이 들어왔을 때, 꿈을 접고 현실을 택했어야 했나?' 하는 후회가 불쑥불쑥 고개를 들었다. 졸업 유보까지 하며 마지막 기회라 생각하고 남았는데, 만약 이번 임용시험에 떨어진다면 내 인생은 영영 뒤처질 것만 같아 두려웠다. 그런 생각이 들 때면 걷다가 눈물을 흘리기도 했다. 하지만 책상 앞에서의 눈물과는 달랐다. 걷고 나면 후련했고, 다시 시작할 힘이 생겼다.

시험 당일, 나는 놀랍도록 침착했다. 시험장에 들어서는 순간 운동장의 흙냄새와 가을바람의 시원함, 그리고 발걸음의 리듬이 떠올랐다. 문제를 풀면서도 운동장을 걷는 듯한 마음을 유지했다. 한 문제 한 문제, 한 걸음 한 걸음. 그렇게 끝까지 걸어가 결국 합격했다. 며칠 후 다시 찾은 운동장에서 나는 고마움을 전했다. 걷기는 무거운 마음의 무게를 묵묵히 받아주는 고마운 친구였다.

　　　　　　　　　　　　　　　　2장 삶을 움직이는 세 가지 도구

둘째에게 자폐성 장애가 있다는 말을 들었을 때, 지쳐가는 나에게 다시 오래된 친구들이 찾아왔다. 바로 책과 걷기였다. 모두가 잠든 새벽, 조용히 책을 폈다. 처음엔 문장이 눈에 들어오지 않았지만, 이내 다른 사람의 이야기 속으로 빠져들며 나의 아픔에서 잠시 멀어질 수 있었다. 육아서적과 장애를 다룬 수필을 읽었고, 특히 소설은 나를 현실에서 떼어놓는 귀한 거리감을 선물해주었다.

무기력에서 벗어나기 위해 아파트 단지를 걷기 시작했다. 처음엔 10분도 힘들었지만 매일 거르지 않았다. 걷는 동안 하루가 정돈됐고, 할 수 있는 것과 없는 것이 선명히 구분됐다. 독서는 내 마음의 친구, 걷기는 내 몸의 친구였다. 삶이 버겁고 길을 잃은 순간마다 나는 이 두 친구를 찾는다. 새벽의 고요 속에서 책장을 넘길 때, 운동화 끈을 묶고 한 발 내디딜 때 나는 살아 있음을 느낀다. 두 친구는 지금도 내 곁에서, 언제든 손을 내밀면 잡아 주는 든든한 평생 친구로 머물러 있다.

　　　　　　　　　　　　　　　나를 일으키는 회복 루틴

나를 만나는 고요한 15분

    어릴 적 나는 글쓰기를 좋아하는 아이였다. 초등학교 때 방학 숙제 중 독후감을 가장 먼저 끝냈고, 일기는 하루도 빠뜨리지 않고 썼다. 하루 동안 있었던 일을 하나씩 떠올리며 일기 쓰는 시간이 마냥 즐거웠다. 친구와 다툰 일, 체육 시간에 넘어진 일, 선생님께 들은 칭찬 한마디까지. 문장을 완성할 때마다 마음이 설레었다. 내게 글쓰기는 숙제가 아니라 놀이였다.

    당시 내 꿈은 기자였다. TV 속 기자들이 마이크를 들고 현장을 누비는 모습이 무척 멋져 보였다. 신문에 실린 사설 옆의 필자 사진을 보며 부러워하기도 했다. '얼마나 똑똑해야 신문에 글을 쓸 수 있을까.' 신문을 읽을 때면 기사와 사설을 오려 붙이며 '내가 기자라면 이렇게 썼을 텐데.' 하고 상상하곤 했다. 걸프전이 일어났을 때는 그 소식을 일기에 적었고, 88 올림픽이 열리자 경기 결과와 메달 집계를 기사처럼 정리했다. 세상에서 일어나는 일들을 내 시선으로 다시 쓰는 작업이 참 재미있었다.

　고등학생이 되어 교지 편집부에 들어갔다. 편집부에 있으면 3년 내내 내 글을 교지에 실을 수 있다는 점에 마음이 끌렸다. 실력이 부족할까 걱정했는데 15대 1의 경쟁률을 뚫고 편집부원이 되었다. 그런데 막상 시작한 활동은 직접 쓰는 일보다 남의 글을 고치는 작업이 주를 이루었다. 하지만 그조차 즐거웠다. 글쓴이의 마음을 짐작해 보기도 하고, 마음에 드는 문장은 따로 공책에 옮겨 적었다. 인쇄소에 넘기기 전 마지막 교정지를 확인하던 날의 공기와 냄새를 지금도 기억한다. 특유의 종이 냄새와 잉크 냄새, 그리고 활자로 인쇄된 내 원고를 마주할 때면 심장이 귓가에 들릴 정도로 세차게 뛰었다. 정성껏 준비한 원고 뭉치가 비로소 세상을 향하던 그날의 설렘은 아직도 내 안에 생생히 살아 있다.

　그 무렵 나는 교환 일기도 썼다. 친구와 노트 한 권을 정해 돌아가며 쓰는 방식이었다. 많을 때는 무려 여섯 명과 동시에 교환 일기를 주고받기도 했다. 여섯 권의 일기장을 책상에 쌓아두고 두 시간에 걸쳐 칸을 채우던 날도 있었다. 선생님 이야기, 좋아하는 노래 가사, 짝사랑의 비밀 같은 것들을 빽빽하게 적어 내려갔다. 일기는 친구의 마음을 읽는 통로였다. 서운했던 일이나 시험 뒤의 후련함을 나누다 보면 말보다 더 솔직해지곤 했다. 글씨체만 봐도 친구의 기분이 느껴질 정도였다. 한 권이 다 채워질 때면 마치 직접 책 한 권을 완성한 듯 뿌듯했다. 종이 위에서 문장은 감정이 되고, 감정은 우정이 되었다. 글은 사람을 잇는 힘이 있다고 믿게 된 건 그때부터였다.

하지만 글쓰기가 언제나 달콤했던 것은 아니다. 스무 살 무렵, 글 좀 쓴다는 친구들이 모인 문학 모임에 들어갔다. 서로의 원고를 낭독하고 피드백을 주고받는 자리였다. 첫 모임에서 내 작품을 읽는 순간, 쌓아 온 자신감이 단숨에 무너졌다. 다른 이들의 작품은 생동감이 넘쳤지만 내 것은 한없이 초라해 보였다. 그날의 부끄러움이 깊게 남았던 탓인지 이후로 나는 모임에 나가지 않았고, 한동안 글쓰기와 거리를 두었다.

그래도 좋은 문장을 만나면 메모장에 옮겨 적고, 책에 밑줄을 그으며 혼잣말처럼 되뇌었다. '나도 이런 문장을 쓰고 싶다.' 시간이 흘러 교사가 되고 엄마가 되었다. 학생들과 아이를 돌보다 보면 하루가 순식간에 지나갔다. 밤이 되어 하루를 돌아보려 해도 마땅히 떠오르는 장면이 없었다. '나는 무엇을 생각하며 살아왔을까?' 자문해 보아도 돌아오는 건 공허함뿐이었다.

그러던 중 뜻밖의 기회가 찾아왔다. 십여 년 만에 옛 동료와 같은 학교에서 다시 일하게 된 것이다. 동료를 넘어 친구가 된 그녀는 얼마 전 책을 냈다고 했다. 대단하면서도 한편으론 부러웠다. 그런 그녀가 내게 글쓰기를 권했다. "화정이도 책 쓰면 좋을 텐데." 그 한마디가 오랫동안 잠들어 있던 나의 쓰기 본능을 깨웠다. "나도 쓰고 싶었어." 그 말이 입 밖으로 터져 나온 날 이후, 모든 게 달라졌다. 친구의 소개로 글쓰기 모임에 들어갔고 매일 쓰는 습관을 시작했다. 처음에는 부담 없이 책을 읽은 소감, 교실에서 있었던 일, 운동 루틴, 그날의 감정 등을 가볍게 적었다. 완벽할 필요는 없었다. 중요한 것은 '매일 쓰자'라는 나와의 약속이었다.

처음엔 글 한 편을 완성하는 데 한 시간이 넘게 걸렸다. 하지만 서너 달이 지나자 확연히 달라졌다. 이제는 15분이면 한 편을 거뜬히 마친다. 운동하면 근육이 붙듯, 매일 쓸수록 문장이 자연스럽게 이어지는 필력이 생겼다. 아무리 피곤한 날이어도 일단 책상 앞에 앉아 15분 알람을 맞춘다. 오늘 하루 수집해온 장면들을 하나씩 풀어놓다 보면, 힘겨웠던 시간이 의미 있는 문장으로 태어난다. 짧은 시간이 아쉬울 때도 있었지만, 이제 그 15분은 흩어진 하루를 모아 내 삶의 자산으로 쌓아가는 가장 충실한 시간이 되었다.

매일 쓰기 시작하면서 세상을 보는 눈도 달라졌다. 스쳐 지나가던 풍경들이 소중한 소재로 보이기 시작했다. 창문 너머의 노을빛, 학생이 건넨 다정한 인사, 운동 후 마신 물 한 모금의 시원함까지. 사소한 순간들이 저마다의 빛을 띠었다. '이건 꼭 남겨야겠다.'라는 생각이 들면 마음속에 갈무리해둔다. 나는 이제 무심코 흘러가는 시간을 소비하는 사람이 아니라, 하루를 세밀하게 관찰하고 기록하는 수집가가 되었다.

무엇보다 가장 크게 달라진 건 감정의 정리다. 예전엔 답답한 마음이 생기면 무작정 참았지만, 이제는 문장으로 풀어낸다. 문장으로 옮겨지는 순간 복잡했던 생각들이 실타래 풀리듯 정리된다.

글을 쓰는 동안 나는 비로소 나를 위로하고, 때로는 객관적으로 나를 바라볼 수 있게 되었다. 또한 글은 잊을 뻔한 기억을 붙잡아 준다. 쓰지 않던 시절의 기억은 흐릿하지만, 기록해 둔 시간은 또렷하다. 문장 속에 머물던 당시의 감정과 공기의 냄새까지 생생히 되살아난다.

쓰기 시작한 지 반년이 지난 지금, 나는 공저 한 권을 출간했고 개인 저서의 초고도 완성했다. 머릿속에서만 맴돌던 생각들이 활자가 되어 내 눈앞에 있다. '내가 이렇게 살아왔구나.' 적어두지 않았다면 나는 여전히 바쁜 일상에 묻혀 시간을 흘려보냈을 것이다. 매일 쓰는 15분이 나를 성찰하게 하고 하루를 의미 있게 만든다. 완벽보다 꾸준함이, 결과보다 과정이 중요하다는 것을 글쓰기를 통해 배운다.

글은 나를 더 잘 살게 한다. 내면의 목소리에 귀 기울이게 한다. 매일 같은 시간, 나는 오늘의 나를 만나러 간다. 그 시간 속에서 나는 나를 발견하고, 삶을 다시 발견한다. 글쓰기가 루틴이 되자 나는 매일 더 잘 살고 싶어졌다. 좋은 문장을 만들기 위해서가 아니라, 좋은 하루를 남기기 위해서. 나를 지키는 이 15분의 문장들이 내 삶의 길을 밝혀줄 것을 믿으며, 나는 오늘도 다시 한 줄을 쓴다.

삶의 중심을 잡는 생존 기술

7년이라는 시간은 생각보다 많은 것을 바꾸어 놓았다. 다시 돌아온 일터는 익숙한 듯 낯설었고, 가정과 직장 사이의 높은 문턱을 매일 오르내리다 보니 한때 무엇이든 도전하던 진취적인 기질은 온데간데없이 사라졌다. 대신 그 자리에는 작은 바람에도 사정없이 흔들리는 예민함과 임신했을 때처럼 불룩 솟아오른 배가 남았다. 몸과 마음이 예전 같지 않다는 것을 인정해야만 하는 순간이 온 것이다. 무기력하게 무너질 것인가, 아니면 나를 다시 세울 것인가.

그 갈림길에서 나는 살기 위해 가장 단순하고도 강력한 도구를 집어 들었다. 바로 '루틴'이라는 이름의 생존 기술이다.

나는 두 아이를 키우는 직장인 엄마이자 읽고 쓰기를 좋아하는 사람이다. 운동이 필요한 줄 알면서도 좀처럼 시간을 내지 못하는 나와 같은 사람들에게, 루틴은 매일 무엇을 할지 고민하는 에너지를 획기적으로 아껴준다. '오늘은 뭐부터 할까?' 갈팡질팡하는 대신 정해진 흐름대로 움직이면 그뿐이다. 그렇게 아낀 에너지로 아이들과의 대화, 업무에서의 집중, 나를 채우는 시간에 온전히 쏟을 수 있다. 루틴은 내가 나를 지키는 가장 확실한 수단이다.

나의 출근 전 루틴은 세 단계로 나뉜다. 첫째, 새벽에 깨어 나만의 시간을 확보한다. 5시 30분에서 6시 사이에 일어난다. 저녁은 늘 새로운 변수가 생기지만, 새벽은 온전히 나의 의지로 세팅할 수 있는 유일한 시간이다. 알람이 울리면 무거운 몸을 일으켜 가장 먼저 창문을 연다. 어슴푸레한 안개를 뚫고 들어오는 차가운 공기가 얼굴을 스치면 정신이 맑게 깨어난다. 깊게 들이마신 숨이 가슴 깊숙이 닿을 때 오늘 하루가 다시 시작되었음을, 내가 살아 있음을 온몸으로 느낀다.

둘째, 신문을 읽으며 세상의 흐름을 파악한다. 노트북을 켜고 머리기사와 경제 뉴스를 훑으며 기사 속 작은 단서들을 글쓰기와 투자의 지표로 삼는다. 단순히 정보를 읽는 데 그치지 않고, 복잡한 지표들 사이에서 오늘의 내가 해야 할 일들을 골라낸다. 중요한 기사를 채팅방에 공유하며 사람들과 의견을 나누다 보면, 나 홀로 고립되어 있던 섬에서 세상이라는 넓은 바다로 연결되는 기분이 든다. 이 과정은 막연한 불안을 지식으로 바꾸는 나만의 공부 시간이다.

셋째, 캡슐커피를 내려 '북모닝' 독서로 하루를 시작한다. 따뜻한 커피 향이 집 안을 채우면, 줌 화면 속 친구들과 마주한다. 각자의 공간

에 있지만 같은 시간에 책을 읽는다는 동질감은 혼자서는 느낄 수 없
는 강력한 동력이 된다. 이 몰입의 시간은 어띠한 외부의 소음에도 흔
들리지 않도록 단단하게 마음의 중심을 잡아준다.

　퇴근 후에는 산책과 글쓰기로 하루를 마무리한다.
　먼저, 아이와 함께 산책하며 몸의 피로를 털어낸다. 사실 헬스장이
나 필라테스는 꿈도 꾸기 어려웠다. 시간을 내어 어딘가로 가야 하고,
꾸준히 비용을 들여야 하는 운동은 아이를 돌봐야 하는 나에게 늘 뒷
전이었다. 혼자만의 시간을 내기 힘든 형편에서 운동은 멀게만 느껴졌
다. 하지만 이대로 무너질 수는 없었다. 고민 끝에 찾은 방법은 아이의
손을 맞잡고 함께 하는 것이었다. 나 혼자만의 운동 시간은 가질 수 없
어도, 아이와 함께 걷는 시간은 루틴으로 만들 수 있었다.

　매일 저녁 7시, 아이 손을 잡고 아파트 산책길로 나선다. 처음 5분은
천천히 걸으며 굳어 있던 몸의 감각을 깨운다. 이어지는 20분은 보폭
을 넓혀 빠르게 걷는 데 집중한다. 내 속도에 아이가 발을 맞추고, 아
이의 호흡에 내가 몸을 싣는다. 우리는 말 대신 발바닥으로 전해지는
울림으로 대화한다. 한 걸음씩 힘차게 내디딜 때마다 연약했던 몸과
마음에 삶의 무게를 버텨낼 단단한 힘이 쌓이는 것을 느낀다. 마지막 5
분은 다시 숨을 고르며 집까지 계단을 하나씩 밟아 올라간다. 이 시간
은 단순히 열량을 태우는 운동이 아니다. 일터의 피로를 씻어내고 다
시 '엄마'의 자리로 돌아가는 나만의 의식이다. 나란히 걷던 발걸음 소

리에 날카로웠던 신경이 둥글게 깎여나가고, 우리 사이에는 어느덧 기분 좋은 온기만 남는다.

마지막으로, 글쓰기를 통해 하루의 감정을 정돈한다. 자기 전 다시 노트북 앞에 앉아 타자 소리만 또각거리는 정적 속으로 들어간다. 눈이 감길 듯 피곤한 날에도 키보드를 두드리는 순간, 일터와 가정에서 애써 모른 척했던 서툴고 흔들리는 진짜 나를 대면한다. 왜 힘들었는지, 무엇이 버거웠는지 문장으로 적다 보면 가슴 속 응어리들이 신기하게도 조금씩 풀려나간다. 그렇게 한 편의 글을 마침표로 찍고 나서야 비로소 나의 긴 하루는 평온하게 저물어 간다.

주말에는 조금 더 여유롭고 깊은 루틴이 기다린다. 바로 가족들과 부산의 갈맷길을 걷는 것이다. 갈맷길은 부산의 해안선과 강변, 숲길을 촘촘하게 엮어 만든 총 9개 코스의 도보 여행길이다. 바다를 곁에 두고 걷다가도 어느새 깊은 산의 품에 안길 수 있는 이 길은, 도시와 자연이 공존하는 부산만의 독특한 생명력을 품고 있다. 바다와 산, 숲길이 어우러진 갈맷길을 걷는 시간은 우리 가족이 세상 속에서 서로를 지탱하며 나아가는 소중한 루틴이다.

특히 동백섬에서 민락교까지 이어지는 코스는 나에게 각별하다. 해안 절벽을 따라 조성된 나무 데크를 걷다 보면 끝없이 펼쳐진 수평선이 막혔던 가슴을 시원하게 열어준다. 아이가 발걸음을 늦추면 나는 초조해하는 대신 아이의 속도에 맞춰 호흡을 조율하며 그 작은 손의 따스함을 느낀다. 광안리 해변에서 모래의 감촉과 바닷바람에 즐거워하는 아이를 보며, 나는 이 길이 단순한 관광 코스가 아니라 서로의 존재를 확인하고 성취감을 공유하는 '동행의 길'임을 깨닫는다.

완주를 알리는 스탬프를 찍거나 목적지에 도착해 가쁜 숨을 몰아쉴 때, 우리는 말로 다 할 수 없는 끈끈한 유대감을 공유한다. 이 길 위에서 아이는 세상을 배우고, 나는 아이를 기다리는 법을 배우며 우리 가족만의 역사를 한 걸음씩 새겨나간다.

바다 위로 반짝이는 햇살을 보며 나는 다시금 확신한다. 루틴은 단순히 반복되는 일상이 아니라, 삶의 파도를 견디게 하는 생존 기술이자 나를 일으키는 힘이라는 것을.

매일 아침 커튼을 열며 나는 다시 다짐한다. '오늘도 힘껏 살아보자.' 읽기, 걷기, 쓰기.

이 세 가지 발걸음이 내 삶의 길을 환히 밝혀줄 것을 믿기에, 나는 오늘도 기꺼이 나만의 루틴 속으로 걸어 들어간다.

삶의 중심을 잡는 생존 기술

첫째, 새벽 5시 반 오롯이 나에게 집중하는 시간을 확보한다.

둘째, 신문을 읽으며 세상의 흐름을 살피고 시야를 넓힌다.

셋째, '북모닝' 독서로 하루를 시작할 마음의 근력을 키운다.

넷째, 아이와 함께 뛰고 걸으며 정직한 몸의 감각을 깨운다.

다섯째, 자기 전 15분 글쓰기로 흩어진 마음의 결을 정돈한다.

3장

움직이면
길이 생긴다

글빛혁수

나는 이미 강하다

권고사직을 3년 동안 세 번 당했다. 마지막 권고사직은 2025년 9월 1일이었다.

그 후로 한 달 넘게 정신을 놓고 살았다. 뭐가 잘못된 거지? 뭐가 문제지? 답은 알고 있었다. 하지만 입김에 뿌예진 유리처럼 흐리기만 했다. 아무 의욕도 생기지 않았다. 자이언트 북 컨설팅에서 글쓰기, 책 쓰기 수업을 들은 지 2년째다. 수업 듣는 거 말고는 아무것도 하지 않았다. 직장을 구할 생각만 할 뿐, 몸은 움직이지 않았다.

10년 전 걷기로 몸을 살린 기억이 떠올랐다. 바로 짐을 챙겨 떠났다. 일단 고향인 대구로 가자. 여행 일정 같은 건 생각하지 않았다. 걸으면서 생각하기로 했다.

2020년 4월, 간호조무사 자격증을 따고 요양병원에 첫 취업을 했다.

살면서 처음으로 적성에 맞는 일이었다. 평생직장이라고 생각했다. 월급도 몇 달씩 밀렸지만 좋아질 거라 믿었다. 결국 3년이 안 돼 병원은 파산하고 말았다.

그 뒤로 들어가는 곳마다 잘렸다. 열심히 하려는 마음만 앞서선가. 자꾸 실수했다. 대학병원 병동 보조로 일할 때였다. 빨리 움직여야 한다는 생각에 서두르다가 고가의 약품을 파손했다. 그 일로 더 이상 함께하기 어렵다는 말을 들었다.

그 후로 어머니가 계시는 광주광역시로 내려와 요양원에 간호조무사로 취업했다. 환자들에게 약 나눠주고 드레싱 하는 일에 익숙하지 않았다. 첫 병원에서는 주로 환자 이송과 간호 보조를 주 업무로 했었다. 요양원에 늦게까지 남아서 일하기도 했지만 따라가기 힘들었다. 결국 권고사직으로 나가게 되었다. 시작한 지 8개월 만이었다.

답답해서 여행이라도 떠나려던 참에 지원한 요양병원에서 연락이 왔다. 면접 보고 다음 날부터 일했다.

주로 간호과나 병동 물품을 수령하고 환자 이송하느라 바쁘게 움직였다. 지금까지 일했던 병원 중 가장 힘들었다. 그래도 직원들과 잘 지냈고 조금씩 적응했다. 이번에는 오래 다녀야지, 마음을 다져 먹었다. 간호조무사로 입사했지만 실제로는 요양보호사가 하는 일을 했다. 군말 없이 했다. 늘 봐왔던 일이라 일하는 데 문제는 없었다. 일주일 만에 허리를 삐끗했지만, 며칠 쉬고 복귀했다. 진짜 문제는 두 달 뒤에 터졌다.

　　　　　　　　　　　　　　　　　　　　나를 일으키는 회복 루틴

2025년 9월 1일, 퇴근하고 동네 한 바퀴를 걸었다. 피곤했지만 빨리 걸으면 오히려 몸이 풀리는 느낌이었다. 땀도 좀 흘리고 오늘도 운동했구나, 생각하며 집 앞에 왔을 때였다. 갑자기 앞으로 푹 고꾸라지고 말았다. 맨홀이 움푹 들어가 있었다. 왼쪽 무릎과 팔꿈치가 아스팔트에 긁혀 붉게 피가 맺혔다. 움직이지 못할 정도로 심하진 않았지만 출근해서 일하긴 힘들 것 같았다.

다음 날 출근은 했지만 일하기에는 버거웠다. 어쩔 수 없이 팀장에게 사정을 설명하고 며칠 쉬겠다고 말했다. 대번 팀장 얼굴이 굳어졌다. 간호부장에게 가니 "자꾸 이런 일이 생겨서 신뢰가 안 생긴다."라고 말했다. 그 자리에서 사직서를 썼다. 내가 일하는 파트는 남자 근무자가 없으면 다른 사람들이 많이 힘들어진다. 대체 인력도 없었다. 아무 준비도 안 된 상태로 병원을 나왔다. 나 자신이 한심하게만 느껴졌다.

한 달 동안 아무것도 할 수 없었다. 직장 구할 생각도, 운동할 생각도 나지 않았다. 몸은 멈춰 있었고, 마음도 같이 주저앉아 있었다. 천천히 뛰어봤지만 무릎이 아파서 걸을 수밖에 없었다. 노트북 앞에 앉아 시간 만 때웠다. 9월부터 10월 중순까지 앉아만 있었다. 오른쪽 종아리에 하지정맥류가 다시 생겼다. 엉덩이 땀띠도 가시지 않았다.

원래 나는 걷는 걸 싫어했다. 무조건 자전거를 타고 다녔다. 자전거 타고 일주일에 두세 번 왕복 60km 출퇴근도 했고, 제주하이킹도 여섯 번, 2011년 유월에는 자전거로 전국 일주도 다녀왔다.

'시간 아깝게 왜 걸어? 걷는 건 그냥 걷는 거잖아. 그게 운동이 되나?' 자전거가 재미도 있고 운동도 되는 거라 생각했다.

2015년 8월 새벽 2시에 교통사고를 당했다. 택시가 자전거를 타고 횡단보도를 건너는 나를 날려버렸다. 의사도 내가 살지 못 살지 장담 못 했지만, 결국 살아났다.

3, 4개월 동안 재활치료를 했다. 다행히 조금씩 걸을 수 있게 됐다. 2016년 4월, 원주 국제걷기대회에 나갔다. 나를 시험하고 싶었다. 지인들은 5km나 10km를 권했지만 나는 20km에 도전했다. 제한 시간 5분을 남기고 5시간 25분 만에 들어올 수 있었다. 나 자신도 성공하지 못할 줄 알았다. 역시 도전하길 잘했다는 생각이 들었다.

그때부터 걷기 시작했다. 밤 12시에 집에 들어와도 밖에 나가 한두 시간은 걸었다. 처음엔 살기 위해 걸었다. 할 수 있는 운동이 걷기밖에 없었다. 걷다 보니 좋았다. 내가 걸을 수 있다는 게 그렇게 좋을 수 없었다. 자전거로 쌩 지나쳤던 풍경이 눈에 들어왔다. 걷기로 살아났다.

그 후로 걷기 연습을 꾸준히 했다. 2019년에는 24시간 동안 100km를 걷는 대회까지 참가해서 성공했다.

교통사고로 죽다가 살아났다. 제대로 일어서기도 힘들었다. 몇 달 동안의 재활 끝에, 걷기대회까지 나갔다. 나는 누구보다 나를 이겨내본 경험이 있구나. 권고사직 좀 당했기로서니, 무슨 문제냐 싶었다. 세

    나를 일으키는 회복 루틴

번 아니라 삼십 번이라도 나에게 맞는 곳을 찾으면 될 것이다. 이렇게 글을 쓰고 보니 내가 나를 많이 봐준 것 같다.

걷지 못했을 때는, 제발 편하게 걷기만 해도 소원이 없겠다는 생각뿐이었다.

그때의 기억을 발판 삼아 자신감을 얻기 위해 다시 걷기대회에 참가했다. 원주 걷기대회 20km에 참가해서 4시간 2분에 들어왔다. 10년 전과 같은 코스였지만 한 시간 이상 빨리 들어왔다. 그때는 정해진 시간인 5시간 반 안에 들어올 수 있을지도 알 수 없었다. 이번엔 달랐다. 나는 달라져 있었다. 이미 강해져 있었다. 강하다는 건 멈추지 않는 것 아닐까. 걷기뿐만 아니라 하고자 하는 일을 끝까지 하는 것 아닐까.

그 책은 나를 보고 걸으라 하네

『공복워킹』이라는 책이 있다. 처음 본 건 2016년 4월 원주 국제 걷기 대회에 참가하고 나서다. 건강에 도움 되는 책이 있을까 해서 도서관을 뒤지다 찾은 책이다. 2015년 8월에 당한 교통사고 이후 내 몸에 관심을 가지고 건강 챙겨야겠다는 생각이 들었다. 마냥 시간이 지나기만 기다리고 있을 수는 없었다.

공복워킹? 배고픈데 어떻게 걸어? 제목을 보자마자 이런 생각이 먼저 들었다. 내용을 보니 아예 안 먹는 건 아니었다. 사과 당근 주스나, 생강에 홍차를 타 마시라고 했다. 거기에 꿀을 타 마셔도 좋고. 그런데 그럼 공복이 아닌데? 작가가 누구야. 이시하라 유미. 도대체 먹으라는 거야 말라는 거야.

궁금해서 보기 시작했다. 그러니까, 아침은 웬만하면 쌀밥을 챙겨 먹지 말고 간단히 허기를 느끼지 않을 정도면 충분하다는 것이다. 그래도 점심까지 지내는 데 문제없다고 했다. 물론 육체적으로 힘을 많이 써서 아침을 든든하게 밥으로 챙겨 먹어야 하는 사람도 있다. 그런 사람 말고는 굳이 그렇게 먹지 말라는 것이다. 대신 사과 당근을 그냥 먹던가 갈아서 마시라고 했다. 먹고 나면 허기가 많이 가라앉았다. 나중에는 생강과 홍차가 몸에 맞지 않아 꿀물만 아침에 한 잔씩 마셨다. 그것만으로도 신기하게 점심때까지 허기가 느껴지지 않았다.

책에 보면, 요즘 사람들은 생활 습관이 저녁을 먹고도 밤에 뭔가를 먹는 사람들이 많다. 그렇게 늦게 먹은 음식이 밤새 소화되고 아침에 또 밥을 먹어버리면 몸속의 장기들은 쉴 틈이 없다는 것이다. 서양 사람들은 아침을 브레이크 퍼스트라고 하는데, '밤의 금식을 깨고 아침에 먹는 첫 끼'라는 뜻이다. 그렇지만 책에서는 브레이크를 멈춤, 그러니까 아침 첫 끼를 멈추라—아침을 먹지 말라는 뜻으로 봤다. 그 글을 읽고 공감이 됐다. 나만 해도 아침에 밥을 먹고 싶지 않았다. 아침은 꼭 먹어야 한다는 부모님과 사람들의 이야기를 들어서 먹었던 것뿐이다. 아침을 꼭 먹어야 하는 사람도 있지만 나처럼 안 먹어야 속이 편한 사람도 있다.

책을 보고 그대로 해본 건 처음이었다. 나는 호기심이 많지만, 책을 따라 해볼 생각은 하지 않고 살았다. 각 장마다 한두 장으로 내용이 짧고 간단했다. 읽기도 편했고 실천 사항도 거창하지 않아 따라 하기 편했다. 매일 하다 보니 어느새 습관이 되었다. 내 몸을 위해 이렇게 뭔가를 한다는 건 예전에는 없던 일이었다.

그중에 인상 깊은 문장을 세 가지로 요약할 수 있었다. 첫째, 아침을 안 먹는 사람은 병에 잘 안 걸린다. 아침을 안 먹으면 안 된다는 말도 많지만 중요한 건 생활 습관이었다. 야식 많이 하는 요즘 사람들처럼 나도 자기 전에 이것저것 먹을 때가 있다. 그걸 절제하지 못한다면 아침은 먹지 말아야 한다. 먹고 싶은 생각도 들지 않을 때 많다. 10대, 20대 젊은 사람은 또 모르지만, 나처럼 50대 중년의 나이를 넘어가고 있는 사람은 더 그렇다. 둘째, '공복'이 면역력을 강화한다. 고혈압, 심근경색, 뇌경색도 예방할 수 있다고 나온다. 셋째, '공복워킹'이면 의사가 필요 없다. 노화는 다리에서 시작된다. 그래서 걷기가 중요하다고 했다. 뒤로 걷기와 옆으로 걷기도 이 책을 보고 알게 됐다.

내 몸은 내가 챙기자. 이 책을 보고 식습관을 바꾸면서 걷기 시작했다. 허기를 면한 가벼운 공복으로 걸으면 면역력부터 혈액순환까지 몸을 살리는 수많은 효과가 나타났다.

처음으로 책의 힘을 느꼈다. 인생관까지 바뀌었다. 안다는 건, 내가 해보고 느껴봐야 진짜 안다고 말할 수 있다. 내가 원하는 걸 얻을 수 있는 방법은 직접 해보는 것이다. 그래야 사람들에게 말해도 받아들여질 확률이 높다.『공복워킹』그 책 한 권으로 생활 습관을 바꾸어 내 몸을 내가 원하는 모습, 아니 나도 몰랐던 모습으로 바꿀 수 있었다.

2015년의 사고 후, 입원과 재활을 거치면서 1년 동안 60kg에서 73kg이 됐다. 내 몸이 아닌 것 같았다. 걸을 수 있게 되고부터 계속 걸었다. 걸으며 생활 습관을 바꾸니 몸무게도 내 몸에 맞게 돌아왔다.

걸으면 좋은 게 또 있다. '문득'이라는 친구가 어느새 나와 같이 걷고 있다. 문득 기발한 생각이 떠오를 때가 종종 있다. 재밌는 표현이나 기억하고 싶은 말이 풍선 모양으로 머리 위에서 동그랗게 솟아오른다. 그러면 잊어먹을까, 날름 메모한다.

일할 때 말고는 말을 거의 안 하고 살았다. 혼자 살면서 주절주절 말한다는 것도 우습고, 생각도 멈출 때가 많았다. 몸과 마음이 가라앉는 시간이었다. 그런데 걷기 시작하고부터 머릿속에서 또 다른 내가 말을 건다. 음… 이렇게 말하니까 좀 섬찟하기도 하지만, 좋은 섬찟이다.

처음 오래 걸었던 날이 생각난다. 2016년 초, 걷기대회 참가하기 전이었다. 막 몸이 회복되기 시작해서 얼마나 걸을 수 있는지 시험해 보고 싶었다. 경기도 오산에서 수원까지 걸어가 보기로 했다. 병점까지는 천천히 걸어서 어떻게든 갔지만 너무 어지러워 더는 걸을 수 없었다. 병점 홈플러스 야외 벤치에 쓰러지듯 드러누워서 생각했다.

'나도 편하게 걸을 수 있을까. 남들처럼 30분이라도 맑은 정신으로 걸을 수 있으면 좋겠네.'

그런 생각하다가 버스 타고 집으로 돌아왔다.

지금은 원 없이 걷는다. 24시간 동안 100km를 걷는 대회도 5번 참가해서 3번 완보했다. 제주도 250km, 비교적 짧은 새만금 66km 걷기대회도 참가했다.

　　　　　　　　　　　　　　　　　3장 움직이면 길이 생긴다

『공복워킹』이라는 책 한 권 때문에 내가 다시 살아났다고 말하기는 어려울지 모른다. 하지만 때로는 책 한 권이 살 수 있는 길을 보여주기도 한다는 걸 알았다. 만약 내가 이 책을 만나지 못했다면? 아니면 보기만 하고 실행하지 않았다면 어땠을까. 나는 아직도 상처의 기억에서 벗어나지 못하고 있을지도 모른다. 더 나빠지지 않기만을 바라며 하루하루를 보냈을 수도 있고.

『공복워킹』을 만난 지도 벌써 10년이 지났다. 지금도 내 책상 옆 책장에서 가장 잘 보이는 곳에 꽂아두고 있다. 매일 꺼내 보지는 못하지만, 제목이라도 보면 힘들었던 그때의 내가 떠오른다.

그 책은 언제나 나를 보고 걸으라 한다.

나만의 시간 속으로

나는 주머니에 항상 작은 노트가 있다. 그 노트를 쓰든 안 쓰든 가지고 다니는 게 습관이 됐다. 스마트 폰이 없던 시절에는 펜과 수첩을 가지고 다녔다. 지금도 옷을 살 때는 주머니가 많은 걸 산다. 어쩌다 노트가 없을 때는 손바닥이나 팔에 적기도 한다. 지금은 스마트 폰 메모 어플에 녹음을 많이 한다. 굳이 서서 노트 위에 글을 쓰지 않아도 된다. 물론 종이와 펜이라는 감성이 있어 곧잘 볼펜을 누르기도 한다.

녹음하면 바로 글자로 바뀌는 기능이 스마트 폰에 있다. 녹음하면 글자로 바뀌니 많이 기록할 수 있다. 스마트 폰에 목소리로 메모할 때는 주로 걷거나 뛸 때다. 주로 걸으면서 한다. 걸으면 막혀있던 생각이 뚫린다. 묶여있던 문제가 아무것도 아닌 것처럼 풀리기도 한다.

퇴근하고 집까지 걸어가고 있는데 병동 팀장에게서 전화가 왔다. 차분한 목소리지만 한숨 속에 짜증이 섞여 있었다.

"왜 문 잠그지 않았어요? 그건 혁수 씨가 할 일이잖아요."

아차, 싶었다. 물품 보관실 문을 퇴근할 때 잠가야 하는데 깜빡했다. 문을 잠그지 않으면 어르신이 들어가 사고가 날 수 있다. 나는 걷다가 멈추고 다시 돌아가서 잠그겠다고 말했다. 팀장은 "오늘은 내가 잠글게요." 하며 전화를 끊었다.

다시 가던 길을 갔다. 걷는 내내 마음이 찜찜했다. 나 자신이 한심하게 느껴졌다. 그냥 잠그면 될 일을 퇴근하는 사람한테 전화해서 말해야 했나, 하는 생각까지 들었다.

빠르게 걷다 보니 마음이 풀렸다. 땅바닥에 화풀이라도 하듯이 팍팍 빡세게 걸었다. 그럴 땐 힘이 뻗쳐서 뛰듯이 빨리 걸어도 힘들지 않다. 몸이 날아간다. 생각해 보니 전화해 줘서 고마웠다. 내일 출근해서 그런 말 들었다면 종일 기분 안 좋게 일했을 수도 있다. 사실 이렇게 잊어먹은 일이 한두 번 있었다. 메모장에 알람을 걸어 놓기도 했다. 오늘도 알람 메모장이 울려서 확인했다. 나갈 때 잠그자, 했는데 순간 돌아서서 다른 일 한 사이 잊어먹고 말았다.

다시 팔에다 적기 시작했다. 일부러 살이 아프게 적는다. 손바닥에 적으면 잘 지워지고 손등에 적으면 보기 안 좋아서 팔뚝 안쪽에 쓴다. 한계는 있다. 팔뚝 한정된 면에 다 쓸 수는 없다. 집에 가면 꼭 그날 쓴

　　　　　　　　　　　　나를 일으키는 회복 루틴

메모를 모아 일기를 쓴다. 비슷한 내용으로 블로그도 쓴다. 밤에도 쓰고 아침에도 매일 아침 독서 모임이 있어 메모한 것, 기억해야 할 일을 쓴다. 특히 밤에 잘 때 누워 있으면 생각나는 단상들이 많다. 처음엔 침실 밖으로 나가 불을 켜고 노트에 적었다. 스마트 폰이나 노트북은 블루라이트가 잠을 방해하기에 웬만하면 안 보려고 한다. 그러다 보면 생각났던 게 사라질 때가 많다. 떠오른 즉시 적어야 한다. 그래서 노트와 펜을 침대 머리맡에 두고 있다. 처음엔 깜깜해서 불을 켜고 썼는데 일어나 불을 켜는 그 짧은 순간에도 까먹을 때가 있어서 누운 채 쓸 방법을 찾았다. 전등이 달린 침대를 샀다. 불이 들어오는 볼펜도 침대 라이트 밑에 놔뒀다. 손만 뻗으면 노트와 펜이 잡힌다. 그 후로 나도 모르게 잠들 때 말고는 잊어먹고 못 쓰는 일은 없었다.

2025년 9월 3일 02시 15분

나는 나를 포기하면 안 된다. 나는 나를 포기하면 안 된다. 나는 나를 포기하지 않는다. 포기하지 않는다. 계속한다. 될 때까지 한다. 어느 순간 넘어지더라도 다시 시작할 테다. 할 수 있다. 나는 나를 절대 포기하지 않는다. 맹꽁이 서당 훈장님이 학동들을 포기하지 않는 것처럼, 학동들이 놀기를 계속하는 것처럼, 자나 깨나 놀 생각, 앉으나 서나 가르칠 생각.

2025년 9월 8일 06시 10분

한숨만 계속 나오고 너무 피곤한데 잠은 안 온다. 그래서 일어났다.

여기 광주가 나한테 안 맞는 거 같다. 그런 느낌이 든다. 눈을 제대로 못 뜨고 있어서 글씨가 엉망, 그래도 알아볼 수는 있겠지.

2025년 9월 10일 03시 07분
무조건 일단 하는 게 아니라 생각하고 또 생각하자. 진중하게 움직이자. 한 번 더 생각하자.

2025년 11월 2일
오른쪽 무릎이 난데없이 아파지고 있다. 점점 심해지는 느낌이다. 오늘 저녁에 7km를 1시간 9분에 걸었다. 빨리 걸었다. 그래서 더 아픈 건지 모르겠다.

이렇게 잠들기 전 떠오른 생각을 적는다.

2025년 9월 1일에 퇴근 후, 조깅하다 넘어졌다. 무릎과 팔꿈치를 다쳐서 일을 할 수 없게 됐다. 다음 날 출근은 했지만, 권고사직을 당했다. 두 달 가까이 멘붕에 빠져 있다가 여행을 떠났다. 일주일 동안 여행하고 다음 날에 원주 걷기대회에 참가했다. 20km를 미친 듯이 걸었다. 반 이상이 산길이었다. 산길을 뛰듯이 걸었다. 나보다 잘 걷는 사람도 많았다. 그들과 같이 무조건 걸었다.

2015년 교통사고로 죽을 뻔한 후 걷기 운동으로 살아났다. 2016년 4월에 처음 20km 걷기대회에 도전했다. 그때와 같은 거리지만 내 몸은

 나를 일으키는 회복 루틴

달랐다. 2016년 대회에서는 재활을 겨우 끝낸 후라 몸이 정상이 아니었다. 5km를 넘어설 때부터 양쪽 골반이 아팠다. 걷기 힘들었지만 어떻게 되나 보자는 마음으로 계속 걸었다. 여기서 저 앞까지만 가자. 저 횡단보도만 건너보자, 하는 마음으로 걸었다.

그 당시 기록을 보면 지금 메모와 비슷하다. 살기 위해 걸었고 지금도 살기 위해 걷는다. 그때는 몸이 살려고 걸었고, 지금은 마음이 살려고 걷고 있다. 예전에도 도전해서 완보했고 오늘도 성공했다. 자신감을 찾았다.

걷다가 문득 떠오르는 글을 메모한다. 오디오북에서 좋은 문장 들리면 내 생각을 덧붙인다. 내 몸을 위해 걸으면서 책도 듣고 글도 쓴다.

이런 루틴 속에 마음이 흔들려도 화가 치솟아도 어느새 가라앉아 고요해진다.

나만의 시간이다.

나는 매일 걷는다

내가 걷기 운동을 하면서 꼭 하는 게 두 가지 있다. 오디오북 듣기와 메모다. 책 들으면서 문득 생각나는 것이나 떠오르는 걸 쓴다. 나는 그걸 '문득이'라고 부른다. 문득이는 걷다 보면 어느새 옆에 와 있다. 몸을 움직여야 한다. 가만히 있으면 오지 않는다.

바쁜 세상에서 걷고 글 쓰는 시간은 어떻게 만들 수 있을까. 바쁘면 어쩔 수 없다고 생각할 수 있다. 쪼개보면 틈새 시간은 분명 있다. 가정주부나 두세 가지 일하는 사람도 운동하고 글 쓰는 경우를 보았다.

내가 생각하는 실천 루틴 다섯 가지를 말해보겠다.

첫째, 일상에서 틈틈이 시간을 만든다. 시간 없다는 말 많이 한다. 하지만 걷기는 다르다. 우리는 뭔가를 하기 위해 어딘가로 움직인다. 버스나 전철 타기 전 5분이든 20분이든 기다리지 말고 다음 정류장까지 걷는다. 한 정류장이라도 목적지보다 먼저 내려서 걷는다.

2025년 어느 여름날, 이런 일이 있었다. 버스가 15분 후에 와서 다음 정류장까지 걸어갔다. 그런데도 11분이 남았다. 가방을 메고 있었지만, 그리 무겁지 않아서 빨리 걸어 다음 정류장에 도착했다. 도착해서 보니 아직도 8분 남았다. 3분밖에 안 걸렸다. 지역이나 버스에 따라 다르겠지만 큰 차이는 안 날 것이다. 다음 정류장까지 또 빨리 걸었다. 그렇게 7개 정류장을 넘어갔다. 중간에 횡단보도 신호 기다리면서 가방을 보니 위에서 밑으로 열리는 가방 지퍼가 활짝 열려 있었다. 그 속에 있던 최애 손수건을 잃어버리긴 했지만 땀도 나고 기분 좋았다. 가방 메고 빨리 걸으며 오디오북을 들었다. 이럴 때는 집중 잘 되게 소설을 듣는 것도 좋다. 이렇게 산 지 10년이 되다 보니 걷거나 뛰면서도 책을 들을 수 있게 되었다.

둘째, 걸을 때 작정하고 빨리 걷는다. 경보 선수들 걷는 것 생각하면 비슷하다. 앞발이 땅에 닿자마자 뒷발은 벌써 바닥을 차오른다. 몸을 살짝 위로 띄운다고 생각하고 리듬을 타며 빨리 걷는다. 나같이 무릎이 안 좋아서 뛰기 힘든 사람에게 좋다. 잠깐 마트 갈 때나 시간 없을 때 하면 좋다. 숨이 조금 차오를 정도까지만 유지하면 된다. 단 5분, 10분이라도 괜찮다. 땀이 안 나도 몸 안에 열기는 충분히 달아오른다. 짧은 시간인데도 몸은 "아, 운동했구나." 한다.

셋째, 뒤로 걷거나 옆으로 걷는다. 걷기대회 준비하느라 필요 이상으로 많이 걸은 탓에 오른쪽 다리가 이상해졌다. 걸을 때 안쪽으로 휜다. 걷다 보면 힘이 팍 들어가 있다. 그래서 힘을 분산시키고 피로를 덜기 위해 생각한 게 뒤로 걷기와 옆으로 걷기다. 뒤로 걸으면 빨리 걸을 순 없지만 걷기가 편하다. 생전 안 쓰던 근육을 써서다. 앞으로 걸을 때는 앞만 보이니 급한 마음이 들기도 하지만 뒤로 걸으면 여유가 생긴다. 몇 달 전부터는 뒤로도 앞으로 천천히 걸을 때만큼 속도가 나기도 한다. 다만 천천히 걷는 게 익숙해져야 한다. 가게가 늘어선 시내가 아니라 가로수 길같이 걷기 전용 길을 걸으면 좋다.

유튜브에 찾아보니 뒤로 달리기하는 사람도 있었다. 91미터에 13초가 나왔다. 나도 흉내 내봤지만 힘들었다. 넘어질 위험도 있고, 뒤로는 걷는 데만 집중하는 게 좋겠다고 생각했다.

옆으로 걸을 때도 다른 다리 근육을 쓴다. 다리부터 상체까지 골고루 쓸 수 있다. 재미도 있다. 나는 뭐든 재미있게 하는 게 좋다. 일할 때도 사람들에게 웃음을 주려 한다. 그럼 나도 신나고 몸에 활력도 돈다. 세상을 보는 눈이 달라진다. 행복하게 보인다. 걸을 때도 재밌게 걸으면 혼자 실실 웃음이 터지곤 한다.

넷째, 걷다가 떠오른 생각을 적는다. 문득 떠오른 생각을 메모한다. 일부러 그래야지, 하고 걷는다. 일어나서 잘 때까지 그 생각한다. 갑자기 어떤 생각이 머리 위로 떠오른다. 만화책 말 표시처럼 동그란 풍선이 생긴다. 그 풍선 속에 기막힌, 때론 웃긴 말이 들어있다. 그 풍선이 '퐁'하고 터지기 전에 메모한다. 터지면 말짱 도루묵이다. 생각이 사라지기 전에 입으로 중얼거리면서 메모지를 꺼내 적는다. 쓸 게 많거나 계속 걷고 싶을 때는 스마트 폰 메모 앱을 켠다. 걸으면서 녹음하면 메모가 된다. 내가 생각해도 재밌는 글 쓰면 기분이 날아간다. 어깨 뒤로 날개가 펄럭 펼쳐지고, 조용히 날아오른다.

다섯째, 하루가 끝나고 그날의 메모를 모아 일기를 쓴다. 일기는 블로그로 옮겨져 메시지가 있는 글로 다시 태어나기도 한다. 일기를 쓰고 블로그 썼다고 오늘의 메모가 끝난 건 아니다. 씻을 때도 메모한다. 그때도 음성 녹음 메모를 이용한다. 누워 잘 때도 머리맡에 필기구와 책이 있다. 요즘 침대 위에 있는 책은 만화책 『맹꽁이 서당』이다. 자기 전에 그 책을 5분이라도 본다. 웃음이 터진다. 한바탕 웃고 나면 마음이 편해진다. 하루를 마치고 잠들기 전에 웃음으로 마음을 살포시 풀어놓는다. 종일 기록한 메모 속 이야기가 꿈속에서 보이기도 한다.

걸으며 산 지 10년이 지났다. 10년 전엔 자전거만 타고 다녔다. 걷는 사람 이해를 못 했다. 지금은 걷지 않으면 안 된다. 소화도 안 되고 강아지 산책 나가듯 몸이 원한다. 단 30분을 걷더라도 나갔다 오면 개운하다. 몸을 위해 뭔가 한 거 같다. 실제로 했다.

내가 가장 중점을 둔 것은 '매일' 걷는다고 생각하는 것이다. 그래야 일주일에 하루 이틀 빠질 수도 있다. 일주일에 3, 4일 걷자, 하면 더 안 걷게 되더라. 걷는 시간을 따로 만들지 않겠다고도 생각했다. 마음의 부담을 줄이기 위해서다. 지금까지 여러 가지 운동을 시도해 봤지만, 보름을 넘긴 적이 거의 없다. 세 번인가 네 번, 헬스장을 등록했었다. 3개월 이상 다녀본 건 한 번밖에 없다. 집에서 하는 운동도 꼭 해야지,

생각하면 부담이 됐다. 물론 그런 결심은 필요하다. 그 마음을 바탕으로 자연스럽게 할 수 있는 루틴을 만들면 된다. 오늘 걸을 시간 없으면 단 5분이라도 나가서 바깥 공기 쐬고 온다. 조용한 데 가서 혼자 춤을 추고 올 수도 있다. 2년 전에 살던 동네에서는 걷기도 좋고 사람들도 잘 안 다니는 길이 있어 혼자 춤추면서 잘도 걸었다. 지금 사는 동네는 그러려면 좀 나가야 하지만 잘 보면 사람 없는 데가 있다.

10년 동안 좀 지나치다 싶게 걸을 때도 있었다. 걷기대회 참가하느라 6개월 동안 총 700km를 걸었다. 오른쪽 다리가 2022년부터 안 좋아졌다. 걷다 보면 오른쪽 다리에만 유독 자꾸 힘이 들어갔다. 몇 분만 지나도 오른쪽 골반과 무릎이 아팠다. 뭐든 지나치면 안 좋다는 걸 뼈저리게, 아니 다리 아프게 느꼈다. 다행히 2026년 2월인 지금은 많이 좋아졌다. 아프면 아픈 데로 조금씩 적응이 되어가고 있다. 걷는 자세를 다시 예전처럼 돌려놓기 위해서라도 매일 걷는다. 걸으며(운동하며) 책 듣고(책 보고) 메모한다(글 쓴다). 그러다 문득 좋은 문장이나 웃음 터지는 한마디가 떠오르면 고민도 날아간다. 그렇게 기분 좋을 수가 없다. 움직이는 사람만이 느낄 수 있다.

문득이 데리고 오늘도 걸으러 나가야겠다.

　　　　　　　　　　　　　　　　나를 일으키는 회복 루틴

운동, 독서, 글쓰기를 같이 하는 다섯 가지 방법

첫째, 일상에서 틈새 시간에 운동하고 글 쓰고 책을 본다.

둘째, 걸을 때 작정하고 빨리 걷는다.

셋째, 뒤로 걷거나 옆으로도 걷는다.

넷째, 걷다가 떠오른 생각을 적는다.

다섯째, 그날의 메모를 모아 메시지 있는 글을 쓴다.

4장

애쓰지 않아도 충분한

배수진

정보의 무게에 짓눌린 나

"어머, 이 아기는 왜 이렇게 작아?"

조리원 유리창 앞에서 무심코 들려온 한마디에 심장이 덜컥 내려앉았다. 2019년 3월, 예정보다 3주 일찍 세상에 나온 아들은 예상보다도 0.3kg이나 가벼운 저체중아였다. 국가에서 3년 동안 의료비를 감면해 준다는 안내는 내게 위로가 아닌 경고처럼 들렸다. 그만큼 병원에 갈 일이 많고, 남들보다 더 자주 아플 수 있다는 공인된 선고 같았기 때문이다.

불안한 마음에 뒤져본 인터넷 커뮤니티의 정보들은 오히려 나를 무겁게 짓눌렀다. 저체중아는 태아기 성장 지연의 신호일 수 있다는 글부터, 추후 발달상의 문제들을 나열한 사례들이 머릿속을 헤집어 놓았다. 대형 병원이 아닌 일반 산부인과에서 낳아 정밀 검사를 다 거치지 못했다는 사실은 불안에 무게를 더했다. 아이의 아주 작은 움직임조차 큰 문제의 전조 증상처럼 느껴졌고, 유달리 작고 마른 아이가 내 눈에도 안쓰러워 보였기에 두려움은 더욱 커져만 갔다.

어떻게든 괜찮다고, 내가 더 잘 보살피면 된다고 마음을 다잡고 있었다. 하지만 타인의 그 무심한 평가 한마디는 간신히 버티고 있던 내 마음의 둑을 기어코 터뜨려 버렸다. 그날 밤, 나는 작고 연약한 내 아이를 세상 누구보다 튼튼하게 키워내겠노라, 내 노력으로 모든 불안한 변수들을 지워내겠노라 독하게 다짐했다. 그것이 나를 짓누르는 거대한 정보의 무게가 되어 내 삶을 압박해 올 줄은 그때는 정말 몰랐다.

저마다 인생이라는 바다에서 파도가 들이닥칠 때 꺼내 쓰는 자신만의 해결책이 있다. 나에게 그것은 언제나 책과 노력이었다. 어떤 문제든 닥치기만 하면 관련된 책과 정보를 샅샅이 찾아내어 완벽한 해결책을 설계했다. 살을 빼기로 결심했을 때가 그랬다. 관련 서적을 탐독하며 식이요법과 운동 방법을 철저히 연구했고, 책에 적힌 지침을 하루도 빠짐없이 독하게 실천해 내며 기어코 날씬한 몸을 만들어냈다. 학창 시절 공부를 할 때도 마찬가지였다. 마음만 먹으면 교과서의 토씨 하나 틀리지 않고 페이지 통째로 머릿속에 복사하듯 외워버리기도 했다. 목표를 정하고 스케줄표를 짜서 성실히 노력하면 세상은 반드시 그에 합당한 보상을 해주었다. 그렇기에 육아 역시 공부나 다이어트처럼 정답을 찾아 노력하면 될 일이라 생각했다. 좋은 육아 책을 수십 권 사고 인터넷 정보를 샅샅이 뒤져 공부하며, 그 지침들을 그대로 실천하기만 한다면 우리 아이도 완벽하게 자랄 것이라 굳게 믿었다.

　　　　　　　　　　　　나를 일으키는 회복 루틴

그 이후, 작게 태어난 아이를 위한 무한 검색이 시작되었다. 책과 논문, 인터넷 카페를 헤매며 정보를 모았고 덕분에 아이는 또래보다 크게 잘 성장했다. 한숨 돌리려는 찰나, 이번에는 아토피라는 파도가 덮쳤다. 모유를 끊자마자 시작된 심한 아토피 앞에 나는 다시 공부라는 무기를 꺼내 들었다. 밤마다 잠을 자지 않고 아토피에 좋은 음식, 로션, 연고, 식재료를 찾아 책과 논문을 뒤졌다. 나의 하루는 오직 아이의 아토피 퇴치를 위해서만 정교하게 짜여 있었다. 낮에는 공부한 매뉴얼대로 이유식 재료를 1g 단위로 계량하고, 정해진 시간마다 연고를 발랐다. 밤이면 아이가 잠결에 살을 긁는 소리에 번쩍 눈이 떠졌다. 손톱자국으로 붉게 달아오른 피부 위로 로션을 두껍게 얹어준 뒤, 아이 곁에서 보초를 서듯 겨우 쪽잠을 청했다. 아이를 사랑하는 엄마로서 그 곁을 지켰지만, 마음 한구석은 차갑게 식어 있었다. 얼마나 가려울까? 안쓰러워하다가도, 이내 반복되는 긁는 소리에 제발 이제 그만 좀 하라며 속으로 진저리를 쳤다. 아이의 고통을 함께 견디고 사랑으로 보듬기보다, 그저 이 상황이 빨리 끝나기만을, 이 병이 당장 낫기만을 바라는 마음이 앞섰다.

육아휴직 후 사회와 단절된 채 집에만 있으면서 나는 점점 더 고립되어 갔다. 낮이면 말 못 하는 아이와 나 단둘뿐이었고, 세상과 연결된 줄이 뚝 끊어진 기분이었다. 고정적인 할 일이 없으니 더 육아 책에 매달렸다. '몇 개월에는 기어가기를 해야 한다.', '언제부터 포인팅을 해야 한다.'라는 문구들은 반드시 넘어야 할 높은 허들 같았다. 그 시기를

　4장 애쓰지 않아도 충분한

조금이라도 놓치면 아이에게 큰 문제라도 생길 것 같아 늘 조마조마한 마음으로 아이를 감시하듯 살폈다.

아이의 성취에 이토록 매달리다 보니, 정작 부모로서 보여줘야 할 태도마저 내가 해치워야 할 또 다른 과업이 되어버렸다. 특히, '아이의 눈을 피하지 말고 대화하라.'는 전문가의 조언은 강박이 되어 돌아왔다. 나는 아이와 정서적으로 연결되기 위해서가 아니라, 지침을 완수하기 위해 필사적으로 아이의 눈동자를 쫓았다. 노래를 불러주는 일조차 뇌 발달에 좋다는 말에 따라 억지로 해내야 하는 숙제일 뿐이었다. 누가 보면 아이를 위해 하루 종일 헌신하는 훌륭한 엄마였다. 책을 읽어주고 노래도 불러주고 아이의 반응 하나하나 놓치지 않고 집중하는 엄마. 하지만 아이와 나, 우리 둘만은 알고 있었을 것이다. 이 상황이 얼마나 불편하고 어색했는지를.

1년 뒤, 코로나로 인해 사회와 단절된 채 나간 놀이터에서 나는 이상한 기분을 느꼈다. 평화로운 풍경 속에 나만 둥둥 뜬 기름 같았다. 잔잔한 바람에도 숨이 가빠질 만큼 마음은 늘 급하고 들떠 있었다. 사람들을 마주할 때면 표정 하나, 말 한마디조차 어찌할 바를 몰라 쩔쩔맸다. 엄마들의 평범한 대화 속에서도 갈피를 잡지 못한 채 겉돌았고, 돌아서면 혹시 말실수는 없었는지 곱씹으며 스스로를 갉아먹었다. 남들에게 비칠 내 모습을 신경 쓰느라 뻣뻣하게 굳어버린 나를 카메라 렌즈 너머에서 지켜보는 듯한 기분이 들었다. 그 낯선 시선 속에서 오랜만에 우리 집에 놀러 온 친구와 대화조차 버거운 나를 발견했을 때 깨

 나를 일으키는 회복 루틴

달았다. 지독한 노력으로 얻은 것은 아이의 성장 발달이 아니라 나 자신이 사라져가는 정신적 위기였다는 것을.

과한 정보는 독이었다. 책에서 답을 찾으려 애쓸수록 불안은 깊어졌고, 내 인생의 신조였던 책과 노력은 나를 배신했다. 삶이라는 거친 바다에서 파도가 칠 때, 구명조끼를 입는 대신 정답이 적힌 무거운 책만 가슴에 꼭 품고 있었던 셈이다. 나를 도와야 할 도구가 어느새 나를 침몰시키는 짐이 되어 있었다.

삶의 파도 앞에서 우리는 불나방처럼 정보를 찾아 헤맨다. 전문가의 조언과 매뉴얼 속에서 정답을 구하려 필사적으로 매달린다. 하지만 우리가 정작 지켜야 할 것은 발달 그래프의 수치가 아니다. 나와 아이 사이 마음의 온기를 담을 여유다. 완벽이라는 이름으로 모아둔 정보에 가로막혀, 정작 행복이 들어올 틈조차 내어주지 못한 것은 아니었을까.

다시 조리원 시절로 돌아가 그 목소리를 듣는다면 이제는 다르게 반응하고 싶다.

"아기가 왜 이렇게 작아?"라는 물음에 심장이 내려앉던 그 시절의 나에게, 그리고 세상의 시선에 흔들리는 모든 엄마에게 말해주고 싶다.

"너무 애쓰지 않아도 돼요. 지금 잘하고 있고 충분해요."

정답을 찾는 것보다 중요한 건 오늘 우리가 함께 웃을 수 있는가이다. 불완전해도 괜찮다. 모든 단계를 맞추지 않아도 괜찮다. 삶이 복잡할수록 우리는 가장 단순한 질문으로 돌아가야 한다.

‘지금 나는 행복한가? 아이는 편안한가? 그리고 나의 이 노력은 정말로 우리를 웃게 만들고 있는가?’

불안을 땀으로 씻어내다

아이의 건강과 발달을 위해 치열한 낮을 보낸 어느 저녁이었다. 내 이마를 짚으니 뜨거운 열기가 전해졌다. 몸살이었다. 손가락 하나 까딱할 수 없을 만큼 몸이 물을 머금은 듯 무겁게 가라앉았다. 그런데 이상했다. 그 고단함 속에서 역설적으로 마음은 호수처럼 잔잔해졌다. 가슴을 짓누르던 두근거림도, 시선의 강박도 안개처럼 흩어졌다.

몸이 너무 힘드니 불안이 끼어들 틈이 없었다. 로봇처럼 뻣뻣하던 몸에서 힘이 빠지자 가슴이 시원하게 뚫렸고, 시선은 부드러워졌으며 웃음은 자연스러워졌다. 이게 원래 나의 모습이라는 것이 그제야 기억났다. 그토록 돌아가고 싶어 애를 쓸 때는 멀어지기만 했었다. 그런데 아무런 노력도 할 수 없는 상태가 되어서야 비로소 원래의 나를 찾은 것이다.

펄펄 끓는 열 속에서 만난 이 반짝이는 감각을 절대로 놓치고 싶지

   4장 애쓰지 않아도 충분한

않았다. 나를 옥죄는 생각들이 감히 끼어들지 못하도록 차라리 내 몸을 더 고단하게 만들어야 했다. 그렇게 원래의 나를 되찾는 방법으로 나는 달리기를 선택했다.

하지만 밖으로 나가는 것 자체가 내게는 거대한 장벽이었다. 장보기나 아이 하원처럼 엄마로서 마땅히 해야 할 의무들은 가슴 두근거림을 참아가며 어떻게든 해냈지만, 오직 나를 위해 움직여야 하는 달리기는 전혀 다른 문제였다. 달리기는 정해진 시간도, 강제성도 없었다. 어느 정도의 속도로 얼마만큼 달려야 할지, 모든 것을 스스로 정해야 한다는 사실은 내게 자유가 아닌 막막함이었다. 당시의 나는 무언가를 주도적으로 결정해서 밀고 나갈 힘이 전혀 없었기 때문이다. 결국 혼자만의 달리기는 한 달 만에 끝났다. 나는 내 의지를 믿는 대신, 어쩔 수 없이 몸을 움직여야만 하는 장소로 나를 던져놓기로 했다.

가장 먼저 찾은 곳은 아파트 단지 내 요가실이었다. 일주일에 한 번, 요가 매트 위에 섰다. 선생님의 구령에 맞춰 팔을 뻗고 다리를 올렸지만, 요가실의 고요함은 내 안의 소음을 이기지 못했다. 천천히 움직이는 동작 사이로 다시 걱정들이 비집고 들어왔다. 일주일에 한 번, 정적인 움직임만으로는 내 마음의 요란함을 막기에 역부족이었다.

나는 더 거친 심장 박동수를 찾아 테니스 코트로 향했다. 코트 안으로 들어서는 순간, 나는 더 이상 불안한 엄마로 머물 여유가 없었다. 네트 너머에서 날아오는 공은 자비가 없었고, 나는 그 공을 끝까지 눈

  나를 일으키는 회복 루틴

에 담아야만 했다. 공의 궤적을 쫓으며 정확한 각도를 맞춰 라켓을 휘두르는 그 짧은 순간, 강박과 집착이 끼어들 틈이라곤 없었다. 조금이라도 딴생각하면 공은 여지없이 라켓을 비껴갔다. 온몸이 땀으로 젖고 숨이 턱끝까지 차오를 때마다, 나를 가뒀던 해로운 생각들이 땀으로 빠져나가는 기분이 들었다. 오로지 공과 나, 그리고 지금 이 순간의 움직임만이 존재했다. 테니스는 내 불안이 감히 넘볼 수 없는 철저한 몰입의 공간이었다.

강습을 마치고 돌아가는 길, 문득 내가 달라졌음을 느꼈다. 후다닥 집으로 가기만 바빠서 주변을 돌아볼 틈조차 없던 전과 달리, 오전에 바쁘게 움직이는 사람들이 비로소 하나둘 눈에 들어왔다. 커피를 든 직장인과 활기차게 안부를 나누는 이웃들. 그 풍경들을 천천히 관찰하고 바라볼 수 있게 되자, 비로소 내 마음에도 작은 여유가 고이기 시작했다. 무거웠던 발걸음에 가벼운 리듬이 실렸다. '이제 나아졌네.' 나는 안심하며 라켓을 창고 깊숙이 밀어 넣었다.

하지만 삶은 호락호락하지 않았다. 이사와 함께 남편의 시험 준비, 친정의 도움을 받기 어려워진 환경은 다시 나를 흔들었다. 잠잠했던 마음의 벌떼들이 다시 깨어났다. 가슴이 두근거리고, 사람들과 눈을 맞추는 것이 쉽지 않아졌다. 잊고 싶었던 증상들이 예전보다 더 날카로운 발톱을 세우고 돌아왔다. 다시 운동화 끈을 묶을 시간이었다.

복직 후 내게 허락된 시간은 단 40분뿐이었다. 그 시간에 가능해서 시작한 집 앞 필라테스는 내게 또 다른 지탱점이 되어주었다. 근육이 붙으면서 구부정했던 자세가 곧게 펴졌고, 코어가 단단해지는 만큼 흔들리던 마음에도 심지가 생기는 듯했다. 하지만 내게는 흐트러진 자세를 바로잡는 유연함도 필요했지만, 그보다 절실한 건 머릿속을 하얗게 비워버릴 만큼 숨이 턱끝까지 차오르는 격렬한 헐떡임이었다.

그래서 나는 새로운 목적을 정했다. 아이 학원까지 라이딩해 주는 대신, 그 시간을 이용해 달리는 것이다. 차에는 언제든 갈아 신고 뛸 수 있도록 운동화를 늘 상비해 두었다. 고작 왕복 20분 남짓한 짧은 질주였지만, 도로 위를 박차고 나가는 그 순간만큼은 하루의 모든 스트레스가 바람에 흩날려 사라졌다. 여기에 더해 주말에는 조금 더 먼 거리로 달리기를 확장했다. 목적지를 동네 빵집으로 정하고 '아이들 간식 사 오기'라는 구체적인 임무를 스스로에게 부여했다. 이렇게 몸이 힘들수록 마음은 맑아졌고, 땀이 흐를수록 정신은 단단해졌다.

몸을 비워낸 자리에는 책을 채워 넣었다. 다만 예전처럼 정보에 매달리는 대신 마음을 적시는 에세이를 읽었다. 예전의 내게 에세이는 사치였다. 쓸모 있는 정보를 찾기에도 부족한 시간에 목적 없는 글을 읽는 건 시간 낭비라 여겼다. 하지만 에세이를 읽는 행위는 어떤 성과를 기대하지 않아도 되었기에 그 자체로 온전한 행복이었다. 울림을 주는 문장을 만나면 '그렇구나.' 하고 고개를 끄덕이면 그만이었다. 강박적으로 형광펜을 칠하거나 외울 필요도 없었다. '저 사람도 저렇게 힘들구나, 사람 사는 거 다 비슷하네.' 하며 마음 편히 페이지를 넘겼다. 에세이는 내게 하루의 속도를 천천히 즐길 수 있는 여유를 선물했다. 덕분에 창문 밖 나뭇가지에 비친 햇살을 느낄 수 있게 되었고, 동

　　　　　　　　　　　　　　　　　　　　나를 일으키는 회복 루틴

료의 말도 여유롭게 들어줄 수 있게 되었다. 아이의 말과 행복한 표정을 오랫동안 바라보며 같이 웃어줄 수도 있었다.

여유가 생기자, 실패로 끝난 『미라클모닝』 책의 귀퉁이에서 한 문장이 눈에 들어왔다. 달라이 라마가 남긴 문장이었다.

'나는 스스로를 발전시키고, 타인에게 나의 마음을 확장시켜 나가기 위해 모든 기운을 쏟을 것이다. 내 힘이 닿는 데까지 타인을 이롭게 할 것이다.'

예전이라면 그냥 좋은 글이라며 지나쳤겠지만, 마음이 지친 나에게는 커다란 전환점이 되었다. 그동안 나는 내 행동이 남에게 어떻게 비칠까만 전전긍긍했을 뿐, 남을 어떻게 이롭게 할 것인가는 생각지 못했다. 그 순간 처음으로 삶의 방향이 바뀌었다. 누군가를 만날 때 '내가 어떻게 보일까?'가 아니라 '이 사람에게 내가 무엇을 줄 수 있을까?'를 생각하자, 오랫동안 나를 괴롭히던 불편함이 조금씩 사라졌다. 지금도 여전히 고민이 깊어지면 예전의 증상들이 나타나곤 한다. 하지만 이제는 그것들과 싸우기 위해 책을 몽땅 사거나 검색창을 뒤지지 않는다. 대신 조용히 운동화를 신는다. 밖으로 나가 땀을 흘리고 머릿속의 불안 쓰레기를 비워낸다. 그날 밤에는 에세이를 읽는다. 그리고 만나는 누군가에게 작은 도움이 될 일을 찾는다.

비우고 나니 비로소 차오르는 것들이 있었다. 애써 움켜쥐려 할 때보다 모든 힘을 뺐을 때 찾아오는 평온이었다. 불안을 없애려 애쓸수록

  4장 애쓰지 않아도 충분한

내면의 소음은 커지기만 했다. 하지만 묵묵히 흘린 땀방울 속에서 비로소 깨달았다. 강박은 분석하는 것이 아니라 몸을 움직여 씻어내는 것임을. 나를 향한 시선을 거두고 타인을 향한 다정한 확장을 선택하자, 비로소 마음의 빗장이 열렸다. 이제 나는 불안과 싸우기 위해 정보를 찾지 않는다. 대신 조용히 운동화 끈을 묶는다. 온 힘을 다해 비워낸 자리에는 삶의 경쾌한 리듬과 세상을 향한 부드러운 여유가 차오른다.

 나를 일으키는 회복 루틴

고마움으로 보는 세상

　나의 하루는 날카로운 휴대폰 알람 소리와 함께 시작되었다. 눈도 채 뜨기 전, 본능적으로 손에 쥔 기기 속에는 세상의 화려함과 자극적인 정보들이 쏟아졌다. SNS 속 완벽한 엄마들의 일상과 비교하며 나의 부족함을 확인하는 것이 내 아침의 첫 의례였다. 아이가 깨서 칭얼거리기 시작하면 무거운 몸을 일으켜 아침을 준비했다.

　낮 시간은 끝없는 집안일과 육아, 그리고 아이를 완벽하게 키워내야 한다는 강박으로 채워졌다. 하지만 내 마음은 온통 밤에 가 있었다. 아이가 잠들기만을 손꼽아 기다리며 하루를 견뎠다. 만약 아이가 예정된 시간에 잠들지 않으면, 내 소중한 자유를 방해받았다는 분노가 치밀어 올라 결국 아이에게 화를 퍼붓기도 했다. 아이를 겨우 재운 뒤 앉은 식탁은 나만의 위로였지만, 동시에 독이 든 성배였다. 인스턴트 음식과 술, 그리고 다시 휴대폰 속 육아 SNS를 탐닉했다. 밤늦게까지 이어진

이 해로운 휴식은 다음 날의 피로를 예약했고, 몸은 서서히 비명을 지르기 시작했다.

그 무렵, 나는 아이 식단에만 온 신경을 쏟느라 내 몸이 무너지는 것은 방치하고 있었다. 아이의 아토피 치료를 위해 유산균을 직접 배양해서 요구르트를 만들고 설탕 없는 빵을 구워 먹였다. 하지만 정작 나는 자정에 인스턴트 빵과 술을 밀어 넣었다. 1년 가까이 반복된 이 생활 끝에 등 통증, 갑상선 혹, 심한 변비가 찾아왔다. 겉으로는 아이를 위해 완벽을 기했지만, 그 이면에서 엄마인 나는 서서히 썩어가고 있었던 셈이다.

이 악순환을 끊으려 시작한 무리한 '미라클모닝'은 오히려 독이었다. 수면이 부족한 상태에서의 새벽 억지 기상은 고문이었고, 명상을 해도 머릿속은 짜증으로 가득 찼다. 결국 나는 모든 멋진 것을 내려놓고 가장 밑바닥인 잠과 식단부터 다시 시작했다. 무조건 정해진 시간에 일찍 일어나지 않았다. 실제로 잠든 시간을 기준으로 충분한 수면을 확보한 뒤 깨는 시간을 유연하게 설정했다. 늦게 잠들었다면 일찍 깨지 않고 늦게 깼다.

더불어 내 몸을 돌보기 위해 식단도 바로잡았다. 영양제를 놓치지 않으려 휴대폰 알람을 설정했고, 인스턴트를 줄이고 따뜻한 밥과 반찬을 챙겨 먹기 시작했다. 장이 편안해지자 가슴의 두근거림과 불안이 잦아들었다. 몸이 회복되니 마음도 비로소 회복될 토대가 마련된 것이다.

　　　　　　　　　　　　　　　　　　　　나를 일으키는 회복 루틴

몸이 조금씩 회복되던 어느 날, 나는 또다시 일어나지도 않은 미래를 걱정하며 남편 앞에서 한숨을 내쉬었다. "이래서 안 되면 어떡하지? 인스타 속 아이는 벌써 저만큼 한다는데." 멈추지 않는 나의 불안을 묵묵히 듣던 남편이 툭 던지듯 말했다.

"우리 가족 건강하고, 살 집도 있고, 맛있는 것도 먹을 수 있는데 뭐가 걱정이야? 불안을 없앨 유일한 방법은 감사야. 오늘부터 감사하는 마음을 가져봐."

남편의 명쾌한 진단에 나는 멍해졌다. 틀린 말이 하나도 없었다. 나는 늘 없는 것에만 현미경을 대고, 이미 가진 것들은 배경 취급을 해왔던 것이다. 남편의 말마따나 감사하는 마음을 가져보려고 감사일기를 쓰기 시작했다. 처음에는 감사할 일이 생각나지 않아 매일 비슷한 내용만 썼었다. 그러다가 우연히 유튜브 '닥터지하고'에서 지나영 선생님의 조언을 듣게 되었고, 선생님이 알려주신 네 가지 카테고리에 내가 중요하게 생각하는 한 가지를 더해 나만의 다섯 가지 감사 원칙을 세웠다.

첫째, 나에 대해 감사한 것을 찾는다. '오늘도 시간에 맞춰 잘 일어난 나, 너무 잘했어. 감사합니다.'

둘째, 주변 사람한테 감사를 적는다. '남편이 피곤한데도 어제 설거지를 마무리했네. 감사합니다.'

셋째, 물질적인 것, 내가 가진 것에 대한 고마움을 표현한다. '추운 겨울에 따뜻한 집에 있을 수 있어 감사합니다.'

넷째, 오늘 겪은 경험에 대한 고마움을 기록한다. '아이에게 어제 화

     4장 애쓰지 않아도 충분한

를 냈지만 그것을 통해 내가 어떤 순간에 아이에게 화를 내는지 알게 되었어. 감사합니다.'

다섯째, 미래에 올 일에 대한 감사를 미리 적는다. '오늘도 운동을 거르지 않을 나 자신에게 감사합니다.', '다음 주에 있을 가족 나들이가 벌써 기다려집니다. 감사합니다.'

이렇게 사소한 일상을 적고 마지막을 '감사합니다'로 끝을 맺었다. 이전의 나는 매사 불평과 불만이 가득했고, 어떻게 하면 이 현실을 더 낫게 고칠까만 궁리하며 자신을 들볶았다. 하지만 감사일기를 쓰기 시작하자 비교하느라 보이지 않던 현실이 드러났다. 책 기준에 뒤처진 아이가 아니라 제 속도로 잘 자라는 아이가 보였고, 부족한 엄마가 아니라 매일 밥을 차리고 집을 꾸리며 아이를 돌보는 '나'라는 존재가 보였다.

감사일기는 내가 이미 가진 것이 너무나 많고, 지금 이대로도 충분히 행복하다는 사실을 깨닫게 해주었다. 아이와 남편에게 잘못을 지적하고 육퇴만 간절히 기다리던 삶이 반대로 바뀌었다. 아이가 얼마나 잘 따라와 주는지, 남편이 가정을 위해 얼마나 노력하는지가 보이기 시작했다. 그러자 육퇴만 바라보던 하루가 다음 날을 기대하는 삶으로 변했다. 이렇게 내 삶에 만족할 때 비로소 안정이 찾아왔다.

감사는 판단의 시선을 끊고 현실을 있는 그대로 다시 보게 만드는 가장 정확한 도구였다. 높은 기준에 맞추느라 불안해하던 마음은 지금 내가 해내고 있는 것들 앞에서 힘을 잃었다. 결국, 감사는 억지로 감정을 바꾸는 것이 아니라 세상을 보는 시선을 바꾼다. 시선이 바뀌면 마음의 결도 바뀐다. 그래서 감사는 불안을 가장 빠르고 정확하게 잠재우는 강력한 처방전이 된다. 또한 감사일기는 때로 안 좋은 사건조차 나에게 도움이 된 일로 해석하게 하는 힘이 있으며, 나중에 다시 들춰 보았을 때 큰 위안이 되는 인생의 기록이 된다.

하지만 이 모든 마음의 변화는 결코 혼자 오지 않았다. 내가 다시 감사할 수 있었던 것은 무너진 몸의 기초를 잠과 식단으로 다시 세웠기 때문이다. 수면이 깨지고 몸이 허물어진 상태에서는 감사조차 무거운 과제가 된다는 것을 나는 뼈아프게 배웠다. 잘 자고, 잘 먹고, 몸을 움직여 머릿속의 소음을 끈 후에야 비로소 내 마음에도 감사라는 씨앗이 뿌리내릴 공간이 생겼다.

결국, 나를 살린 것은 일단 한숨 푹 자고 일어나는 것, 내 몸에 좋은 음식을 넣어주는 것, 그리고 내 주변을 기특하게 바라봐주는 다정함이었다. 혹시 지금 정체 모를 불안이 당신의 일상을 잠식하고 있다면, 정답을 찾기 위해 애쓰는 대신 일단 잠을 자고 몸을 돌보는 것부터 시작해 보길 권한다. 몸이 쉬어야 마음도 비로소 고개를 들어 지금 곁에 있는 행복을 발견하기 시작할 테니까. 그리고 내 삶에서 좋은 것, 감사할 것들을 하나씩 찾아보자. 우리 삶에 이미 감사할 것이 충분히 많다는 사실을 깨닫는 순간, 우리를 괴롭히던 불안은 서서히 자취를 감추게 될 것이다.

지속 가능한 행복 찾기

오전 6시 반, 규칙적인 알람 소리에 맞춰 눈을 뜬다. 정신이 들자마자 작은 목소리로 "고맙습니다." 다섯 글자를 내뱉는다. 침대에서 일어나 방 밖으로 나와 가장 먼저 하는 일은 따뜻한 물 한 잔을 마시는 것이다. 이윽고 스마트폰에 뜨는 알림을 확인하며 감사일기를 적는다. 이어지는 또 다른 알림에는 '돕는 사람이 되자'라는 문구가 적혀 있다. 오늘 하루, 한 사람에게라도 도움이 되는 친절을 베풀기로 마음먹으며 하루를 시작한다. 씻고 영어 음원을 틀어놓은 채 출근길에 오른다.

직장에서의 일과를 마치고 돌아오면, 아이의 학원 시간까지 아이와 발맞추어 신나게 걷는다. 아이를 보낸 뒤 집으로 돌아올 때는 혼자서 숨이 차도록 빠르게 달리며 돌아온다. 잠들기 전까지 분주하게 남은 일들을 처리하고, 아이와 함께 잠자리 독서를 마친 뒤 오늘 서로가 실천한 친절한 행동에 관해 이야기 나눈다. 마지막으로 휴대폰을 휴대폰 잠금 박스에 넣고 전자책 리더기를 꺼내 책을 읽다 잠을 청한다.

이것이 지금 나의 지극히 평범하고도 단단한 루틴이다. 심리적으로 힘든 사람에게 운동, 독서, 감사가 좋은 것은 누구나 안다. 하지만 가장 어려운 것은 그것을 지속하는 일이다. 현재 불안 증상이 신체로 드러나 고통받고 있다면, 증상을 없애려고 몰두하기보다 다른 일을 하는 것이 훨씬 더 효과적이다. "분홍 원숭이를 절대 생각하지 마세요."라고 하면 온통 분홍 원숭이만 떠오르는 법이다. 증상을 없애려고 애쓸수록 우리 뇌는 그 증상에 더 강하게 집중하게 된다. 그래서 나는 증상 자체를 잊고 삶의 궤도를 정상화하기 위해 일상을 새로운 루틴과 도구들로 채워나가는 방식을 택했다. 내가 실천하고 있는 지속 가능한 방법들을 소개하겠다.

첫째, 다시 일을 시작하거나 고정된 스케줄을 만드는 것이다.

시간이 많으면 더 많은 일을 할 수 있을 것 같지만 실제로는 그렇지 않다. 오히려 적당히 바쁜 일상이 루틴을 지탱하는 힘이 된다. 바쁜 일상에서 시간을 쪼개 쓸 때 루틴의 밀도는 더 높아진다. 그리고 하루에 단 몇 시간이라도 정해진 시간에 해야 할 일이 있다면 꼬리에 꼬리를 무는 걱정과 불안에서 물리적으로 벗어날 수 있다. 사회적 관계를 맺으며 직장 동료들을 대하다 보면, 나 자신과 내 증상에만 매몰되어 있던 시선이 밖으로 향하며 잊어버렸던 사회적 기술을 되찾고 불안은 자연스럽게 잊히게 된다.

둘째, 에세이를 읽을 수 있는 물리적 환경을 세팅하는 것이다. 자기 전 누워서 휴대폰 검색하다 잠을 빼앗기는 습관을 의지만으로 제어하기는 너무나 어렵다. 그래서 나는 휴대폰을 강제로 가두는 기기를 구매했다. 일정 시간 동안 휴대폰을 기기 안에 넣으면 작은 구멍으로 전화만 받을 수 있는 휴대폰 잠금 박스다. 이 물리적 차단 덕분에 밤 시간의 자유를 되찾았다.

휴대폰이 머물던 자리에는 이제 전자책 리더기가 놓여 있다. 어두운 방에서도 독서할 수 있고, 휴대폰보다 눈이 훨씬 덜 아프다. 특히 전자책 리더기는 종이책보다 글자가 눈에 더 빨리 들어오고, 한 손으로 들기에 아주 가벼워 내용이 술술 잘 읽힌다. 이처럼 작은 도구 두 가지는 나에게 에세이를 읽을 시간을 선물했다. 이렇게 세팅한 환경에서 읽는 에세이는 육아라는 물리적 상황에서 벗어나지 못하는 나에게 정신적인 쉼표를 찍어준다.

『어른의 행복은 조용하다』의 '조용함은 웃을 일이 없는 상태가 아니라 울 일이 없는 상태니까. 기쁜 일이 없는 하루가 아니라 나쁜 일이 없는 하루니까.'라는 구절을 읽으며 평범한 내 하루를 아름다운 여백으로 보게 되었다. 또한 『보통의 존재』 중 '우리 집은 신경정신과에 드나든 사람이 가족 중 세 명이고 자살 시도 경험 있는 사람은 네 명이 되며.'라는 구절을 읽으며 '나는 저 정도까지는 아니네.' 하는 웃픈 위안을 받기도 했다. 이 시간에 읽은 에세이들은 나를 목적 없는 평온함으로 인도해주며, 다음 날 아이를 대하는 내 마음의 온도를 따뜻하게 바꿔놓는다.

셋째, 달리기의 동기를 부여하기 위해 만보기 앱테크를 활용하는 것이다.

불안이 머릿속을 가득 채울 때, 생각만으로는 그 고리를 끊을 수 없다. 하지만 숨이 턱까지 차오르게 달리면 우리 몸은 생존을 위해 모든 에너지를 근육과 폐로 집중시킨다. 이때 머릿속을 어지럽히던 '분홍 원숭이'들은 잠시 자리를 비운다. 달리기는 뇌에 천연 도파민과 세로토닌을 공급하며 내면의 활력을 깨우는 최고의 방법이다. 하지만 때로는 이런 내면의 보상만으로는 운동화를 신기까지의 귀찮음을 이기기 어려울 때가 있다. 그때 나를 잡아주는 실질적인 장치가 바로 만보기 앱테크다. 걸음 수를 채우면 캐시를 주는 앱은 포기하고 싶은 순간마다 조금만 더 하라고 속삭이며 나를 앞으로 밀어준다. 땀 흘린 뒤 쌓인 포인트로 마시는 시원한 음료 한 잔은 나에게 주는 작은 훈장이자, 다음 날 다시 달릴 수 있게 하는 기분 좋은 유인이 된다. 몸을 움직여 땀을 흘리고 나면, 꽉 막혔던 생각의 하수구가 시원하게 뚫리는 기분을 느낀다.

넷째, 정해진 시각에 알람이 오도록 설정하여 루틴을 자동화하는 것이다.

의지만으로 모든 것을 기억하려 하면 뇌는 금방 피로해진다. 그래서 나는 감사 일기 쓰기, 영양제 먹기, 돕는 사람 되기 등 내가 실천해야 할 일들과 꼭 기억하고 싶은 문구들을 정해진 시간에 알람이 오도록 설정해 두었다. 특히 '돕는 사람 되기'라는 알람이 울릴 때마다 무의식적으로 타인을 향한 날카로운 시선을 거두고 다정함을 장착하게 된다. 이처럼 정해진 시간에 울리는 알람은 단순히 시간을 알려주는 도구를 넘어, 내가 지향하고자 하는 삶의 방향을 잊지 않게 해주는 친절한 가이드가 되어준다. 감사일기 역시 알람을 신호 삼아 매일 같은 시간에 기록하다 보면 어느새 내 인생의 가장 소중한 기록으로 남게 될 것이다.

다섯째, 매일 밤 나누는 다정한 연결, 하루 한 번 친절 공유하는 것이다.

자기 전, 아이와 나란히 누워 오늘 하루 누구를 도와주었는지 이야기를 나눈다. 나 혼자만의 약속은 흐지부지되기 쉽지만, 아이와 함께하는 루틴은 힘이 세다. 설령 내가 잊은 날이라도 아이가 먼저 "엄마, 오늘은 누구 도와줬어?" 하고 물어오기 때문이다. 그럴 때면 나도 '내일은 꼭 작은 친절이라도 실천해야지.'라고 마음을 다잡게 된다.

"엄마, 오늘은 선생님 정리하는 거 도와드렸어요. 친구한테 장난감도 양보했고요." 아이의 조잘거림에 나는 귀를 기울인다. "그러면 친구가 뭐라고 했어? 표정은 어땠어? 그때 너는 기분이 어땠니?" 하고 궁금해한다. 아이는 남을 도울 때 내 마음에도 반짝이는 기쁨이 차오른다는 사실을 몸소 배워나간다. 나 역시 질세라 오늘 하루의 선행을 고백한다. "엄마도 오늘 뒤에 오는 사람을 위해 문을 잡아주었어. 고맙다는 인사를 들으니, 마음이 참 따뜻해지더라."

이전에는 남들이 나를 어떻게 볼까 싶어 주변을 살피느라 늘 긴장 상태였지만, 이제는 내가 누군가에게 어떤 작은 보탬이 될 수 있을까를 먼저 생각하게 된다. 시선의 방향을 나에게서 타인으로 돌렸을 뿐인데, 마음을 짓누르던 뾰족한 불안이 조금씩 무뎌지는 것을 느낀다. 나를 닮아 예민하고 불안한 아이가 타인을 도우며 세상이 안전하고 다정한 곳임을 느끼길 바란다. 또한 내가 잠시 놓친 이 다정한 마음을 아이가 일깨워주는 이 매일 밤의 대화는, 나를 고립에서 꺼내 세상과 다시 이어주는 가장 소중한 연결 고리가 된다.

나를 불안의 늪에서 건져 올린 것은 내 곁의 작은 도구들이 만들어낸 견고한 일상이었다. 휴대폰을 가두는 박스가 밤의 고요를 되찾아주었고, 가벼운 전자책 리더기가 잠들기 전 마음의 허기를 달래주었으며, 정해진 시간마다 울리는 알람이 흐트러진 내 마음을 다잡아주었다. 그리고 만보기 앱의 소소한 보상은 무거운 발걸음을 다시금 가볍게 만들어주었다.

불안을 없애려 붙잡고 씨름할 때는 점점 더 깊이 빠져들었지만, 그 존재를 옆에 두고 내 삶을 이러한 다정한 루틴들로 채워나가자 어느덧 불안은 조금씩 멀어졌다. 그저 오늘을 조금 더 정성스럽게 살고자 했던 작은 반복들이 더 나은 하루를 만들었을 뿐이다. 당신의 일상에도 당신을 지탱해 줄 작은 도구 하나, 사소한 규칙 하나가 깃들기를 바란다. 그 작고 다정한 움직임들이 모여, 우리는 행복을 지속 가능하게 연장할 수 있을 것이다.

지속 가능한 행복을 위한 루틴과 도구

첫째, 일을 시작해 고정된 스케줄을 만든다.
둘째, 에세이를 읽을 수 있는 환경을 세팅한다.
셋째, 달리기의 동기를 부여하기 위해 만보기 앱테크를 활용한다.
넷째, 정해진 시간에 알람이 오도록 설정하여 루틴을 자동화한다.
다섯째, 매일 밤 아이와 서로 도운 일을 공유한다.

부서지고 무너져도
다시 일어서는 법

백현기

꼴찌의 꾸준함

"야, 이번 중간고사도 우리 반 꼴찌는 쟤지?"
"그러니까."
"야, 공붓벌레!"
"야, 쟤가 무슨 공붓벌레야, 꼴찌 벌레지."

쉬는 시간, 같은 반 애들이 놀리는 소리가 들렸지만 못 들은 척했다. 이번 시험도 어김없이 반에서 꼴찌를 했다. 중학교 때까지만 해도 공부 잘한다는 소리를 들었다. 그래서 고등학교에서도 잘할 수 있을 거라고 믿었다.

우물 안의 개구리였다. 중학교까지는 고만고만한 반 친구들과 경쟁했지만, 고등학교는 달랐다. 기숙사 시스템에, 방학이면 선생님들까지 남아 방과 후 수업을 진행하는 곳이었다. 다들 공부에 미친 사람들 같았다. 처음엔 꼴찌가 싫어 부모님께 과외를 부탁했다. 부모님은 '별 핑계를 다 댄다.'라고 하셨지만, 막상 꼴찌 성적표를 받아들 때마다 표정이 굳으셨다. 그 침묵이 무서웠다.

고등학교 1학년 2학기부터는 전교 성적순으로 A반부터 D반까지 배정했다. 나는 'D반'이었다. 점심시간마다 함께 식사하거나 놀던 친구들은 모두 A, B반이었다. 처음엔 그러려니 했다가, 점점 목이 타들어 갔다. 더 잘하고 싶었지만, 이미 나누어진 순위를 뒤집기는 힘들었다.

매번 우리 반 꼴찌를 번갈아 하던 수현이와 눈이 마주쳤다. 새벽에 수영 다녀왔더니, 피곤해서 잠이나 자야겠다며 엎드렸다. 엎드린 뒤통수를 보며 또 자존심이 상했다. '쟤보다 더 많이 공부한 것 같은데, 내가 또 꼴찌라니….'

찬혁이가 교실 뒷문으로 들어와 매점이나 가자며 나를 불렀다. 전교에서 다섯 손가락 안에 들 만큼 공부도 잘했고, 성격까지 좋아 친구도 많았다. 한번은 과학 선생님이 내가 찬혁이와 어울리는 게 이해되지 않는다는 듯 말했다. "야, 너 때문에 다른 애 성적 떨어지면 어떻게 하려고 그래?"

처음엔 화가 났다. 하지만 그 말을 완전히 부정할 수는 없었다. 나만 미운 오리 새끼였으니까.

야간자율학습 시간. 사각사각 필기 소리가 교실에 울리면 머리가 지끈거리고, 가슴이 답답했다. 선생님께 도저히 야간자율학습을 하지 못하겠다고 말했다. 처음엔 완강하던 담임선생님도 부모님의 편지와 전화 덕분에 허락했다. 대신 집에 돌아와 혼자 방안에서 공부하기로 부모님과 약속했다.

그나마 영어와 과학 점수가 잘 나오는 편이라 집중적으로 매달렸다. 교과서의 글자 하나까지 쓰고 외웠다. 한 시간이 끝나면 집 근처 시립 운동장으로 달리기를 나갔다. 한 바퀴, 두 바퀴를 달리는 동안 머릿속이 가벼워졌다. 숨이 차고 다리가 무거웠지만, 포기하지 않았다. 그렇게 혼자 공부와 운동을 반복하며 점점 나만의 틀을 만들어 갔다.

2학년 1학기 기말고사에는 과학 점수가 많이 올랐다. 전체 평균은 여전히 낮았지만, 이전과 달리 마음은 한결 가벼웠다. 겨울방학에도 같은 루틴을 반복했고, 3학년 1학기에는 성적이 많이 올라 수능을 준비할 수 있었다.

몇 년 전, 100kg이 넘는 남자가 턱걸이에 도전하는 영상을 본 적이 있다. 처음엔 매달리는 것조차 힘겨워 보였지만, 그는 계속 철봉으로 돌아왔다. 떨어지면 다시 매달렸고, 한 달쯤 지나 결국 턱걸이 하나를 해냈다. 남과의 경쟁이 아니라, 어제의 자신을 넘어서는 싸움에서 영상 속의 그는 환희를 느끼고 있었다.

그 장면을 보자 오래전 내 모습이 겹쳐 보였다. 늘 꼴찌였던 나는 교과서를 통째로 외우고, 운동장을 무작정 달리며 조급함과 자책을 내려놓으려 애썼다. 느리더라도 포기하지만 않으면 된다는 다짐 하나로 버텼던 시간이었다.

그날 밤, 집 근처 공원으로 나갔다. 영상 속 남자처럼 철봉에 매달렸다. 팔은 금세 떨렸고, 손바닥은 찢어질 것처럼 아팠다. 머릿속에는 '놓치면 끝이다'라는 말만 맴돌았다. 이 순간만큼은 운동이 아니라, 버티는 연습이라고 다독였다. 처음엔 10초도 힘들었다. 그래서 목표를 바꿨다. 오늘만 버티자. 내일은 오늘보다 조금 더 버티자고.

한 달, 두 달이 지나자, 몸이 먼저 변하기 시작했다. 팔과 손목으로 버티는 시간이 늘어났고, 작은 변화들이 쌓였다. 철봉 위에서 손을 놓지 않고 버텨본 경험은, 출근길과 사무실에서 하루를 견디는 힘이 되었다.

사실 매일 내려놓고 싶었다. 바쁘다는 이유로, 야근 중이라는 이유로, 피곤하다는 이유로 수없이 핑계를 찾았다. 마음이 조금이라도 흔들릴 때면 포기라는 이름의 악마가 속삭였다. "이쯤 했으면 됐어. 그만해도 돼."

생각해 보면, 이때가 내 삶의 궤도가 조금씩 바뀌기 시작한 순간이었다. 어려움이 나타날 때마다 속도를 늦출 수는 있어도, 멈추지는 않았다. 누군가에게 인정받기 위해서가 아니라, 하기로 한 일을 반복하는 사람이 되고 싶었기 때문이다. 적어도 '나와의 약속만큼은 지킨다.'라는 기준 하나는 놓치고 싶지 않았다. 지금은 거창한 계획을 세우지 않는다. 해야 할 일이라면 어떻게든 시도하고, 반복한다. 하기로 한 일은 그냥 한다. 그게 내 방식이었고, 앞으로도 나를 지켜줄 유일한 방법이라는 걸 알기 때문이다.

  나를 일으키는 회복 루틴

　각자의 삶을 버티는 방식은 조금씩 다르다. 나에게는 거창한 목표가 아니라, 하루를 무너지지 않게 붙잡아 주는 루틴이 있었다. 책 한 페이지를 읽고, 운동화를 신고 집 밖으로 나가는 것. 그것만으로도 충분한 날이 있다. 학창 시절 꼴찌를 도맡아 했던 나는, 어른이 되어 포기하지 않는 법을 먼저 배웠다. 덕분에 오늘도 나만의 방식으로 하루에 점 하나를 찍는 중이다. 천천히, 느리지만 꾸준하게.

통증을 기록하기 시작했다

'윽!'

침대에 누운 채 기지개를 켰을 뿐인데, 허리에서 무언가 툭 끊어지는 듯한 통증이 올라왔다. 반사적으로 침대 모서리를 붙잡고 몸을 옆으로 굴렸다. 빠져나오듯, 겨우 일어났다. 숨이 막혔다. 천천히 숨을 고르고 휴대폰을 집어 들었다. 과장님 번호를 누르면서도 손이 떨렸다.

"과장님, 허리가 너무 아파서 병원에 좀 들렀다가 출근하겠습니다."

다들 출근 준비로 분주할 시간에, 나는 침대에 기대어 고통을 견디고 있었다.

택시를 불렀다. 엘리베이터에서 내려 택시까지의 몇 걸음 거리도 한참 멀게 느껴졌다. 택시 뒷좌석에 몸을 실을 때는 허리를 굽히지도, 펴지도 못한 채 어정쩡하게 주저앉았다. 기사님께 짧게 병원 이름만 말했다. 차가 출발하자, 작은 방지턱 하나에도 온몸이 흔들렸다. 신호에 걸릴 때마다 숨을 고르고, 다시 출발할 때마다 뒷좌석 손잡이를 꽉 잡았다.

병원에 도착해 CT를 찍고 의사 앞 의자 끝에 간신히 앉았다. 의사는 대수롭지 않다는 표정으로 화면만 보며 말했다.

"퇴행성 디스크입니다. 4번, 5번 간격이 아주 좁네요."

"네? 제 나이에 퇴행성이요?"

"나쁜 자세가 반복되면 빨리 올 수 있습니다. 다만 근육 운동을 꾸준하게 하면 좋아질 겁니다. 평생 건강 관리한다는 생각으로 운동하셔야 할 겁니다."

의사의 말은 위로도 겁을 주려는 것도 아니었다. 단지 사실을 말할 뿐이었다. 하지만 그 말 한마디가 뇌리에 박혔다. 평! 생! 관! 리! '평생?' '어떻게?' 지금껏 이런 말을 써본 기억이 없다. 갑자기 등장한 단어 하나가 당황스러웠다.

그렇게 처음으로 근육 운동을 하기 위해 출퇴근길에 있는 헬스장을 검색해 등록했다. 당시 헬스장은 세월의 흔적이 고스란히 남아 있어 언제 가도 특유의 냄새가 있었다. 쇳내와 운동하는 사람들의 땀 냄새가 뒤섞여 있었다. 나이 많은 어른도 있었고, 내 또래였지만 몸은 훨씬 좋은 사람도 보였다. 모두 건강해 보였고, 움직임도 익숙했다. 누군가는 턱걸이를 셀 수 없을 만큼 했고, 또 누구는 체중의 몇 배는 되어 보이는 바벨을 짊어지고 앉았다가 일어서기를 반복했다.

당시엔 요즘처럼 PT라는 개념이 없던 때라, 인터넷과 책을 뒤져가며

   5장 부서지고 무너져도 다시 일어서는 법

자세를 따라 했다. 처음 몇 주는 꾸준히 다녔지만, 내 몸 상태가 그걸 허락하지 않았다. 조금만 동작이 틀어져도 허리에서 바로 신호가 왔다.

그즈음부터 작은 노트를 하나 들고 다니기 시작했다. 어떤 동작에서 다리가 저렸는지, 어떤 자세가 통증을 오래 끌고 갔는지, 잠은 몇 시에 잤는지, 식사는 제때 했는지. 운동이 끝나면 센터에서 나오기 전에 그날의 몸 상태를 적었다. 기록은 금세 습관이 됐고, 습관은 나를 돌아보게 만드는 도구가 됐다. 몸은 삶 전체로 이어지는 통로 같았다. 몸에 미세한 균열이라도 있을 땐 그날 하루의 기분까지 흔들렸기 때문이다. 기록 덕분에 알 수 있었다. 몸이 흔들리면, 마음도 흔들린다는 걸.

『백년허리』, 『감기보다 쉽게 허리병 디스크를 고친 사람들』처럼 나와 비슷한 통증을 겪은 사람들의 기록을 찾아 읽었다. '근육은 써야 사라지지 않는다.' '긴장은 습관이다.' '통증은 몸의 언어다. 계속해서 사라지지 않고 말을 건다.' '움직임은 감정의 해소다.' 그 글들은 마치 내 몸을 대신 설명하는 듯했다.

어려운 용어도 많았지만, 내 몸에 관한 단어 하나, 예시 하나를 쉽게 넘기지 않았다. 읽다가 노트를 펴고, 다시 몸을 떠올렸다. 알면 알수록, 관리할 수 있는 게 늘어났다. 30분이 아니어도 괜찮았다. 어떤 날은, 그냥 몸이 허락하는 만큼만 움직였다.

매일 도시락을 싸 다니고, 헬스장을 다니니 사람들은 내가 운동을 좋아한다고 생각했다. 정작 당사자인 내가 어떤 통증을 견디며 살아왔는지는 모른다. 허리디스크, 목디스크, 어깨 충돌 증후군, 족저근막염. 병명은 줄줄이 있었고, 병원은 거의 매달 다니다시피 했다.

도수치료를 받고 통증 때문에 잠을 설친 날도 있었고, 종일 컴퓨터로 업무를 하다 보니 목덜미가 굳어 숨이 턱 막히는 날도 있었다. 어떤 날은 세면대 앞에서 허리를 굽히지 못해 한참을 서 있기도 했다.

다행히 지금은 예전만큼 아프지는 않다. 10km를 느린 속도라도 멈추지 않고 완주할 만큼 체력이 좋아졌다. 나의 부족한 곳을 보강하고, 굳은 곳을 풀어낸 시간이 쌓인 덕분이다.

운동을 붙잡고 살다 보니, 변화가 하나 더 생겼다. 이전엔 통증이 생기면 '왜 또 아프지?'라는 생각부터 들었다면, '어디에서부터 잘못되었지?'라는 질문이 먼저다. 아픔에 휘둘리는 것이 아니라, 스스로 아픔을 따라가며 원인을 찾아 해결하는 방향으로 바뀌어 갔다. 회사에서도 마찬가지다. 오래 앉아 있는 날이면 허리만 탓하던 예전과 달리, 지금은 의자 깊이, 발바닥에 실린 압력, 모니터 높이까지 관리 중이다.

아이러니하게도 평생이라는 단어가 나를 여기까지 데려왔다. 돌이켜보면, 스물다섯의 퇴행성 디스크는 내 몸을 평생 돌보라는 가장 이른 경고였다. 덕분에 나는 몸이 보내는 신호를 듣고 하루를 조금씩 조정하는 사람이 될 수 있었다.

운동이 내 삶에서 차지하는 비중이 커진 건, 건강 때문만이 아니라, 하루를 붙잡아 둘 수 있는 확실함이 필요했기 때문이다. 회사 일은 예측할 수 없고, 관계는 언제든 흔들리지만, 몸은 내가 움직인 만큼 강해질 수 있다. 30분을 쓰면 30분의 흔적이 남고, 10분이라도 움직이면 그만큼의 변화가 쌓였다.

지나고 보니, 평생 관리란 결국 해결해야 하는 문제도 아니었고, 두려운 예고 또한 아니었다. 나의 가장 오래되고 현실적인 조언이었다. 삶은 늘 불확실함의 연속이다. 반면 내가 확실하게 통제할 수 있는 건, 오직 이런 태도였음을 몸을 통해 배웠다.

단단해지는 연습

서른한 살, 직장에서 온종일 정신을 쏟아 일하다 잠시라도 쉬면 불안이 밀려왔다. 사람들은 그걸 번아웃이라고 불렀다. '시간이 지나면 좀 나아지겠지' 그렇게 자신을 달래봤지만 바뀌는 건 없었다.

몇 달째 야근을 반복해도 시간은 늘 부족했다. 업무 시간에 끝내지 못한 일을 붙잡고 주말까지 반납하는 날이 잦아졌다. 그래서였을까. 고질적으로 좋지 않았던 허리가 다시 아프기 시작했다. 어떤 날은 발가락까지 찌릿한 통증이 내려와 밤잠을 설치기도 했다.

업무 대부분이 서류 정리와 문서 작성이라 하루 종일 모니터 앞에 앉아 있는 날이 많았다. 그럴 때면 눈이 뻑뻑해지고 두통까지 찾아왔다. 병원에서 들은 진단명은 '난시'였다. 낯선 단어였다. 인터넷에서 찾아보니 일시적인 경우가 많고, 원인은 대부분 스트레스라고 했다. 특별한 약보다는 휴식이 더 중요하다고도 했다.

새로운 업무를 남들처럼 빨리 습득하지 못하는 나 자신이 미치도록 미웠다. 한심하기도 했다. 자신감은 점점 줄어들었고, 매일 아침 눈을 뜨고 출근하는 것조차 부담스러웠다. 그만큼 도망칠 구실이 필요했다. 쉬고 싶었고, 멈추고 싶었다.

그래서 건강 문제를 핑계 삼아 병가를 신청했다. 점심시간이 지나도록 집 침대에 누워 천장만 바라봤다. 오른손에는 스마트폰을 쥐고 있었지만, 화면을 켜지도, 넘기지도 않았다. 몸을 돌리다 알림 하나 없는 화면 위로 비친 내 얼굴을 봤다. 다시 돌아누워 천장을 보며 생각했다.

'내가 무엇 때문에 이렇게 열심히 살고 있지?'

'돈 때문인가?'

그렇다고 당장 마음 편히 손을 놓을 수도 없었다. 어떻게든 다시 정신을 차려야만 했다. 이대로는 안 되겠다는 생각이 들었다.

그 무렵에는 이미 체력이 바닥까지 떨어져 있었다. 혼자 무언가를 해보겠다는 다짐은 가망 없는 발악처럼 느껴졌다. 의지만으로는 아무것도 바뀌지 않는다는 사실을 그때는 인정할 수밖에 없었다.

동료의 제안으로 헬스장에서 함께 운동을 시작하기로 했다. 위치도 나쁘지 않았다. 직장 근처라 퇴근길에 곧바로 센터에 들러 운동을 마치고 집으로 돌아오기만 하면 되는 동선이었다. 하지만 정확한 운동을 배운 경험이 없어 코치에게 PT 수업을 받기로 한 것도 그때였다.

한 번에 4만 원이라는 금액이 부담되지 않았다면 거짓말이다. 그래도 체력을 끌어올리지 않으면, 그다음은 없을 것 같았다. 지금의 나에

　　　　　　　　　　　나를 일으키는 회복 루틴

게 필요한 건 의지가 아니라, 이 상황에서 빠져나올 수 있는 최소한의 수단이었다. 그만큼 이 비용이 나의 마지막 투자라고 생각하기로 했다.

운동을 시작한 지 한 달쯤 됐을 때였다. 운동하는 내내 하품이 나왔다. 어떤 날은 앞에 코치가 있다는 사실도 잊은 채 입을 크게 벌리고 하품하다 뒤늦게 멋쩍어지곤 했다. 근력 운동은 생각보다 훨씬 쉽지 않았다. 무거운 덤벨을 들어 올리다 보면 손목과 팔꿈치가 욱신거렸고, 가끔은 근육이 제대로 반응하지 않아 코치의 지적을 받았다.

두 달쯤 되자, 늦은 저녁 시간까지 운동을 마치고 온 뒤에도 다음날 도시락을 준비할 수 있을 정도가 됐다. 몸이 아주 좋아졌다고 말할 수는 없었지만, 적어도 하루를 버틸 여력은 생겼다. 그 여유는 자연스럽게 일하는 태도에도 긍정적으로 작용됐다.

PT의 장점 중 하나는, 지금의 내 상태를 비교적 객관적으로 바라볼 수 있다는 점이었다. 어떤 날은 힘이 남아 팔과 다리가 가볍게 느껴졌고, 또 어떤 날은 근육이 뻐근해 체력이 부족함을 그대로 드러냈다. 코치가 기록해 둔 무게와 반복 수를 확인하며, 나는 점점 내 몸의 변화를 읽을 수 있게 됐다.

신기하게도 이런 감각은 운동 시간에만 머무르지 않았다. 몸의 상태를 그대로 인정하고 조절하는 방식이, 일하는 태도에도 조금씩 스며들었다.

예전 같으면 해결하지 못한 보고서 하나 때문에 자료를 모으다 멈추고, 문장 하나에 막혀 처음으로 돌아가기를 반복했을 나였다. 지금은 시간을 정해 초안부터 완성한다. 수정은 나중 일이다. 불필요한 표현을 줄이고, 같은 내용을 반복하지 않으려 의식했다. 완벽보다는 중간중간 정리하는 것이 우선이었다. 업무의 양이 줄어든 건 아니었지만, 다루는 방식은 분명히 달라졌다.

출근길의 풍경도 달라졌다. 예전에는 차 안에서도 온갖 업무와 문제 상황이 머리를 채웠다면, 이제는 차분히 운전하며 출근 경로를 확인한다. 날씨나 도로 상황에 따라 조금 여유 있게 움직일 줄도 알게 됐다.

운동에 몰두하는 시간이 늘어날수록, 예전에 내가 왜 그렇게 실수에 예민했고, 자신을 이해하지 못했는지도 조금씩 보이기 시작했다. 그때의 아픔과 좌절은 사라진 게 아니라, 오늘의 굳은살이 되기 위해 그렇게 버티고 있었던 거였다. 있는 그대로 나를 받아들이는 시간을 반복하며, 몸과 마음은 서서히 같은 방향으로 움직이기 시작했다.

그 변화가 잠깐으로 끝나지 않게 붙잡아 준 건 기록이었다. 다시 운동일지를 쓰기 시작했다. 그날의 실패 지점과 사용한 무게, 몸 상태, 그리고 하루에 스쳐 간 크고 작은 기억들까지 한곳에 모아 적었다.

끝없는 반복처럼 느껴지는 시간도 있었지만, 근력 향상에 가장 확실한 방법이 반복이라는 사실은 분명했다. 운동이 그렇듯, 내 삶도 기록과 반복 속에서 조금씩 다른 방향으로 나아가고 있었다.

직장 업무 속에서도, 관계 속에서도 나는 자주 돌아본다. 같은 실수를 반복하지 않기 위해, 그리고 과정을 기록하기 위해서다. 시간이 흐르면 이 기록은 내일의 나를 위한 오답 노트가 될 것이다.

나는 특별한 재능도, 똑똑함도 없다. 체력도 부족하다. 대신 쉽게 포기하지 않는다. 꾸준함이 내가 가진 유일한 재능이다. 나에게 허락한 시간을 놓지 않는 것. 그게 내가 단단해지는 방식이었다.

나만의 성장 루틴 세 가지

몇 달 동안 이어진 마지막 PT 수업을 마치고 거울 앞에 섰다. 어깨선은 분명해졌고, 팔은 눈에 띄게 두꺼워져 있었다. 그런데도 마음은 이상하게 허전했다. '수업 시간'이 사라진 자리 때문이었을까. 이제 혼자서도 운동하겠다고 다짐했지만, 하지 않아도 되는 이유를 더 자주 떠올리게 됐다.

'오늘은 퇴근이 늦었으니 쉬자.' '딱 하루쯤은 괜찮겠지.' 그렇게 하루 이틀이 쌓였고 정신을 차려보니 일주일이 지나 있었다. 몸이 변하는 데는 시간이 오래 걸리지만, 습관이 흐트러지는 건 정말 한순간이었다.

이 공백을 어떻게 채워야 할지 막막했다. 그래서 외부 도움 없이도 운동할 수 있는 나만의 실천 계획을 세우기 시작했다. 다시 무너지지 않기 위해 만든 유일한 회복 루틴이었다.

첫째, '기록'으로 하루를 단단히 다졌다. 매번 운동을 마칠 때마다 앱을 열어 짧은 기록을 남겼다. '러닝머신 3km, 스트레칭 10분, 스쿼트

50회.' 누구에게 보여줄 것도, 자랑할 것도 아닌 나만의 생활 보고서였다.

기록이 쌓일수록 변화가 눈에 띄었다. 사람은 쉽게 달라졌다는 감각을 느끼지 못하지만, 기록은 그 변화를 사실로 증명한다. 또한 '아, 나는 계속 가고 있구나.' 그 안도감 덕분에 하루쯤 기록이 늦어져도, 스스로에 대한 믿음은 금세 회복됐다.

몸의 힘을 기르는 게 운동이라면, 마음의 힘을 기르는 건 독서였다. 책 한 권을 읽을 때마다 인상 깊은 문장을 붙잡고 짧은 글을 썼다. 수필이 되기도 했고, 시처럼 남기도 했다. 처음엔 귀찮았다. 하지만 어느 순간 그 문장들이 내 하루의 중심이 됐다. 어떤 날에는 문장 하나가 하루 전체를 버텨주기도 했다. 몸과 마음이 흔들릴 때마다, 그 기록들은 나를 다시 세웠고, 나를 회복시키는 방식이 되었다.

둘째, 작게라도 당장 시작했다. PT 수업이 있을 때는 약속된 운동 시간이 있었지만, 혼자 하다 보니 그 규칙은 쉽게 느슨해졌다. 운동을 '해야 하는 일'로 여기는 순간, 몸보다 마음이 먼저 지쳤다. 그래서 방향을 바꿨다. '해야 한다'가 아니라, '할 수 있다'로.

운동 시간이 꼭 한 시간일 필요는 없었다. 10분이면 충분했다. 스트레칭만 해도, 팔굽혀펴기 20개만 해도 그날은 운동한 날로 셌다. 작게라도 하는 것, 그것이 내가 만든 두 번째 루틴이었다. 운동을 오래 쉬면 마음속 문턱이 높아진다. 하지만 10분은 누구에게나 허락된 시간이고, 그 10분이 몸의 리듬을 다시 불러왔다.

이 원리를 독서에도 적용했다. 책 한 권을 끝내야 한다는 부담 대신, 바쁠 땐 하루에 단 한 페이지라도 읽기로 했다. 무언가를 꾸준히 한다는 건 거창한 결심이 아니라, 작은 시작을 매일 반복하는 태도였다.

돌이켜보면 운동, 독서, 기록으로 이루어진 이 반복들은 대단한 계획이 아니었다. 하루 10분, 한 페이지, 한 동작. 그 사소한 실천들이 삶에 생긴 균열을 조금씩 메워주었다. 그렇게 다시 일상의 리듬을 되찾았을 때, 나는 이미 나만의 속도를 갖고 있었다.

마지막으로, '나만의 리듬'을 만들었다. 삶에는 누구에게나 각자의 속도가 필요하다. 전문 운동선수나 전업 작가가 아닌 이상, 매일 같은 강도로 일하고, 읽고, 쓸 수는 없다. 중요한 건 완벽한 계획이 아니라, 반복되는 일상에서도 나만의 흐름을 잃지 않는 일이었다.

예전의 나는 주말만 되면 리듬이 쉽게 무너졌다. '5분만 더…' 하다 보면 점심때가 되어서야 침대에서 일어났고, 그렇게 하루가 흐트러지면 그 여파는 다음 주까지 이어지곤 했다. 그래서 그때는 의도적으로 평소와 다른 선택을 했다. 집 근처를 천천히 산책하거나, 익숙한 동선을 벗어나 달렸다. 어느 날에는 낯선 카페에 앉아 책을 읽거나, 집에서 새로운 레시피로 간단한 요리를 했다. 그렇게 작은 변화를 주는 것만으로도 주말의 리듬은 다시 살아났다.

또 하나의 방법은, 비슷한 리듬을 공유할 수 있는 사람을 곁에 두는 일이었다. 혼자보다는 둘, 혹은 여럿이 함께하는 운동을 택했다. 테니스든, 탁구든, 러닝이든 누군가와 약속이 생기면 리듬은 훨씬 오래 유

　　　　　　　　　　　　　　　　나를 일으키는 회복 루틴

지됐다. 누가 더 잘하고 얼마나 했는지는 중요하지 않았다. 짧은 안부와 가끔 오가는 대화들이 자연스럽게 한 주와 한 달의 흐름을 만들어주었다.

개인 코치와의 1:1 운동이 끝나고 나서야, 나는 비로소 진짜 운동을 시작한 것 같았다. 누가 시켜서 하는 움직임이 아니라, 스스로 만들어가는 리듬 속의 운동. 누가 추천한 책이 아니라, 내가 찾아 읽고 남기는 기록. 이 시간이 겹치면서, 내 일상은 서서히 단단해졌다.

나만의 루틴을 만들 수 있었던 비결은 단순했다. 큰 결심이나 특별한 동기부여 때문이 아니라, 나만의 이유를 만들어 지켰기 때문이다. '오늘은 몸이 조금 아프니 딱 10분만 움직이자.' '책 한 페이지만 읽어도 오늘은 성공이다.'

그렇게 만든 이유는 매일 나를 침대에서 일으켜 세워 헬스장으로, 책상 앞으로 데려왔다. 그것은 내가 허락한 선택이었지, 억지로 밀어붙이거나 강요한 다짐이 아니었다. 결국 루틴이란 자기 자신과의 합의였다. 완벽하게 지켜야 하는 규칙이 아니라, 흐트러진 나를 제자리로 돌아오게 만드는 장치였다.

꾸준함을 설명하는 그림을 본 적이 있다. 나란히 놓인 컵들에 담긴 양은 제각각이었지만, 비어 있지는 않았다. 매일의 노력은 늘 같지 않지만, 멈추지 않기만 하면 이어지고 있다는 뜻이었다. 내 삶의 루틴도 그랬다. 많이 하지 않아도 완전히 비워두지만 않으면, 다시 나에게로

133　　　　　　　　　　　

돌아올 수 있었다.

　무너졌던 나를 다시 일으켜 세우는 일은 거창한 변화가 아니다. 오늘의 나를 어제보다 조금 더 단단하게 만드는 과정이다. 나는 지금도 그 일을 아주 천천히 그러나 꾸준히 이어가고 있다.

매일 성장하는 나만의 성장 루틴 세 가지

첫째, 다짐의 끈을 놓치지 않기 위해 매일 기록한다.

둘째, 미루는 습관을 고치기 위해 작은 실천을 반복한다.

셋째, 나만의 리듬을 잃지 않기 위해 점검을 반복한다.

6장

한 걸음의 힘,
한 줄의 위로

신민진

뜻대로 할 수 없는 일

인생에서 첫 경험은 언제나 강렬하다. 첫사랑, 첫 출근, 첫 도전처럼 '처음'이라는 이름이 붙은 기억들은 크고 작은 다른 경험들을 제치고 오래도록 삶에 영향을 준다. 나에게는 특히 첫 시련이 그랬다. 보송보송 솜털이 돋아 있던 여린 마음에 난 상처는 유난히 시리고 아팠다. 이제는 잘 아문 흉터를 매만지며 그때를 떠올려 본다. 한때는 접어두었던 생각들을 지도처럼 펼쳐본다. 흉터는 아픔의 증거가 아니라, 회복으로 이어진 길목이 되어 나를 돌아보게 한다.

쿵.

현관문 닫히는 소리에 조용하던 집안이 흔들렸다. 깜짝 놀라 현관으로 달려가 보니, 늘 있던 아버지 신발 자리가 휑했다. 탁자 위에 놓여 있던 『버섯학』책도 사라졌다.

"아빠, 어디 가?"

급히 현관문을 열고 불렀지만, 아버지는 듣지 못한 듯 대답 없이 차를 몰고 나가셨다. 저녁 식사가 끝나고 한참 지난 시간이었다. 집안 공기가 단번에 싸늘해졌다. 조심스레 안방 문을 열었다.

"엄마 괜찮아? 아빠 어디 간 거야?"

"시골 갔겠지. 나도 몰라."

아버지와 언성이 오간 뒤 어머니는 이마에 팔을 얹은 채 누워계셨다. 목소리에는 기운이 남아 있지 않았다. 가끔 다투실 때가 있었지만, 아버지가 집을 나가버린 건 처음이었다. 그 무렵 아버지는 조기퇴직을 하시고 버섯 농사를 준비하고 계셨다. 스마트폰도, 인터넷 검색도 흔치 않던 1999년, 아버지 손에는 늘 『버섯학』 책이 들려 있었다. 도서관을 드나들고 농가를 찾아다니며 분주하던 시절이었다. 시골집에 가시는 일은 잦았지만, 어둠이 깔린 저녁에 출발하는 것은 처음 있는 일이었다.

밖으로 나와 공중전화 앞에 섰다. 춥지 않은 날씨였지만 몸이 움츠러들었다. 아버지가 시골에 잘 도착하셨는지 걱정이 돼 전화를 걸었다.

"특별한 일 없으면 끊어."

차가운 목소리에 말문이 막혔다. 수화기를 만지작거리다 언니 전화번호를 눌렀다.

"또 싸웠어? 지겨워 죽겠어. 너도 신경 쓰지 마."

타지에서 대학원 생활을 하던 언니는 가족이 아닌 타인처럼 느껴졌다. 언니와 마음을 나누면 괜찮아질 줄 알았는데 수화기를 내려놓고 혼자 눈물을 닦았다.

같은 시기, 어머니의 건강도 급격히 흔들렸다. 몇 달째 하혈이 멈추지 않아 일상생활조차 버거웠다. 종잇장처럼 창백한 얼굴을 한 채 걷다가도 픽픽 쓰러지는 어머니를 보며 나는 겁이 나 숨을 죽이곤 했다.

온실 같던 우리 집에 불어닥친 찬바람은 가족을 뿔뿔이 흩어놓았다. 나는 홀로 어머니 곁을 지켰다. 대학교 3학년이었지만, 다행히 수업은 많지 않았다. 가능하면 집에 머물며 약속도 일부러 만들지 않았다. 어머니의 기분을 살피며 재미있는 이야깃거리를 찾고, 유행하던 황금잉어빵도 자주 사 왔다. 어머니가 잠시라도 웃어주면 그걸로 충분했다. 배달 문화가 익숙하지 않던 시절이라 냄비를 들고 동네 가게들을 기웃거리기도 했다. 골목을 뛰어다니며 어머니가 먹고 싶어 하시는 음식을 구해오면 괜히 마음이 놓였다. 가끔은 시골에 계신 아버지에게 안부 전화를 걸고, 언니의 근황도 챙겼다. 무너져가는 가족을 혼자 떠받치고 있는 사람처럼 나는 하루하루 온몸에 힘을 주고 버텼다.

하지만 아무리 애를 써도 가족은 예전으로 돌아오지 않았다. 아버지와 언니는 여전히 냉랭했고 함께 모일 시간조차 만들기 어려웠다. 버티던 마음에 서서히 힘이 빠지며 무력감이 밀려왔다. 생각의 끝은 늘 미움으로 향했고 뜻대로 할 수 없는 현실 앞에서 나도 함께 무너지고 있었다.

그때의 나는, 나를 돌보는 방법을 알지 못했다. 그저 복잡한 생각을 멈추고 싶어 책을 집어 들었다. 집에 머무는 시간이 많아 책을 읽기엔 좋았다. 책 속 다른 세계에 빠져들면 잠시 마음이 편해졌다. 중학교 때 좋아했던 『데미안』을 다시 펼쳤다. 가까운 곳에 두고 매일 보았다. 몇 문장을 곱씹으며 반복해서 읽으면 흩어졌던 마음들이 모였다. 독서는 자연스럽게 일기 쓰기로 이어졌다. 머릿속 생각을 쏟아내듯 종이를 채웠다. 누구도 신경 쓰지 않고 나에게만 집중할 수 있는 시간이었다. 종이에 감정의 무게를 내려놓을수록 마음은 조금씩 정돈되었다.

종일 방에 있으면 어머니는 밖에 나가 움직이라며 내 등을 떠밀었다.

"엄마 괜찮으니까 나가서 친구도 만나고 하고 싶은 거 해."

신경 쓰이게 하기 싫어 가끔 못 이긴 척 실내수영장에 가거나 동네를 거닐었다. 내키지 않는 외출이었지만, 막상 집을 나서면 숨이 트였다. 집 밖으로 나오자 흑백 같던 세상에 서서히 색이 입혀졌다. 멈춰 있던 시간도 다시 흐르기 시작했다. 감정에 매여 있지 않은 것만으로 삶은 자연스럽게 앞으로 나아갔다. 원망과 자책을 내려놓고 나니 각자의 자리에서 변화를 겪고 있는 가족의 모습이 보였다. 나 역시 가족의 울타리 안에 있던 어린아이에서 혼자 설 수 있는 어른으로 자라가고 있었다.

이제는 20년도 더 지난 이야기다. 난생처음 내 손으로 어찌할 수 없는 일을 겪으며 어두운 시간을 지나왔다. 살다 보면 예기치 못한 사건이나 관계의 어려움, 건강 문제처럼 통제할 수 없는 일들은 계속 찾아오기 마련이다. 그때마다 나를 구해준 동아줄은 책과 운동이었다. 안 되는 일을 붙잡고 애쓰기보다 그 시간을 잘 가꾸어 갈 힘을 얻었다. 이

 나를 일으키는 회복 루틴

제는 상황을 바꿀 수 없다고 해서 내가 무능하고 보잘것없는 존재가 아니라는 걸 안다. 주변 사람들을 탓할 필요도 없다. 내 뜻대로 할 수 없다고 주저앉아버렸다면 그 사실을 깨닫지 못했을지도 모른다. 넘어지고 일어서기를 반복하는 게 인생이라지만, 일어서는 법을 알게 되면 더는 넘어지는 게 두렵지 않다. 통제할 수 없는 것을 붙들기보다 오늘 할 수 있는 작은 일을 기꺼이 해내는 것. 그 흐름에 따라 살아가다 보면 어느 순간 다시 일어설 힘이 차오른다. 변화는 그렇게 작은 움직임에서 시작된다.

나를 만나는 시간

"저 교사 되기 싫어요. 임용고시 안 볼래요."

대학교 4학년을 앞두고 부모님께 느닷없는 선언을 했다. 내가 다니던 특수교육과는 말 그대로 특수교사를 양성하는 학과였다. 임용고시를 보지 않는 학생은 아무도 없었다.

"네 생각이 그렇다면 교사 말고 다른 일 해도 되는데, 그래도 임용고시는 한 번쯤 보지 그래?"

철부지 반항처럼 들렸을 말에 혼이 날 줄 알았는데 아버지는 의외로 덤덤하셨다. 떨어져도 상관없는 거면 가벼운 마음으로 시험을 경험해 보라는 말씀이었다. 나는 붙어도 교사는 하지 않을 거고, 시험은 보되 공부는 하지 않을 거라며 투덜거렸다.

그토록 바라던 전공으로 원하는 대학에 갔다. 자유롭고 낭만적인 캠퍼스에서 멋진 미래를 그려보기도 했다. 하지만 어느 순간부터 의욕이 사라졌다. 친구들과 어울리는 일도 즐겁지 않았고, 열심히 하던 동아리 활동마저 점점 멀어졌다. 가족 사이의 불화는 마음을 짓눌렀고 세상의 어떤 것도 의미를 잃어갔다.

"너 수영 잘하잖아. 수영장 다닐래?"

집에만 있는 나를 보다 못한 어머니가 넌지시 말을 꺼내셨다. 어릴 적 내가 수영을 배웠던 일을 떠올리신 모양이었다. 아픈 엄마가 걱정되기도 했고, 그 무렵의 나는 딱히 하고 싶은 일도 없었다. 같은 말을 여러 번 듣다 보니 운동 하나쯤 해도 괜찮겠다는 생각이 들었다. 할 줄 아는 운동이 수영뿐이라 선택의 여지도 없었다. 그렇게 고민 끝에 회원권을 등록했다.

처음부터 수영이 좋았던 건 아니다. 귀찮아서 마지못해 수영장으로 향한 날도 많았다. 그런데 물에 들어가면 어느새 긴장이 풀렸다. 한 시간 남짓 수영을 하고 나오면 특별한 이유 없이 마음이 가벼워졌다. 노력으로는 좀처럼 바뀌지 않던 어두운 기분이 잠시나마 밝아지는 게 신기했다. 그 무렵 수영장은 내 생활의 작은 돌파구가 되었다. 문을 닫는 일요일을 빼고는 하루도 거르지 않았다. 새벽 6시 강습을 듣고, 학교 수업이 끝나면 오후에 다시 자유 수영을 하러 갔다. 물속에서는 머릿속이 말끔히 비워졌다. 숨이 가득 차오르는 느낌도 좋았다. 호흡과 팔다리의 움직임에 집중하다 보면 어느새 리듬이 일정해지고, 그 순간 물과 내가 하나 되는 평화가 찾아왔다.

수영에 재미를 붙이면서 일상에 생기가 돌기 시작했다. 4학년 개강과 함께 은둔하듯 지내던 생활에도 햇빛이 들었다. 학교로 향하는 발걸음이 가벼워졌다. 하루는 버스에서 내려 캠퍼스로 들어서는데 우리과 동기들이 나를 향해 뛰어왔다.

"야, 로비에 너 찾는 대자보 붙었어!"

교육관 로비 한가운데에는 '특수교육과의 인어공주를 찾습니다'라는 대자보가 붙어있었다. 수영장 이름과 다니는 시간, 심지어 수영복 디자인까지 나를 정확히 묘사하고 있었다. 잠시 공개 고백의 주인공이 되긴 했지만, 로맨스로 이어지지는 않았다. 대신 '수영 잘하는 애'라는 별명만 남았다. 그럴 만했다. 그때의 나는 그야말로 수영 중독자였다.

그즈음 자연스럽게 임용고시 공부를 시작했다. 굳게 마음을 먹어서라기보다 그냥 물들듯 변화가 스며들었다. 도서관을 오가며 공부했고 틈틈이 책도 읽었다. 동네 책방에서 조심스레 고르던 책들과 달리 도서관에서는 닥치는 대로 마음껏 읽을 수 있어서 좋았다. 주로 심리학 분야의 책을 집어 들었고, 중학교 때 좋아했던 고전문학, 고등학교 시절에 즐겨 읽던 정치와 법 관련 책도 다시 펼쳤다. 특히 철학과 인권에 관한 책들은 여전히 재미있었다.

좋아하는 분야의 책을 읽다 보니 잊고 지내던 꿈들이 다시 고개를 들었다. 책이 건네는 이야기 속에서 하고 싶었던 일들이 하나둘 떠오르며 마음속이 차올랐다. 수영과 책은 전혀 다른 세계 같았지만, 나에게는 한 팀이었다. 수영이 몸을 깨우는 동안 책은 마음을 일으켜 세우며 나를 북돋웠다. 수영은 삶을 끌고 갈 힘을 주었고 책은 그 힘이 향할 방향을 잡아주었다. 하루도 빠짐없이 새벽 5시에 일어나 수영장으로 향하는 습관도 그렇게 만들어졌다. 힘을 잃고 막막하던 내가 책을 통해 다시 가능성이 많은 세상으로 나아갔다. 무기력했던 나에게 다른 삶이 열렸다.

2001년, 무사히 대학교를 졸업하고 특수교사가 되었다. 첫 발령지는 읍소재지의 시골 학교였다. 아이들을 처음 만나던 순간 이 일이 곧 내 길이라는 확신이 들었다. 수영과 독서를 통해 잃어버렸던 꿈을 다시 키워온 시간 덕분이었다. 학교 근처로 원룸을 구하면서 근처에 수영장이 있는지도 살폈다. 나를 가꾸고 바로 세우는 끈을 놓지 않고 싶었다. 결국 수영장은 없었지만, 그 대신 매일 동네를 걸었다. 수업 준비와 업무에 쫓기더라도 일단 한 시간 넘게 걷다 들어왔다. 그러면 생각이 맑아지고 더 좋은 아이디어가 떠올랐다. 곁에는 늘 책이 있었다. 책은 내가 하는 일에서 본질을 놓치지 않게 붙잡아 주었다. 그 힘으로 타성에 젖지 않고 한결같은 태도를 지켜올 수 있었다.

운동과 독서를 통해 나를 돌보며, 자신에 대해 끊임없이 알아간다. 무엇을 느끼는지, 어떤 것을 좋아하고, 어디까지 해낼 수 있는 사람인지 묻고 시험해 보며 나를 바라보는 시간을 갖는다. 그리고 괜찮다는 말로 다독여 준다. 그만하면 잘했다고 칭찬하고 격려해 주는 것도 잊지 않는다. 삶의 방향을 바꾸게 해준 힘은, 나를 몰아세우는 채찍질이 아니라 긍정적인 생각과 따뜻한 말에서 비롯되었다. 자기 자신을 책망하지 않고 진심 어린 아량으로 품어줄 때 나를 사랑하는 여정으로 나아가게 된다. 이제는 누군가의 무엇이 되려 하기보다, 나 자신이 되기 위한 길을 걷는다. 내가 좋아하는 『데미안』의 책 속 한 문장을 손에 꼭 쥐어본다.

"저마다의 삶은 자기 자신을 향해 가는 길이다."

오뚝이가 되는 법

'블로그 서비스 중단'

읽지 않은 메일 틈에서 제목 하나가 눈에 띄었다. 블로그 운영을 종료하게 되어 데이터 백업을 신청하라는 내용이었다. 황급히 내 블로그에 접속했다. 다행히 이십 대 중반부터 삼십 대 초반까지의 내가 여전히 그곳에 살고 있었다. 게시물 하나하나를 넘길 때마다 잊고 지냈던 기억들이 되살아나 마음을 두드렸다. 운동과 여행을 즐기며 환하게 웃는 사진들, 다정하게 댓글을 남겨준 친구들, 도전과 배움으로 채워진 이야기들에는 활력이 넘쳤다. 지금보다 풋풋하고 거침없던 젊은 날의 모습이 화면 속에서 시선을 잡아끌었다. 10년 동안의 일상과 관심사를 기록한 글들은 차곡차곡 쌓여서 나만의 작은 역사책이 되어있었다.

"야, 신민진! 같이 가. 천천히 좀 가자."

꿈결처럼 아득한 목소리가 들려왔다. 지리산 천왕봉으로 향하던 길이었다. 흙을 밟고 나무를 만지며 숲길의 맑은 공기에 취해 걷고 있었다. 문득 뒤돌아보니 나뭇잎 사이로 움직이는 까만 물체가 보였다. 내 친구 은영이의 머리였다. 멀어진 거리에 깜짝 놀라 단숨에 뛰어 내려갔다. 얼굴이 벌겋게 달아오른 은영이는 울상을 짓고 있었다.

"어떻게 뒤도 안 돌아보고 혼자 가?"

산이 힘해서 더는 못가겠다는 친구에게 미안함이 밀려왔다. 멋쩍게 웃는 나를 흘겨보며 은영이는 내게 '대전 날다람쥐'라는 별명을 붙여주었다. 힘든 산행이었다. 나는 이대로 정상까지 오를 수 있을 것처럼 힘이 넘쳤지만, 은영이는 이미 지쳐있었다. 허리를 받쳐주고 손을 잡아 끌며 네 시간 반 만에 겨우 장터목 대피소에 도착했다. 그런데 함께 출발했던 일행들은 보이지 않았다. 한참 더 걸려야 도착할 거라는 연락을 받고서야 내가 너무 앞서갔다는 사실을 깨달았다. 은영이의 체력이 약한 게 아니었다. 두세 시간을 더 기다려야 한다는 말에 우리는 다른 산행객 팀에 끼어 앉았다. 시무룩해진 은영이 기분을 풀어주고 싶어서 일부러 분위기를 띄웠다. 모르는 사람들이었지만, 금세 어울려 유쾌한 이야기를 나누고 라면을 얻어먹었다. 한데 모여 사진도 함께 찍었다. 이내 웃음을 터뜨리던 은영이는 기운을 되찾았고, 다음 산행도 약속했다. 이날 이후 은영이는 나와 함께 20년 지기 운동광이 되었다.

체력과 열정이 넘치던 시절의 사진을 보면 묘한 힘이 솟는다. 과거의 내가 현재의 나에게 '이게 너야. 지금도 할 수 있어!'라고 말하듯 당

  나를 일으키는 회복 루틴

당한 미소로 눈을 맞추어준다. 고된 육아에 나를 잃은 것처럼 풀이 죽을 때도 지나온 시간을 돌아보면 용기가 생겼다. 블로그에 남겨진 기록들은 내가 그럴 힘을 지닌 사람이라는 분명한 증거였다. 엄마로, 아내로 타인에게 중심을 맞추며 살아가는 일상을 핑계 삼지 않고, 나 자신을 오롯이 믿게 된다.

수영을 시작하고 운동이 일상이 된 지도 어느덧 20년이 넘었다. 물론 정체기와 위기도 있었다. 출산 후 체중이 늘고 운동과 멀어졌던 시기, 우울감 속에서 폭식을 반복하고 소파에 누워서 시간을 흘려보내던 날들도 있었다. 그때는 삶의 주도권마저 잃은 기분이었다. 하지만 한 번 닦아놓은 길은 쉽게 사라지지 않았다. 운동으로 길러진 회복력 덕분에 다시 길을 찾았다. 러닝머신 위에서 천천히 걷는 것부터 시작했다. 몸을 움직이면서 식습관이 정돈되고 자신감과 의욕이 되살아났다. 과거를 돌아보고 현재를 기록하며 힘을 잃지 않았다. 회복의 경험이 쌓일수록 잘 닦인 지름길이 생겨났다.

얼마 전 친정집에서 점심을 먹고 있는데, 낯선 번호로 전화가 걸려왔다. 지역교육청이었다.

"학습 코치 80명 정도를 학교에 파견하려고 하는데, 실제 현장에서 도움이 될 만한 강의 가능하실까요?"

작년에 교육해주신 선생님께서 나를 소개해주셨다며 강의를 의뢰하는 전화였다. 학습 부진 학생을 돕기 위한 코칭 전략은 엄밀히 말해 내 전문 분야가 아니었다. 게다가 퇴직하고 일을 떠난 지 3년이나 되었다.

     6장 한 걸음의 힘, 한 줄의 위로

갑작스러운 제안에 어리둥절해졌지만 일단 수락부터 했다.

"네. 가능합니다. 주제에 맞게 준비하겠습니다."

망설임 없는 대답에 오히려 상대가 더 당황한 기색이었다. 전화기 너머에서 질문은 없냐는 말을 몇 번이나 건네왔지만, 내 마음은 단순했다. '하면 되지'라는 생각뿐이었다. 전화를 끊고 걱정이 스치는 것도 잠시였다. 그보다 새로운 도전에 대한 설렘이 더 컸다. 부족한 건 지금부터 채우면 된다는 믿음이 있었다.

곧바로 관련 키워드로 책 다섯 권을 주문했다. 밑줄을 긋고 노트에 정리하며 내용을 익혔다. 책에서 얻은 지식에 나의 경험을 보태 강의 흐름을 구성하고 자료를 만들어 갔다. 핵심 메시지를 중심에 두고 기승전결을 다듬었다. 그렇게 2주 동안 준비한 강의는 예상보다 큰 호응을 얻었다. 집으로 돌아가는 길에 담당자에게 전화가 왔다.

"강의 평가가 너무 좋아서 바로 전하고 싶었어요. 오늘 감사합니다."

새로운 도전을 잘 마쳤다는 안도감에 웃음이 났다. 이제 오십을 앞둔 나이가 되었지만, 체력과 자신감이라는 무기를 쥔 나는 여전히 두려움 없는 청춘이다. 젊은 시절의 '대전 날다람쥐'가 다시 깨어났다.

운동은 삶을 대하는 태도를 긍정적으로 바꾸어준다. 그러니 억지로라도 해야 하는 투자다. 밑질 일이 없다. 건강을 얻는 것은 물론 그보다 더 큰 부수 효과를 안겨주었다. 일단 한번 해보자는 용기, 새로운 일에 뛰어들 수 있는 배짱, 꾸준히 해내며 쌓이는 책임감이 모두 운동에서 비롯되었다. 몸을 움직이다 보면 어느 순간 자신감이 끝없이 차오른다. 무모하게 시작했다 하더라도 '해볼 만하다', '할 수 있다'라는 감각을 얻게 되기 때문이다. 운동 시간을 지키고, 방법을 익히고, 목표를 채워가는 과정은 결국 해내는 기쁨으로 이어졌다. 그 기쁨은 다시 사람을 움직이게 하는 원동력이 된다. 다만 몇 번의 경험일지라도 강렬한 성취를 맛보면 삶의 패턴은 달라진다.

운동이 삶을 앞으로 나아가게 했다면, 기록은 걸어온 길을 잊지 않게 해준다. 변화의 순간들을 기록해 두면, 다시 흔들릴 때마다 나를 불러 세울 수 있다. 블로그에 남겨진 글과 사진들은 '해낼 수 있었던 나'를 다시금 일깨워 지금의 나를 지탱해 주었다. 몸으로 쌓은 경험과 글로 남긴 기록이 겹쳐질 때, 삶은 쉽게 무너지지 않는다.

혹여 다시 주저앉는 날이 오더라도 괜찮다. 이제는 해야 할 일이 선명하다. 몸을 움직이고, 기록을 펼치고, 이미 버텨낸 나의 시간을 다시 꺼내는 것, 이것이 내가 배운 회복의 기술이다.

삶을 사는 지혜

컴퓨터를 켜둔 채 무작정 집을 나섰다. 원고 마감이 코앞인데 도저히 쓸 내용이 떠오르지 않았다. 복잡한 번화가를 지나기 싫어 200m 남짓 거리를 차로 이동했다. 차에서 내리면 곧바로 우리 동네 뒷산 오솔길로 이어졌다. 축축한 흙냄새를 맡으며 숨을 들이쉬면 굳어있던 어깨가 내려가고 얼굴 근육도 풀렸다. 걷다 보면 나뭇잎 사이로 불어오는 바람이 머리를 식혀주었다. 청량한 산새 소리에 귀를 기울이는 사이 복잡한 생각들도 서서히 걷혔다.

처음 뒷산을 찾게 된 이유는 산이 좋아서가 아니라, 돈이 들지 않아서였다. 스포츠센터나 필라테스 회원권이 아이들 학원비보다 비싸다 보니 내 순서는 늘 뒤로 밀렸다. 그래도 운동은 해야겠다는 생각 끝에 산을 택했다. 큰 기대 없이 향했지만, 결과는 예상 밖이었다. 실내 운동과는 비교할 수 없을 만큼 좋았다. 계절의 아름다움이 온몸으로 와닿았고, 맑은 공기와 숲의 냄새, 자연이 주는 안정감은 말할 것도 없었다. 무엇보다 울퉁불퉁한 흙길의 불규칙한 감촉이 마음에 들었다. 발이 닿을 때마다 다른 근육이 자극되는 느낌에 일부러 돌부리와 나무뿌리만 골라 밟곤 했다. 산에 다녀오면 마사지를 받은 듯 몸이 풀렸고 마음도 느슨해졌다. 시끄러운 환경에서 벗어나 지금에 머무르다 보면 풀리지 않던 문제의 답이 문득 떠오르기도 했다.

이제는 산이 좋아서 자주 오른다. 글이 막힐 때, 일이 풀리지 않을 때, 소화가 안 될 때, 머리가 아플 때, 가슴이 답답할 때, 누군가가 미워질 때, 근육통이 있을 때까지 마치 만병통치약을 처방받듯 산으로 향한다. 정상에 있는 철봉에도 꼭 매달린다. 움츠러든 등이 곧게 펴지고, 구겨졌던 마음도 반듯해진다. 그렇게 돌아오는 길은 언제나 평화롭다.

결혼 전의 운동은 활력을 주는 즐거움이자 자신감을 시험하는 도전이었다. 아이를 낳고 키우면서 운동의 의미는 달라졌다. 몸을 단련하기보다 마음을 다스리는 방법이 되었다. 아이가 자라면서 육아는 평화롭지 않았고 불쑥 치밀어 오르는 감정을 감당하는 일이 쉽지 않았다. 화를 쏟아낸 뒤에는 자책이 남았고 이내 우울감에 잠기곤 했다. 다행히 아이들은 엄마의 이상기류를 누구보다 먼저 알아챘다.

"엄마, 힘들지? 내가 다 할게. 산에 갔다 오세요."

한 아이는 운동복과 등산화를 내밀었고, 다른 아이는 내 입꼬리에 손가락을 대고 억지로 들어 올려 웃음을 만들어주었다. 그렇게 떠밀리듯 밖으로 나와 산길에 오르면 어느새 숨이 고르고 엉켜있던 마음이 풀어졌다. 지쳤던 몸에 생기가 돌아 머리도 맑아졌다. 운동은 에너지를 소모하는 일이 아니라 채우는 방법이었다. 아이들의 지혜 덕분에

이 경험은 나만의 루틴으로 자리 잡았다. 마음이 가라앉거나 복잡해지면 일단 몸을 움직인다. 신호가 감지되면 할까 말까, 하기 싫다는 생각이 들기 전에 먼저 움직이는 게 중요하다. 입꼬리를 올려보거나 운동화를 신는 것만으로도 시작은 충분하다.

반대로 몸이 아플 때는 마음 안을 살핀다. 무심코 쌓인 감정이 없는지 돌아보고 마음을 매만져 준다. 글을 쓰거나 책 속의 문장에 잠시 머물러보며 멈추는 시간도 갖는다. 오랜 시간 몸과 마음을 관찰해보며 얻은 방식이다. 몸의 문제는 마음으로, 마음의 문제는 몸으로 다스리는 것이 회복의 가장 빠른 길이 되어주었다.

일상에는 잠을 자고 세수를 하고 밥을 먹듯이 하루도 빠짐없이 반복하는 작은 루틴들이 있다. 움직이고 읽고 쓰는 일명 '3종 세트'다. 이 사소한 습관들은 먹고 자고 일하는 굵직한 시간표를 묵묵히 떠받치는 기둥이 되어 준다.

첫째는 아침을 맞이하는 방법이다. 알람이 울리면 일어나기 싫다는 생각이 들기 전에 누운 채로 다리부터 들어 올린다. 무릎을 쭉 펴고 양다리를 번갈아 늘려주면 기지개를 켜는 것처럼 시원해진다. 무릎을 세워 허리를 들어 올렸다 내리기를 반복하고, 몸을 좌우로 비틀며 천천히 움직이다 보면 서서히 정신이 맑아진다. 눈이 또렷하게 떠지면 잠자리에서 일어나 부위별로 정성껏 스트레칭을 한다. 아픈 곳이 있는지, 부드럽게 잘 움직여지는지 느낌을 놓치지 않는다. 몸이 완전히 깨어나면 물 한잔과 함께 상쾌한 기분으로 하루를 시작한다.

둘째는 오후 시간을 재부팅 하는 방법이다. 점심을 먹고 나면 오래 앉아 있지 않는다. 잠깐이라도 밖으로 나가 걷는다. 시간이 나면 뒷산을 오르거나 동네를 한 바퀴 돌며 생각을 정리한다. 해야 할 일을 앞두고 마음이 조급해질수록 이때의 산책은 오히려 일의 효율을 높여준다. 걷는 동안 생각은 자연스레 풀리고, 다양한 글감과 문장들이 머릿속에 줄줄 이어진다. 그러면 스마트폰 메모장을 열어 바로 메모한다. 복잡한 감정도 글로 옮기면 차분해지고, 다시 해야 할 일에 집중할 수 있다.

셋째는 틈새 독서 시간이다. 책상과 식탁, 소파처럼 집 안 곳곳에 책을 두고 자동차 수납공간이나 자주 들고 다니는 가방에도 한 권씩 넣어둔다. 틈이 나면 손이 닿는 곳에 있는 책을 펼쳐 들고 몇 장이라도 읽는다. 두 시간 이상 여유가 생기면 읽고 싶은 책을 챙겨 조용한 카페로 달려간다. 방해받지 않고 책 한 권을 끝까지 읽는 시간이 나에겐 가장 확실한 휴식이다. 잠들기 전 하루를 마무리할 때도 책을 펼친다. 책을 보면 복잡했던 생각이 가라앉고, 하루는 평온하게 닫힌다.

삶을 바꾸는 건 거창한 도전이 아니라 작은 습관의 반복이다. 한때는 그 사실을 잊고 나 자신을 과한 루틴 속으로 몰아넣었다. 매일 6㎞ 이상을 뛰고, 계획한 등산코스는 반드시 한 시간 안에 완주해야 했으며, 수영장에 가면 자유형, 배영, 평영, 접영을 각각 열 바퀴 이상 채워야 끝이 났다. 어떤 날이든 예외는 없었다. 무슨 수를 써서라도 정해진 거리와 시간을 채우려는 노력은 어느 순간 집착과 강박으로 변해 오히려 일상을 무너뜨렸다.

지금은 균형을 먼저 생각한다. 해야 할 역할과 바쁜 일상 사이에서 활력과 평온이 무너지지 않도록 살핀다. 방법은 훨씬 단순해졌다. 틈만 나면 스트레칭을 하고 바른 자세로 많이 걷는다. 때로는 등산을 하고 가볍게 공원을 뛴다. 아이들과 축구나 배드민턴 시합을 하며 마음껏 웃고, 줄넘기나 자전거를 타며 몸을 풀기도 한다. 아무리 바쁜 날에도 조용한 시간만큼은 꼭 챙긴다. 나를 들여다보며 읽고 쓰는 시간이다. 조금씩이라도 꾸준히 움직여 삶을 받쳐줄 체력을 키우고, 잠시 멈추며 마음을 채워간다. 몸의 건강에만 집착하면 마음의 여유는 사라지고, 마음의 평온에만 몰두하면 몸이 금세 나태해지기도 한다. 어느 한쪽으로 치우치지 않도록 나를 살피는 일, 그것이 건강한 삶을 지속하게 해주는 지혜가 되었다. 일상에서 작은 습관을 통해 몸과 마음이 균형을 이룰 때 마침내 삶은 단단해진다. 매일 읽고 쓰고 움직이며 내 삶을 지켜낸다.

일상을 지탱하는 최소한의 루틴

첫째, 마음이 흐트러지거나 감정이 엉킬 땐 산책이나 등산으로 몸을 먼저 움직이며 생각을 정리한다.

둘째, 몸이 지칠 땐 마음을 먼저 살피고, 읽고 쓰며 쌓인 감정이 흘러갈 출구를 만든다.

셋째, 균형 있는 일상을 지내기 위해 스트레칭, 걷기, 틈새 독서 등 과하지 않은 루틴을 반복한다.

    나를 일으키는 회복 루틴

7장

땀으로 잇는
오늘의 의례

쓰꾸미

땀 냄새가 향이 되는 시간

2025년 10월 6일, 거실 한복판에 향을 피웠다. 가느다란 연기가 천장을 향해 수직으로 오르다 이내 흩어졌다. 집안 가득 묵직하고도 알싸한 향냄새가 채워졌다. 그것은 일상을 덮는 비일상의 냄새였다.

어머니 항암 투병 기간, 우리 집 제사는 멈춰 있었다. '제사를 유산으로 남기기 싫다'라던 어머니의 뜻이었지만, 올해는 아내의 고집으로 부활했다. 새벽 5시부터 기름 냄새가 집안을 메웠다. 아내는 생선을 굽고, 소고기뭇국을 끓이고, 노릇한 버섯전을 부쳐냈다. 말없이 제기를 닦아 올리고, 맑은 청주 한 잔을 따랐다.

향이 다 타들어 갈 무렵, 정갈하게 차려진 제사상 사진을 찍어 가족 단톡방에 올렸다. 반응은 전혀 예상치 못한 곳에서 터져 나왔다. '며느리야, 정말 고맙다. 애썼다.' 메시지의 발신인은 아버지였다. 아버지는 교회 집사님이시다. 성경과 찬송가 속에서 사시는 분이, 며느리가 차린 유교식 제사상 사진을 보며 메시지뿐 아니라 전화도 하셨다. 아이러니였다. 종교적 신념도, 교리도, 김이 모락모락 나는 갓 지은 밥상의 위로 앞에서는 무장해제 되는 모양이다. 어쩌면 아버지에게 중요했던 건 예법이 아니라, 흩어진 가족을 하나로 묶으려는 누군가의 '애쓰는 마음' 그 자체였는지도 모른다. 신보다 강한 건 결국, 밥을 나누며 서로 안녕을 비는 '가족 간 맹목적인 사랑'이다.

아버지 메시지를 보며 씁쓸한 미소를 짓다가, 문득 코끝에 전혀 다른 냄새가 스쳤다. 거실을 채운 고상하고 성스러운 향냄새와는 정반대에 있는, 비릿하고 전 내. 기억은 순식간에 두 달 전, 평택의 한 모텔방으로 나를 데려갔다.

지난 7월과 8월, 뜨거웠던 여름으로 기억을 되돌렸다. 평택에 있었다. 국책과제인 '이산화탄소 포집 설비'를 건설하고 시운전(試運轉, commissioning)하는 현장이었다. 지구를 뜨겁게 달구는 탄소를 잡아내겠다는 거창하고 숭고한 명분 아래, 정작 내 몸은 검게 타들어 가고 있었다.

아침 6시. 해가 뜨기도 전에 안전화를 신었다. 근무는 오후 6시까지 이어졌다. 그늘 한 점 없는 땡볕 아래, 달궈진 아스팔트 도로와 기계 설비 사이를 오갔다. 대략 12시간. 태양은 공평하게 모두를 태웠지만, 40대 가장의 피부는 더 빨리 늙어갔다. 퇴근 후 모텔방에 들어서면 가장 먼저 나를 반기는 건 후각 테러였다. 샤워하느라 벗어 놓은 옷가지에서 코와 미간을 찌푸리게 만드는 냄새가 났다. 땀과 흙먼지, 그리고 쉰내. 단순히 씻지 않아서 나는 냄새가 아니었다. 영혼까지 땀으로 배출해 버린 중년 사내의 고단함이 발효되는 냄새였다.

샤워하고 습기 찬 거울 앞에 선다. 거울 속 남자는 낯설다. 얼굴과 목, 손등은 붉게 익다 못해 검게 변해 있었다. 그런데 왼쪽 손목, 스마트 워치를 차고 있던 자리만 하얗게 남아 있었다. 붉게 탄 피부 위에 선명하게 남은 그 하얀 띠. 그것은 마치 족쇄를 찼던 노예의 낙인 같기도 했고, 건설 현장에서 치른 전쟁의 훈장 같기도 했다. 선크림을 발라도 소용없었다. 로션을 바르면 피부가 따끔거렸다.

침대가 나를 불렀다. 유혹의 소리가 귓가에 맴돌았다. 누울까 말까. 망설이는 그 짧은 찰나, 신경 줄을 톱으로 켜는 듯한 소리가 들렸다. '붕붕. 붕붕.' 침대맡에 던져둔 핸드폰의 진동 소리였다. 아내였다.

"자기야. 교육청에서 8월 12일에 학교폭력대책심의위원회에 참석하라고 연락이 왔어요."

아들의 이름, 그리고 '학교 폭력'이라는 단어가 수화기 너머로 들렸다. 머릿속의 전원이 툭 하고 꺼지는 기분이었다. 건설회사에 다닌 지 19년이 되었다. 절반은 해외에 있었다. 작년 베트남 현장의 화급한 지원 요청에도 군말 없이 짐을 쌌다. 작년 크리스마스도, 새해 첫날도, 심지어 2월 아들의 중학교 졸업식 추억을 남길 사진 속에 나는 없었다. 늘 회사 일이 먼저였다. 내 가족은 언제나 두 번째였다. 아니, 정확히 말하면 가족을 위해서 회사를 택한다고 믿었다. 돈을 벌어온다는 핑계로, 가족과 함께할 시간을 저당 잡혀 내 경력을 샀다.

그런데 돌아온 결과가 고작 이것인가. 평택 태양 아래 흘린 땀과 가족이 처한 현실 사이에는 아무런 인과관계가 없다. 최선을 다해 현장에서 일했는데, 아들은 학교 폭력에 휘말렸고 아내는 홀로 그 무거운 짐을 지고 있었다. 냄새나는 옷을 캐리어에 구겨 넣으며 자책했다. 문제가, 결국 아버지인 나의 '부재' 때문인 것만 같아 가슴이 미어졌다. 늪처럼 끈적한 죄책감이 나를 짓눌렀다.

출장 이후 본사로 복귀했지만, 상황은 나아지지 않았다. 회사의 경영 상태는 악화되었고, 사내 메신저에는 자택 대기로 표시되는 인원이 30명을 넘어섰다. 희망퇴직을 받는다는 흉흉한 소문이 복도를 떠돌았다. 7년 전에도 그랬다. 회사만 바라보다가 일상의 통제감을 잃었던 기억이 떠올랐다. 그래서 이번엔 준비하려 했다. 조용히 퇴직 이후의 삶을 꿈꾸며 유튜브 채널을 개설했다. '함께 좋은 방향으로 가자'는 비전을 담아 열아홉 번째 영상까지 올렸다. 하지만 세상의 반응은 조용했다. 조회수는 두 자리였다.

목표는 늘 뜨거운 여름에 있었는데, 현실은 늘 시린 겨울이었다. 그 온도 차이가 나를 병들게 했다. 막연하게 잘될 거라는 희망은 고문이었다. 3일 밤낮을 책상에 앉아 대본을 썼지만 반 페이지를 넘기기 힘들었다. 억지로 녹음을 시작하면 꼭 그때 방해꾼이 나타났다. "부르릉! 부아앙!" 창밖을 지나는 배달 오토바이 소리. 내 영상의 오디오를 찢어 놓는 그 소리에 이성의 끈도 끊어졌다. "제기랄! 저놈의 오토바이!" 욕설이 터져 나왔다. 가족들이 내 눈치를 살폈다. 영상을 만들기 위해 이어폰을 끼는 순간, 집안에는 적막이 감돌았다. 가족을 위한다는 명분

　　　　　　　　　　　　　　　　나를 일으키는 회복 루틴

으로 시작한 일이, 가족을 숨 막히게 하고 있었다. 가장이 아니라, 예민한 폭군이 되어가고 있었다.

2025년 10월, 황금연휴. 방전되었다. 침대 밖으로 단 한 걸음도 나갈 수 없는 무기력증이 찾아왔다. 평일 내내 '책임감'이라는 댐으로 막아두었던 감정들이 연휴라는 틈을 타 터져 나왔다. 현실이 버거울 때, 가장 쉬운 도피처를 찾았다. 웹툰 속으로 도망쳤다. 스마트폰을 켜고 〈재벌집 막내아들〉 1화를 눌렀다. 그리고 최근에 나온 158화까지 멈추지 않았다. 이어 〈오늘만 사는 기사〉를 정주행했다. 왜 하필 '회귀물'인가. 답은 간단하다. 그곳엔 현실에 없는 '인과율'이 존재하기 때문이다. 웹툰 속 주인공은 미래를 알고 있다. 일어날 사건을 이용해 손쉽게 돈을 벌거나, 의미 없는 죽음을 피한다. 노력하면 반드시 보상이 따르고, 실수했었던 인생을 '리셋'할 수 있는 기회가 있었다. 재능 없이 기사를 꿈꾸는 병사가 열정 하나로 벽을 넘는 판타지 보며 대리 만족을 느꼈다. 현실의 나는 아들의 문제도, 회사의 구조조정 공포도, 멈춰버린 유튜브 조회수도 해결하지 못한 채 침대에 눌어붙어 있는데 말이다. 웹툰 스크롤을 내리며 불편한 현실을 덮어버렸다. 깨어있는 시간이 두려워 잠으로 도망쳤다. 미래를 알고 싶다는 욕망, 돈을 쉽게 벌고 싶다는 얄팍한 바람이 내 눈을 스마트폰 속 세계에 고정시켰다.

나를 현실로 끄집어낸 건 추석 아침, 아내의 달그락거리는 소리였다. 아내는 정성스레 상을 차리며 무너진 우리 집의 질서를 세우고 있었다.

결과를 바라는 게 아니라 도리를 다하는 마음. 고맙다. 인생에 '새로고 침'은 없지만, 오늘을 대하는 태도는 온전히 내 손에 있다는 것이.

연휴가 끝난 새벽 3시, 다시 몸을 일으켰다. 확언을 쓰고 5km를 달리며 심장의 박동을 확인했다. 잡념을 땀으로 뱉어내고 다시 시계를 찼다. 회사가 좋아서 가는 게 아니다. 소중한 것들을 지키기 위해, 오늘 하루치만큼, 성실함을 쌓으러 간다. 아내가 제사상에 정성을 담았듯, 일에 정성을 담기로 했다. 회사를 위한 행동이 아니다. 무너진 내 세계를 지탱하기 위해, 가장인 내가 집전하는 나만의 신성한 의례 (ritual)이다.

기분 좋아지는 일들의 합

2025년 10월 11일, 경기도 의정부의 공기는 이미 가을의 끝자락을 향해 치닫고 있었다. 아내가 내민 스마트폰 화면 속에는 고명환 작가의 무료 강연 소식이 떠 있었다. '무료'라는 단어는 언제나 매혹적이면서도 의심스럽다. 하지만 일주일 전 유튜브에서 접한 작가 목소리에는 자본의 논리를 넘어선 어떤 절박한 생명력이 있었다. 우리는 아이들에게 '엄마 아빠 데이트하고 올게'라는, 이제는 익숙해진 짧은 하얀 거짓말을 남기고 집을 나섰다. 망월사역 인근 신한 대학교로 향하는 길, 역 앞에서는 추석맞이 노래자랑이 한창이었다. 무대 위 출연자의 꺾이는 목소리와 흥겨운 반주가 발걸음에 리듬을 실어주었다. 축제 소음은 실내로 들어서자 희미한 이명처럼 남았고, 강연장 안의 공기는 적당한 설렘과 기묘한 정적 속에 침전되어 있었다.

강연 시작은 작가가 아닌 상조회사의 몫이었다. 무대에 오른 본부장은 뱀처럼 유연한 말솜씨를 가졌다. 그는 나이가 어떻게 보이느냐는 가벼운 농담으로 청중을 무장해제 시켰고, 난센스 퀴즈를 맞히는 이들에게 스타벅스 쿠폰을 뿌리며 주의력을 사들였다. 정교하게 설계된 불안 시장이었다. 죽음은 피할 수 없다는 근원적인 공포를 건드린 뒤, 오로라를 볼 수 있는 유람선 여행이라는 낭만적인 환상으로 그 공포를 덮었다. 일주일 내로 취소할 수 있다는 심리적 안전장치까지 제공했다. 지금, 이 순간 계약서에 서명하지 않는 순간이 얼마나 어리석은 일인지를, 감정을 건들며 설득했다. 책에서나 보던 마케팅 기법들이 눈앞에서 생물처럼 움직이고 있었다. 타인이 설계한 불안을 사기 위해 줄을 서는 사람들 틈에서, 내 안의 소유욕이 고개를 드는 감정을 느꼈다. 하지만 지갑을 여는 대신 내 마음이 향하는 방향을 응시했다. 정리되지 않는 욕망을 조용히 흘려보내며 혼자 피식 웃었다. 그것은 거창한 승리가 아니라, 자신을 지켜낸 작은 미소였다.

이어지는 고명환 작가의 강연은 강렬한 포효로 시작되었다. 긴 외침은 상조회사가 심어놓은 불안의 잔재를 단숨에 씻어내는 정화의 의식 같았다. 작가는 직장인들의 홀로서기와 변화하는 사회에 대응하는 자세에 대해 열변을 토했다. 정부 정책이나 교육 시스템보다 세상은 훨씬 빠르게 변하며, 그 속도에 몸을 맞추기 위해서는 오직 '독서'라는 근육이 필요하다고 강조했다. 금융 지식과 노후 준비, 시간이라는 자원을 어떻게 자산으로 만들 것인가에 대한 통찰이 쏟아졌다. 40대 중반,

삶의 이정표가 흐릿해진 나에게 그날의 강연은 새로운 길이 열릴 수 있다는 가능성으로 다가왔다. 특히 강연의 마지막에 그가 던진 질문은 화살처럼 내 가슴에 박혔다. "삶이 행복해지고 싶다면, 하고 나면 기분이 좋아지는 것들에 집중하십시오." 그가 말한 답은 간단하고 명료했다. 운동과 독서. 아내와 돌아오는 길에 고 작가 저서『고전이 답했다』를 구매했다. 개그맨이라는 편견을 넘어선 한 인간의 단단한 사유를 더 깊이 읽고 싶었기 때문이었다.

다음 날 아침, 사춘기 열병을 앓고 있는 초등학교 5학년 딸 방문을 두드렸다. 최근 우리 가족에게는 긴 그림자가 드리워져 있었다. 아들이 학교 폭력에 연루되면서 모든 신경이 그쪽으로 쏠렸고, 그 과정에서 딸은 늘 방치된 섬처럼 고립되어 있었다. 엄마, 아빠, 그리고 오빠 눈치를 살피며 자신의 감정을 죽여온 아이에게 나는 늘 빚진 마음이었다. 같이 달리러 가자는 제안에 딸은 단호한 거절로 응수했다. 최후 수단으로 '딸기라떼 협상안'을 꺼냈다. 다 뛰고 돌아오는 길에 메가커피를 들려 딸기라떼를 사주겠다는 약속. 아이는 못 이기는 척 신발 끈을 묶었다. 사실 아이가 원한 것은 설탕 단맛이 아니라 아빠와 나란히 숨을 몰아쉬는 시간이었을지도 모른다고, 믿고 싶었다.

중랑천 산책로를 달리며 작년 춘천 마라톤의 기억을 떠올렸다. 온 가족이 주말마다 연습하며 완주를 꿈꿨지만, 대회 2주 전 아들은 기흉 수술을 받고 병상에 누웠다. 결국 아들을 집에 두고 아내와 딸과 셋만 달렸던 그 길. 완주 메달을 목에 걸었지만, 성취감보다 아쉬움과 미안함이 더 컸던 기억. 옆에서 뛰고 있는 딸에게 그때 먹었던 조개구이가 생각나느냐고 물었다. 아이는 숨이 턱끝까지 차오른 표정으로 대충 고개를 끄덕였다. 아이 뒷모습을 보며 조심스럽게 미안하다고 말했다. 오빠 일 때문에 제대로 신경 써주지 못해서, 혼자 있게 해서 미안하다고. 하지만 사춘기 딸 반응은 내 예상과는 달랐다.

"아빠, 저 뛰기 전에 먹은 물 때문에 옆구리가 너무 아파요."

아이는 내 사과보다 지금 당장의 육체적 고통에 더 집중하고 있었다. 어쩌면 그것이 삶의 본질일지도 모른다. 지나간 미안함보다 지금 내딛는 한 걸음에서 오는 통증이 더 크게 다가오는 법이다.

딸 속도가 점점 늦춰지자, 제자리 뛰기를 하며 아이 보폭에 맞췄다.

"채민아, 걷기 시작하면 다시 못 뛰어. 느려도 괜찮으니까 멈추지는 마."

예전에 마라톤을 준비하며 딸에게 수없이 했던 말을 다시 내뱉으며 또 한 번 피식 웃었다. 1년 반 전의 나를 떠올렸다. 그때의 나는 1분도 채 달리지 못했고, 책을 펼치면 채 5분을 버티지 못하고 잡념에 빠져들던 사람이었다. 변화는 극적이지 않았다. 그저 운동복을 갈아입고, 양말을 신고, 운동화 끈을 묶는 그 10초의 저항을 매일 이겨냈을 뿐이다. 하찮아 보이는 꾸준함이 일상의 무게를 바꾸어놓았다. 이제 달리기 후에 오는 맑은 집중력으로 책 속에서 나를 살릴 문장들을 건져 올린다. 그리고 그 문장들을 내 일상 중에 실천 방안으로 구체화하는 글쓰기를 이어가고 있다.

상조회사가 팔던 것은 죽음 이후의 안심이었지만, 내가 달리기를 통해 얻은 것은 살아있는 지금, 이 순간의 활기다. 돈 문제와 노후의 불안을 해결해 주는 방법은 계약서 한 장이 아니라, 오늘 아침에 읽은 책 한 페이지와 내가 내디딘 1,000m의 걸음이다. 1년 반 전과 지금의 내 삶은 겉보기에 크게 다르지 않을지 모른다. 여전히 문제는 산적해 있고 아이들은 자라며 또 다른 갈등을 만들어낼 것이다. 하지만 이제는 안다. 하고 나면 반드시 기분이 좋아지는 것들이 내 일상을 지탱하고 있다는 사실을. 운동화를 신기까지는 늘 고통스럽지만, 신고 나서 달리고 난 뒤의 그 개운함은 절대 나를 배신하지 않는다.

내 글을 읽어주는 분들께 감히 달리라고, 읽으라고 강요하지 못하겠다. 다만 내가 증명한 이 일상에 단단함을 보여주고 싶을 뿐이다. 삶이 당신을 속이려 들 때, 타인이 설계한 불안이 당신의 영혼을 갉아먹을 때, 조용히 운동화 끈을 묶어보길 권한다. 10초의 저항을 이겨내고 밖으로 나가는 순간, 당신은 당신 일상의 주인이 누구인지를 온몸으로 느끼게 될 것이다. 딸기라떼의 달콤함보다 더 진한 일상의 감각이 당신의 폐부를 가득 채울 때, 당신은 비로소 고개를 끄덕이며 웃게 될 것이다. 삶은 결국, 하고 난 뒤에 기분이 좋아지는 것들을 선택하는 용기의 합이기 때문이다.

쓰면 바뀐다는 새빨간 거짓말

"쓰면 바뀐다고? 개구라 치고 있네."

『오십의 태도』를 쓴 정은숙 작가가 스피치 무대 위에서 이 파격적인 문장을 내뱉었다. 가슴속 깊은 곳에서 일어나는 기묘한 쾌감을 느꼈다. 작가는 40대 후반, 교통사고 후유증이라는 삶의 급커브를 만나 직장을 잃고 전업주부가 된 여성이 1년 동안 다이어리를 쓰고 작가가 되었다. 최근에는 마라톤을 완주했다는 소식도 카카오톡을 통해 접수했다. 희망찬 성공 담보다 내 마음을 먼저 낚아챈 것은 '개구라'라는 지극히 상스러운, 그래서 더할 나위 없이 정직한 단어였다. 4050 세대에게 '하면 된다'라거나 '쓰면 바뀐다'는 격언은 대개 유통기한이 한참 지난 약병처럼 신뢰하기 어려웠다. 하지만 작가는 속는 셈 치고 썼고, 결국 바뀌었다. 그 '속는 셈 치고'라는 체념과 '개구라'라는 냉소 사이에, 매일 아침 펜을 쥐어야 하는 비릿한 진실이 숨어 있다.

나 역시 개구라 같은 희망에 내 일상을 베팅해 온 지 어느덧 30년이 넘었다. 하지만 내 30년은 매끈하게 이어진 선이 아니다. 5년 전, 한 번의 거대한 절단면을 가졌다. 5년 전 이사하던 날, 25년 동안 금과옥조처럼 모셔 온 다이어리 수십 권을 종이 재활용함에 쏟아부었다. 짐을 줄여야 한다는 현실적인 압박도 있었지만, 사실은 그 안에 박제된 가난과 불안, 찌질했던 나를 더는 마주할 용기가 없었기 때문일지도 모른다. 어머니의 병환과 바닥난 잔액, 매일 밤 천장을 보며 한숨 쉬던 기록들은 이삿짐 트럭 한구석을 채우지도 못한 채 무력하게 폐기되었다. 기록을 버리면 내 안의 해묵은 불안도 함께 수거될 줄 알았다. 착각이었다.

최근 우리 집 거실에는 다시 한번 '화이트 미니멀리즘'이라는 이름의 폭풍이 휘몰아쳤다. 이웃 라인으로 이사 온 처제 집이 발단이었다. 온통 백색으로 맞춘 처제의 집을 보고 온 아내의 눈에, 거실 창가를 가로막은 내 전동 책상과 결혼 후 세월 파편들이 꽂힌 책꽂이는 5년 전 버리지 못한 '생활 쓰레기'의 잔재처럼 보였을 것 같다. 아내는 단호했다.

"거실이 너무 답답해. 넓은 거실을 되찾아야겠어."

단순한 가구 재배치가 아니라 영토 분쟁이었고, 아내의 심미적 정당성 앞에 나는 무력하게 패퇴했다. 거실 창가라는 전략적 요충지를 점령했던 나는 땀을 흘리며 책상을 안방구석으로 옮겼다. 오직 잠만 자던 방. 침대를 벽으로 밀어붙이고 남은, 한 뼘 공간이 새로운 유배지가

　　　　　　　7장 땀으로 잇는 오늘의 의례

되었다. 아내 얼굴에 화이트 인테리어를 쟁취한 평화가 찾아왔을 때, 나는 안방구석 어둠 속에서 전동 책상의 높이를 맞추고 있었다. 사무실에서도 온종일 컴퓨터 앞에 앉아 있는 40대 가장에게, 집에서 작업은 또 다른 형태로 형성된 노동이다. 길어지는 노트북 사용 시간만큼 거북목은 깊어지고 척추 마디마디는 눅눅한 솜처럼 무거워졌다. 모니터 암을 설치해 모니터 높이를 턱끝까지 올리고 나서야, 겨우 바닥에 묶였던 시야가 자유를 얻었다.

좁은 영토에 워킹 패드를 깔았다. 저녁마다 몰려오는 졸음과 퇴직 이후에 대한 막막한 불안을 발바닥 통증으로 상쇄하고 싶었기 때문이다. 전동 책상을 스탠딩 모드로 '위잉'하는 소리와 함께 올리고 워킹 패드 위에 올라서면, 기계적인 마찰음이 안방의 적막을 깬다.

슥 슥 슥 슥

돌아가는 소리는 단조롭고 지루하며, 때로는 비참하다. 1km도 채 걷지 못하던 초기에는 이 소리가 나를 조롱하는 환청처럼 들렸다. 하지만 시선을 모니터 암이 단단히 붙들고 있는 화면 속 문장에 고정했다. 발을 구르다 보면, 어느덧 졸음으로 가득했던 뇌 속의 안개가 조금씩 걷힌다. 니체는 "진정 위대한 모든 생각은 걷기로부터 나온다."라고 했지만, 나 같은 N잡러 작가에게 걷기는 생각을 만드는 도구가 아니라 잡념을 분쇄하는 맷돌에 가깝다. 워킹 패드의 마찰음은 5년 전 30년의 기록을 버려야 했던 상실감을 덮어버리는 가장 정직한 백색소음이다.

이사 이후 다시 쌓기 시작한 5년의 다이어리를 펼쳤다. 일상의 고고

학자가 된 심정으로 먼지를 털어냈다. 그곳에는 25년의 기록을 버리고 새로 시작한 한 사내의 필사적인 흔적이 살고 있었다. 당시 어머니는 항암 치료 중이었고, 어머니 몰래 병원 로비에서 병원비 청구서를 들여다보며 '비참하다'라는 단어를 잉크 자국처럼 번뜩이고 있었다. 과거를 버렸음에도 불안은 형태를 바꾸어 다시 내 문장에 기어들어 와 있었다.

돈 없어 서러울 때, 내 자존감은 얇은 종이 한 장보다 쉽게 찢겨 나갔다. 비참함을 소름 돋을 정도로 정직하게 기록했다. 하지만 5년이 지난 지금, 그 기록은 나를 무너뜨리는 흉기가 아니라 나를 지탱하는 지층이 되었다. 힘든 기록이 있었기에 돈을 모으기 위해 비참을 견디던 남자에서, 자신의 목표를 위해 돈을 사용하는 사람으로 탈바꿈할 수 있었다. 지출을 관리하며 저축한 돈으로 아내는 '아이캔유 대학'을 졸업하고 서평을 쓰는 독서가가 되었고, 아이들은 검도와 수영을 배우며 각자의 삶을 근육으로 채워가고 있었다. 나 역시 저축한 돈으로 글쓰기 수업을 듣고 온라인 비즈니스를 배우며, 퇴직 이후의 영토를 조금씩 확장해 나가고 있다.

40대 중반, 이제 목표가 바뀌는 상황을 두려워하지 않는다. 20대 때는 목표를 수정하는 것이 낙오라고 믿었으나, 이제는 변하는 것이 당연한 생존의 증거임을 안다. 중요한 사실은 내가 어느 방향으로 발 구르고 있느냐는 자각이다. 하루쯤 달리기를 거르거나 독서하지 않아도 내 인생이 무너지지는 않는다. 하지만 5년 동안 이어온 이 '쓰기'라는 행위는 내가 어디에 서 있는지, 어디로 가고 있는지를 끊임없이 일깨워주는 GPS다.

쓰면 바뀌느냐고 묻는다면, 여전히 당신의 눈을 보며 "개구라"라고 답할지도 모른다. 쓰기만 한다고 인생이 마법처럼 변하지는 않기 때문이다. 하지만 확실한 건, 쓰지 않으면 당신은 당신이 누구인지조차 잊게 된다는 사실이다. 5년 전 30년의 기록을 버리며 진실을 엿봤다. 종이는 버릴 수 있어도, 그 종이를 채우기 위해 보냈던 시간의 '감각'은 내 발바닥의 굳은살처럼 남아있다는 사실을. 불안은 정체가 불분명할 때 괴물이 되지만, 문장으로 박제되는 순간 관리되고 해결할 수 있는 문제가 된다.

안방구석. 아내의 화이트 인테리어에 밀려난, 좁은 책상이 이제는 세상에서 가장 넓은 내 영토다. 워킹 패드의 "슥— 슥—" 소리에 맞춰 오늘도 내일의 나에게 구조 신호를 보낸다. 매일 새벽 단톡방에서 들려오는 동료 작가 안부는 내가 혼자가 아님을 증명한다. 워킹 패드 위에서 흘리는 땀방울은 내 일상이 아직 앞으로 나아갈 수 있음을 증명한다. 30년 과거를 비워낸 자리에 다시 5년의 현재를 채웠듯이, 더 단단한 문장을 쌓아 올릴 것이다. 삶은 바뀌는 것이 아니라, 기록함으로써 비로소 내 것이 되는 것이기에. 오늘도 속는 셈 치고 다시 펜을 잡는다. 위대한 개구라가 마침내 내 진실이 될 때까지.

매일 나다움을 빚는 아침

하루의 루틴은 사실 전날 밤 침대에 눕는 순간부터 이미 시작된다. 내일은 오늘보다 조금 더 나은 사람이 되고 싶다는 간절함이 이불 끝에 머물 때, 루틴은 작동한다. 40대 중반인 나에게 여전히 가장 어려운 숙제는 '나답게 사는 것'이 무엇인지 정의하는 일이다. 예전엔 생각이 너무 많았다. 남들에게 어떤 모습으로 보일지, 내 행동이 주변 사람들에게 어떻게 평가받을지만 고민하며 살았다. 직장 동료들에게는 유능한 사람으로, 가족들에게는 자상한 가장으로 보이려 애썼다. 누군가에게 인정을 들으면 세상을 다 얻은 것 같았지만, 사실 그건 남이 그려준 그림 속에 갇혀 있는 것이나 다름없었다.

다이어리는 꽉 찼는데, 마음이 비었다. 10년 뒤의 나는 어떤 모습일까, 나이가 더 들었을 때, 과연 행복해할 수 있을까 하는 걱정이 파도처럼 밀려왔다. 묘했다. 생각은 꼬리에 꼬리를 물고 미로를 만들 뿐이라는 것을. 나를 찾는 법은 머릿속이 아니라 내 손발의 부지런한 움직임 속에 있다는 걸 말이다. 그래서 '인정받고 싶은 마음'을 버리고 '내가 만족하는 행동'들로 하루를 채우기로 결심했다. 나를 위한 진짜 생활은 거기서부터 시작되었다.

매년 12월이면 다이어리 첫 장에 새해 목표를 손으로 쓴다. 손으로 꾹꾹 눌러쓰는 행위는 타이핑보다 훨씬 힘이 세다. 종이 위로 잉크가 스며들듯, 다짐을 포함한 문장은 내 뇌리에 깊숙이 박힌다. 매일 아침 다이어리를 펼쳐 선언문을 눈으로 읽고 손으로 만지면, 오늘 하루를 대하는 자세가 서슬 퍼렇게 날이 선다. 시간을 소중하게 관리하게 되고, 계획하고 행동한 결과를 기록하는 과정에서 '나도 내 삶을 통제할 수 있다'라는 자신감으로 이어진다.

1년 반 전, 1분도 제대로 뛰지 못해 헉헉거리던 사람이었다. 하지만 지금은 한 시간에 10km를 거뜬히 달린다. 특별한 비결은 없다. 그저 목표를 세우고 매일 작은 단계를 밟아갔을 뿐이다. 새벽의 침대 밖은 무겁고 차가웠다. 근육은 매일 아침 비명을 질렀다. 하지만 처음 목표를 세웠을 때 느꼈던 그 두근거림, 그리고 정직하게 쌓아온 기록들이 아까워 신발 끈을 다시 묶었다. 하루의 변화는 눈에 띄지 않았지만, 1년 동안 쌓은 기록엔 성장하고 있음을 숫자로 증명했다. 목표가 이루어진다는 희망이 확신으로 바뀌는 순간, 내일의 불안은 사라지고 규칙적이고 안정적인 평온함이 그 자리를 채웠다.

아침 루틴은 아주 구체적인 수행이자 나만의 의례이다. 눈을 뜨자마자 화장실로 달려가 거울을 본다. 거울 속의 내가 살아온 세월을 고스란히 반영하고 있다는 사실을 인정한다. 그래서 웃기 연습한다. 방법

　　　　　　　　　　　　　　　　나를 일으키는 회복 루틴

은 간단하다. "아이는"이라는 단어를 20번 정도 중얼거린다. 이 발음이 안면 근육을 가장 효과적으로 풀어준다. "아이는, 아이는…"이라고 반복하다 보면 입꼬리가 조금씩 올라가고, 마지막에는 자연스럽게 웃는 내 얼굴을 마주하게 된다. 혼자 하는 연습이지만, 반복하는 짧은 순간이 내 하루의 첫 미소를 결정한다.

양치질하고 입안을 헹궈낸다. 몸이 한결 가벼워진다. 이제 운동복으로 갈아입을 차례다. 무선 이어폰을 꽂고 러닝 벨트를 허리에 두른다. 앱을 켜서 이번 주에 읽어야 할 책을 오디오북으로 재생한다. 신발 끈을 묶고 현관을 나설 때, 엘리베이터를 기다리는 시간조차 허투루 쓰지 않는다. 습관 앱에 적어둔 '자기 선언문'을 소리 내어 읽으며 오늘 하루를 어떻게 살아갈지 다짐한다. 1층에 도착하면 차가운 새벽 공기가 폐부 깊숙이 들어온다. 발목을 돌리고 하체 근육을 늘려주며, 이제 달릴 준비가 되었음을 내 몸에 선언한다.

목표 거리, 5km를 향한다. 평범한 날은 오디오북 문장에 집중하고, 복잡한 날은 아무 소리 없이 내 숨소리와 발소리에 집중한다. 아스팔트를 박차는 운동화 소리, 거칠어지는 호흡, 턱끝으로 뚝뚝 떨어지는 땀방울 속에 어제의 고민과 속상했던 마음들이 하나둘 씻겨 내려간다. 달리는 동안, 똑같은 실수를 반복하지 않기 위해 자책하는 대신 해결책에 집중한다. 달리기는 단순히 살을 빼기 위한 운동이 아니라, 내 마음속에 엉겨 붙은 잡념을 걸러내는 정화의 시간이다.

달리기를 마치고 돌아오면 곧장 샤워실로 향한다. 땀에 젖은 운동복

을 벗고, 함께 달렸던 이어폰과 손목시계를 물을 채운 세면대에 담근
다. 샤워를 마치고 나면, 루틴 중 가장 경건한 정돈의 시간이 찾아온
다. 수건으로 내 몸의 물기를 닦은 뒤, 그 수건으로 세면대 수전과 거
울을 닦는다. 그리고 물속에서 깨끗해진 이어폰과 시계를 정성스럽게
닦아낸다. 마지막으로 스마트폰 액정의 지문까지 지우고 나면 내가 매
일 만지는 물건들이 새것처럼 반짝인다. 사물을 닦는 행위는 곧 내 삶
을 정성껏 대접하는 일이다. 내 주변이 투명해질 때 내 마음의 질서도
비로소 제자리를 잡는다.

출근을 위해 옷을 갈아입고 거실로 나온다. 하루를 3등분으로 나누
어 관리한다. 출근 전의 첫 번째 시간, 회사 업무에 몰입하는 두 번째
시간, 그리고 퇴근 후 잠들기 전까지의 세 번째 시간이다. 지금은 온
전히 '나'라는 사람의 본질을 위한 시간이다. 식탁 위에는 어제 읽다 만
책 세 권과 노트들이 놓여 있다. 가장 먼저 '퓨처셀프 노트'를 펼쳐 올
해의 목표를 손으로 써 내려간다.
다음은 필사 시간이다. 요즘은 『거인을 읽다』라는 책을 하루에 세 문
장씩 옮겨 적고 있다. 영어 문장을 먼저 읽고, 번역된 문장을 정성껏
쓴다. "해야 할 일 앞에서는 누구도 준비되지 않는다. 그냥 해야 한다.
그것이 당신을 준비되게 만든다." 필사한 문장을 세 번씩 소리 내어 읽
다 보면 막연한 두려움이 줄어든다. 준비가 될 때까지 기다리는 것이
아니라, 일단 움직이는 그 자체가 나를 완성해 나가는 과정이라는 사
실을 매일 아침 문장을 통해 배운다.

　　　　　　　　　　　　　　　　　　　　나를 일으키는 회복 루틴

이어서 15분 동안 알람을 맞춰두고 글을 같이 쓰고 있는 작가들의 책을 읽는다. 책 속에 녹아든 감정과 생각을 글로 만나는 시간은 즐겁다. 알람이 울리면 책을 덮고 다이어리에 오늘 아침의 루틴을 기록한다. 그리고 오늘 회사에서 처리해야 할 일들을 미리 머릿속으로 그려본다. 이제 가방을 챙기고 식탁 위를 정리한다. 내일 다시 루틴을 이어 나갈 수 있도록 오늘 읽은 페이지에 정성껏 책갈피를 끼워두는 것도 잊지 않는다.

5시 25분, 손목시계의 알람이 울린다. 집을 나서기 전, 안방과 아이들 방으로 조용히 들어간다. 곤히 잠든 아내와 아이들이 춥지 않게 흩어진 이불을 가만히 여며준다. 그리고 나직한 목소리로 짧은 축복의 말을 건넨다. "오늘 하루도 네가 이루고 싶은 것을 이루는 하루가 되기를." 사랑하는 사람들에게 건네는 이 작은 기도는 내가 하루를 단단하게 살아갈 수 있게 하는 가장 큰 힘이 된다. 이어폰에서 흐르는 '짐노패디 1번'을 들으며 신발을 신는다. 현관 앞에 놓인 종이 신문을 집어 들고 엘리베이터에 오른다. 고요하지만, 뜨거웠던 아침 수행은 완성된다. 그렇게 내 만족하는 작은 루틴으로 쌓으며 내 목표를 향해 나아간다.

생각만으로는 아무것도 바뀌지 않는다. 루틴이 지겨워지면 순서를 바꿔보기도 하고, 마음에 안 들면 조금씩 수정해 가며 계속할 뿐이다. 완벽하게 준비하려고 생각만 하다가 멈추기보다, 일단 움직이면서 조금씩 수정해 나가는 방식이 나에게 가장 잘 어울린다고 믿는다. 그렇게 하루를 시작한다.

퓨처셀프를 향한 오늘의 나침반

첫째, 건강한 몸과 마음을 가진 강인한 남자가 된다.

둘째, 사랑하는 사람에게 늘 행복을 선물하는 든든한 가장이 된다.

셋째, 즉각적인 반응이 아니라 현명하게 대응하는 지혜로운 어른이 된다.

8장

몸과 마음을 채운
네 가지 여정

연수

걸으며 마음을 채우다

어릴 적부터 나는 마음이 힘들 때마다 걷곤 했다. 학교에서 친구와 갈등이 있었던 날에도, 누군가의 힘든 이야기를 함께 나누고 싶을 때에도 나는 걷기를 선택했다. 이유 없이 마음이 흔들리던 사춘기 시절, 집과 학교 사이 약 10km를 걸으며 불안한 감정은 서서히 가라앉았다. 때로는 내가 걷는 것이 아니라, 몸이 나를 이끌어 걷는 듯한 순간도 있었다. 그렇게 걷기는 내게 가장 자연스럽고 쉬운 위안이 되었다.

러닝처럼 특별한 준비도 필요 없었다. 집에서 입던 옷 그대로, 슬리퍼만 신고 나가도 충분했다. 마음 가는 대로, 몸이 허락하는 만큼 움직일 수 있는 그 자유가 좋았다. 요즘에도 하루 종일 집에만 있던 날이나 남편과 말다툼을 한 뒤에는 자연스럽게 밖으로 나가 걷는다. 잠시 산책을 하거나 도서관에 다녀오면 복잡했던 감정이 차분히 정리된다. 몸과 마음이 함께 흔들릴 때마다, 걷기는 나에게 가장 쉽고 자연스러운 회복의 방법이 되었다.

　아이들이 어릴 때는 가족과 함께 가끔 동네 산책을 했다. 하지만 시간이 지나면서 그 일이 점점 어려워졌다. 남편의 일이 바빠졌고, 남편의 무릎 통증까지 겹치며 산책의 간격은 자연스럽게 멀어졌다. 남편은 내가 혼자 산책하는 일을 늘 걱정했다. 그러던 중 같은 아파트에 사는 지인이자 둘째 아들 친구의 엄마와 산책을 함께하게 되었다. 이런저런 이야기를 나누며 걷다 보니, 어느새 하소연도 하고 아이들 이야기로 웃기도 했다. 그렇게 우리는 자연스럽게 산책 친구가 되었고, 지금은 내게 소중한 벗이 되었다. 직장에서 연차를 쓰거나 off인 날에는 그와 함께 도서관에 가거나 새로운 산책 코스를 걷기도 한다. 도서관 카페에서 책 이야기를 나누다 보면 책을 읽은 시간보다 수다를 더 많이 떤 날도 있다. 하지만 그 시간은 아깝지 않다. 오히려 마음속에서 작은 보물을 발견하는 기분이 든다.

　지금은 군대 제대를 해서 사회 초년생이 된 큰아들이 군대 휴가를 나왔던 날에는 두 아들과 함께 저녁 산책을 즐기기도 했다. 큰아들은 조심스레 군 생활 초반의 힘들었던 훈련 이야기들을 들려주었다. 그동안 내가 걱정할까 봐 말하지 못했던 이야기들을 슬그머니 해주었다. 요즘 군대가 쉬워졌다 한들 일단 다른 환경에서 1년이 넘는 시간을 보낸다는 쉬운 일은 아니었으리라, 슬쩍 푸념하다가 동생에게는 허세 가득한 말투로, "이 정도 거리의 산책은 아무것도 아니지!"라며 웃음을 주기도

 　　　　　　　　　　　　　　　　　　나를 일으키는 회복 루틴

했다. 해가 뉘엿뉘엿 지는 산책길, 장난치는 형제의 뒷모습을 바라보는 내 마음은 그날따라 찡하다 못해 아려올 정도로 좋았다. 큰아들이 다시 군 복무를 위해 떠난 후에는, 둘째가 가끔 산책 친구가 되어주었다.

초여름 모기와 하루살이들이 날아다닐 땐 전기 파리채를 들고 휘두르며 걷기도 했고, 산책 중 갑자기 비가 쏟아질 땐 함께 달리기도 했다. 산책을 마무리하는 코스는 언제나 편의점. 마치 목욕 후 바나나우유를 먹듯, 군것질거리를 하나씩 사 먹는 그 시간이 또 하나의 즐거움이 되었다. 둘째가 산책에 나선 진짜 이유는 그것 때문이었는지도 모른다. 그래도 괜찮았다. 그런 시간이 내게는 더 큰 선물이었다.

2025년 봄, 이사 후 바뀐 일상도 있다. 바로 분리수거와 음식물 쓰레기를 버리는 일이다. 이사 전에는 용돈을 미끼 삼아 아이들에게 음식물 쓰레기 버리는 일을 일부러 맡기곤 했다. 처음에는 힘들어하던 아이들도 시간이 지나면서 내 마음을 알아주었다. 버려지는 음식들을 보며 아까움을 알고, 이를 치워주는 분들의 수고에 감사할 줄 알기를 바랐다. 투덜거리던 아이들은 어느 순간부터 말없이 그 일을 해주었다.

이사 후에는 역할을 바꿨다. 이제는 내가 음식물 쓰레기를 버리고, 아이들은 분리수거를 맡는다. 집 앞 분리수거장에 가는 길은 자연스럽게 산책으로 연결되었다. 큰아들이 없는 날에는 둘째와, 둘째가 없을 때는 큰아들과, 운이 좋은 날에는 셋이 함께 걷는다. 걷는 동안 하루 있었던 일을 나누고, 때로는 미처 하지 못했던 속마음 이야기도 꺼낸다. 이야기가 길어지는 날에는 아파트 단지를 두세 바퀴쯤은 금방 걷는다. 매일은 아니지만 이틀이나 사흘에 한 번씩 이어지는 이 저녁 산책은, 바쁜 하루 속에서도 나를 가장 편안하게 만들어주는 시간이다.

첫째의 자격증 시험과 중2 둘째의 미용실 예약이 겹쳐, 주말 아침부터 서둘러야 했던 날이었다. 시험장에 첫째를 내려주고 나니 미용실 예약까지 한 시간이 남아 있었다. 그냥 차에서 기다리기보다는 둘째와 함께 근처 연못이 있는 공원을 걷기로 했다. 둘째는 차에서 내리며 벌써 걷기 싫다는 표정이었다. 주말 아침에 굳이 산책을 해야 하느냐며 투덜거렸지만, 결국 내 옆을 따라 걸어주었다. 날씨는 조금 쌀쌀했지만, 걷다 보니 마음은 한결 가벼워졌다. 공원에는 이미 러닝이나 산책을 즐기는 사람들이 보였다. 각자의 속도로 움직이는 모습을 바라보며, 주말 아침에만 느낄 수 있는 여유를 천천히 음미했다.

둘째와 한 바퀴를 돌고 시계를 보니 예약 시간까지 여전히 45분이나 남아 있었다. 이제는 더 걷지 않겠다는 둘째를 다시 설득해, 우리는 사람들의 흐름을 거슬러 역방향으로 한 바퀴를 더 돌았다.

걷다 말고 내가 물었다. "우리 거꾸로 가는 거 알아?"

그러자 둘째는 "진작에 알고 있었는데요."라며 퉁명스럽게 대답했다. 우리만 그런 것이 아니라 시계 반대 방향으로 걷는 사람들도 제법 있다고 덧붙였다. 그 말을 듣자 흐름을 깨는 것 같던 마음이 오히려 한결 편안해졌다. 산책 중 조깅하는 사람을 바라보던 둘째가 말했다.

"저 여자분은 세 바퀴, 저 남자분은 다섯 바퀴쯤 돈 것 같아요. 주말에 왜 이렇게 뛰는지 이해가 안 가요."

　　　　　　　　　　　　　　나를 일으키는 회복 루틴

"우와, 어떻게 알아? 저 사람이 세 바퀴, 다섯 바퀴쯤 돌았다는 걸?"

나는 놀라서 물었다. 나는 그저 공원 주변을 둘러보며 걸었을 뿐, 그렇게 유심히 보지는 않았기 때문이다.

이어 아이는 덧붙였다.

"굳이 아침부터요? 쉬는 게 훨씬 낫죠."

아이에게 주말은 늦은 밤까지 게임을 하고 늦잠을 자며 쉬는 날일 테니, 아침부터 움직이는 일이 귀찮게 느껴질 수도 있겠다는 생각이 들었다. 나는 잠시 아이의 얼굴을 보며 말을 건넸다.

"우리처럼 함께 산책하는 사람도 있고, 혼자 걷거나 뛰는 사람도 있어. 다 멋지지 않니?"

돌아온 대답은 여전히 단호했다.

"아침부터요? 쉬는 게 훨씬 낫죠."

그 말로 대화가 멈출 것 같아, 나는 다시 말을 이었다.

"쉬는 것도 중요하지만, 누구를 위해서가 아니라 자신을 위해 움직이는 건 참 멋진 것 같아, 너도 걷기 싫었을 텐데, 엄마를 맞춰주려고 함께 걸어준 거잖아."

나는 덧붙여, 어릴 때부터 유난히 사람과 주변을 잘 살피는 아이의 관찰력이 참 대단하다고 말해주었다.

그 말을 들은 둘째는 잠시 생각하더니, 조금 누그러진 얼굴로 말했다.

"그럼… 한 바퀴만 더 걸을까요?"

더 걷고 싶었지만, 무리하면 다음에는 함께 산책하지 않게 될지도 모른다는 생각이 스쳤다. 오늘의 걸음이 아이에게 부담으로 남지 않기

187　　　　　　　　　　　　　

를 바라며, 편의점 쪽으로 발길을 돌려 산책을 마무리했다.

걷기는 늘 특별한 결심에서 시작되지 않았다. 마음이 흔들릴 때마다 자연스럽게 몸이 먼저 움직였고, 그 걸음은 나를 다시 일상으로 데려왔다. 혼자 걷는 시간도, 누군가와 나란히 걷는 시간도 모두 삶의 일부가 되어 차곡차곡 쌓였다. 지금도 나는 무리하지 않는 걸음을 택한다. 관계가 멀어지지 않도록, 마음이 지치지 않도록, 다시 함께 걷기 위해서다. 그렇게 이어진 산책은 오늘을 살아내는 힘이 되었고, 내일로 향하는 준비가 되었다.

　　　　　　　　　　　　　　　나를 일으키는 회복 루틴

물결 속 자유로움

나는 물에만 들어가면 세상에서 가장 무거운 쇳덩이처럼 곧장 가라 앉는 사람이다. 몸이 특별히 무거운 것도 아닌데 어찌 된 일인지 물은 늘 나를 깊숙이 끌어안는다. 쉽게 가라앉는 내 모습을 보면 스스로도 신기할 정도다. 다른 사람들을 보면 아무렇지 않게 둥둥 떠 있는데, 그 쉬워 보이는 일이 나에게는 참으로 어려운 일이다. 그런 내가 수영을 배우게 된 건, 다름 아닌 큰아들 덕분이었다. 6살 유치원에 다니던 무렵이었다. 남편의 제안으로 가족이 함께 가까운 실내 수영장을 찾게 되었는데, 정작 수영을 제대로 할 줄 아는 사람은 남편뿐 이었다. 나는 말할 것도 없고, 첫째 아이도 물이 무서워 아빠에게 껌딱지처럼 찰싹 붙어 떨어지지 않았다. 처음엔 남편이 아이를 직접 가르쳐보겠다고 했다. 하지만 생각처럼 쉽게 되지 않았다. 좀처럼 아빠 몸에서 떨어지지 않는 아이를 데리고 어설픈 지도는 금세 한계에 부딪혔다.

결국 수영강습을 받기로 결정했다. 맞벌이하는 가족을 위해 묵묵히 책임져준 사람은 바로 친정엄마였다. 아이의 유치원 하원 시간에 맞춰, 매번 마을버스를 타고 15분 거리의 실내 수영장까지 아이를 데려다주는 업무까지 맞아 주셨다. 거의 1년 가까운 시간을 그렇게 공들인 덕분에, 성인이 된 큰아들은 제법 능숙하게 물과 친해져 수영을 즐길 수 있을 정도가 되었다.

몸으로 익힌 것은 쉽게 사라지지 않는다는 것을 아이를 보며 또 한 번 배웠다. 그러나 나는 킥판 두 개를 잡고도, 물 위에 뜨는 건 겨우 손뿐이었다. 몸은 움직이지 않고 금세 바닥으로 가라앉았다. 강사를 자처한 남편은 그런 내 모습을 보고 "어떻게 이렇게 가라앉을 수가 있어?" 하며 놀렸다. 억울하고 당황스러웠지만, 또 한편으론 그게 내 모습이었다. 물에 대한 두려움은 아주 오래전부터 시작되었다. 일곱 살 무렵, 가족들과 함께 야외 수영장에 갔던 날이었다. 나는 혼자서도 할 수 있다며 튜브를 낀 채 물가를 벗어나려 했다. 하지만 몸이 너무 작았던 탓에, 허우적거리던 순간 튜브와 몸 사이 틈으로, 그대로 물속으로 빠져버렸다. 시야는 순식간에 흐려지고 숨이 막히는 공포가 몰려왔다. 그때 옆에 있던 누군가가 나를 발견하지 않았다면, 지금, 이 글을 쓰고 있지 못했을지도 모른다. 그날 이후 물은 더 이상 즐거운 공간이 아니었다. 물놀이를 가도 늘 발목까지만 조심스레 담글 뿐이었다. 그런 나에게 수영을 배우는 일은, 오래된 두려움과 마주해야 하는 큰 용기가 필요한 일이었다.

　　　　　　　　　　　　　　　　나를 일으키는 회복 루틴

어릴 때의 공포감은 물속에서 수경을 꼈지만, 눈도 제대로 뜨지 못하게 했다. 그래서 생각 끝에 정한 첫 번째 목표는 단순했다. '일단 물속에서 눈뜨기부터 하자.' 작은 목표부터 하나씩 시작해 보기로 했다. 물이 여전히 무서웠지만, 유아용 풀장에서는 괜찮을 거라며 나를 설득했다. 먼저 물속에서 수경을 끼고 눈을 뜨는 연습을 했다. 그 작은 시도가 생각보다 큰 변화를 불러왔다. 눈을 뜬 것만으로도 두려움은 한결 줄어들었다. 다음 코스는 '잠수'였다. 어차피 물에 잘 뜨지 않는 몸이라면, 차라리 아예 가라앉아보기로 했다. 숨을 참고 세숫대야에 얼굴을 담그듯 코를 잡고 물속으로 몸을 넣었다. 그러자 뜻밖에도 몸이 슬며시 떠오르기 시작했다. 그 순간, 아, 나도 물 위에 뜰 수는 있구나!' 하는 작은 희망이 보였다. 그다음부터는 남편이 킥판을 잡아주고, 발차기를 가르쳐주었다. 나는 어설픈 발차기를 흉내 내며 남편에게 이리저리 끌려다녔다. 그렇게 몇 주 동안 수영장을 오가며 연습한 끝에, 마침내 숨을 내뱉는 연습까지 이어지게 되었다. 물이 아직도 무서웠던 나는 제대로 "음~" 하고 내쉬는 게 아니라 그냥 입으로 "음파~" 소리를 내며 숨을 내뱉었다. 그래서인지 지금도 수영만 하면 늘 숨이 가쁘다. 일단 음파 흉내라도 낸 뒤에는 팔, 동작을 배웠다. 다행히 팔, 동작은 조금은 익숙했다. 머릿속으로는 가수 박진영의 〈그녀는 예뻤다〉 댄스를 떠올리며 비슷한 동작을 상상해 가며 열심히 팔을 허우적거리며 동작을 흉내를 냈다. 지금도 수영은 초보반 수준이지만 일단 시도했다는 것과 가능성을 본 것만으로도 행복했다.

어렵사리 배운 수영에서 얻은 것은 단순한 기술이 아니었다.

몸과 마음이 조금씩 가벼워졌고, 움직이기 싫은 날에도 물속에 잠시 머물다 나오면 한결 개운했다.

그 감각은 곧 일상의 다른 공간으로 이어졌다. 바로 책이었다. 수영이 몸을 단련했다면, 독서는 마음을 다독였다. 책을 몇 장 읽는다고 삶이 단번에 달라지지는 않는다. 하지만 흘려보내던 시간을 조금만 나 자신에게 돌리면, 언젠가는 분명 변화가 찾아온다는 믿음이 생겼다. 그 믿음이 특히 필요했던 순간은, 육아를 하면서 였다. 아들 둘, 8살 차이를 두고 키우는 일은 늘 도전이었다.

책에 의지해 육아를 해보려 했지만, 현실과는 맞지 않는다는 생각에 한동안 책을 멀리하기도 했다.

그러다 다시 책을 펼치면서 나는 또 다른 방식의 회복을 경험했다. 문장 한 줄에 잠시 숨을 고르고, 위로를 얻었다. 수영에서 느꼈던 작은 성취감처럼, 여러 장르의 책을 읽고 기록하며 그 시간들은 나를 조금씩 단단하게 만들었다. 책과 운동은 그렇게 나를 조금 더 사랑하는 방법이 되었다.

직장이 쉬는 날 아침, 각오를 하고 수영장에 갔다.

주차장에 차를 세운 채, 10분 넘게 들어갈지를 망설였다.

"추운데 그냥 돌아갈까?"

"귀찮은데, 다음에 갈까?"

그러다 막상 물속에 들어가고 나오면, 그 머뭇거림은 오히려 후회로

 나를 일으키는 회복 루틴

바뀌곤 했다. 물속에서 느끼는 편안함이 나를 다시 채워주기 때문이다. 그날의 망설임을 떠올리며, 이제는 삶에서도 한 걸음 더 과감히 내디뎌 보려 한다. 처음엔 서툴고 어설플 수 있다. 완벽함과는 거리가 멀 수도 있다. 하지만 그 완벽함이 누구를 위한 것인지 생각해 보면 결국 그 기준조차 나에게서 비롯된다는 사실을 인정하게 된다. 나에게 수영이 그러했듯, 독서 역시 회복을 위한 나만의 삶의 또 다른 쉼표가 되어 나를 다시 일으켜 세우는 든든한 힘이 되어주었다. 조금 느리더라도, 주저하는 순간이 있더라도, 오늘의 작은 용기와 꾸준함이 쌓여 내일의 나를 만들어줄 것이다. 언젠가 뒤돌아보았을 때, 어제보다 한 뼘 더 괜찮아진 나를 생각하며, 나는 오늘도 책을 펼친다.

숨을 고르며

친정엄마와 같은 아파트 단지에 살던 때였다. 그 무렵 주민센터에서 저녁 요가반이 새로 생겼다는 소식을 들었다. 평일 오전 수업만 있어 늘 참여하지 못했는데, 마침내 직장인도 참여할 수 있는 저녁 수업이 개설되었다. 나는 바로 엄마를 설득해 함께 다니기로 했다. 퇴근 후 가족들의 저녁을 챙기고, 오후 7시 40분쯤 집을 나섰다. 8시 수업에 맞춰 주민센터로 향했다. 도보로는 다소 먼 거리라 운전해야 했지만, 하루를 충만하게 채워주는 기분 좋은 루틴이었다. 물론 한여름에는 체력이 버티지 못해 중간중간 결석하는 날도 있었지만, 날씨가 누그러지면 다시 매트 위로 돌아갔다. 그렇게 1년 남짓, 엄마와 함께 저녁 시간을 꾸준히 보냈다.

첫째를 임신했을 때부터 익혀두었던 요가 동작들과 집에서 꾸준히 해 온 스트레칭 덕분에, 다리 찢기만 제외하면 강사의 자세를 거의 따라 할 수 있었다. 직장과 집만을 오가는 반복된 일상에서, 사람에게 상처받고 지칠 때마다 무언가 변화가 필요하다는 생각이 들었다. 그때 선택한 것이 요가였다. 센터의 선생님은 연세가 있으셨지만, 오래도록 수업을 이어온 분이라 연륜이 실력으로 고스란히 드러났다. 어느 날은 수업 도중 너무 지쳐, 쉬는 시간에 요가 매트 위에서 잠시 깊은 잠이 들기도 했다. 그런 내가 안쓰러우셨는지, 선생님은 딸의 직업이 나와 같다고 하시며 하루 종일 서서 움직이는 일이 얼마나 힘들겠냐고 공감해 주셨다. 자세를 지도하러 다니시다 슬며시 곁에 오셔서 종아리와 하체를 풀어주기도 하셨다. 그 조용하고 따뜻한 손길은 오래도록 기억에 남아 있다. 단순하게 일상의 변화를 주기 위해 시작했던 요가에서 작은 관심이 지친 나를 더 위로해 주는 시간이었다.

처음에는 친정엄마도 성실히 나와 함께 요가 수업에 참여하셨다. 시간이 흐르며 결석이 잦아졌고, 그 과정에서 운동에는 개인의 동기뿐 아니라 때로는 부드러운 자극, '넛지(nudge)'가 필요하다는 생각이 들었다. 나는 작은 넛지를 건네며 엄마와 요가 수업을 이어갔다. 그러다가 날씨가 추워진 겨울, 잠시 수업을 쉬는 사이 강좌는 곧바로 정원이 찼다. 다시 참여하고 싶었지만, 인기가 많은 수업이라 자리가 나지 않았다.

그사이 핑계처럼 요가는 서서히 일상에서 멀어졌다.

　　　　　　　　　　　　　8장 몸과 마음을 채운 네 가지 여정

몇 해가 지난 25년 봄, 이사를 하며 집안을 채우기 위해 대형 할인점에 들렀다가 폭신하고 널찍한 요가 매트를 하나 들여왔다. 하지만 그 매트는 몇 주 동안 소파 앞에 놓인 발 매트처럼 제 역할을 하지 못했다. 방치된 매트를 볼 때마다 괜히 마음이 쓰였다. 제자리를 찾아주지 못한 것 같아 미안한 마음이 들었다. 그래서 뭐라도 해야 할 것 같아 TV를 켜고 요가 영상을 찾기 시작했다. 출근하지 않는 날에는 조금 더 길고 강도 있는 요가 영상을 틀어 따라 했고, 아침 시간이 빠듯한 날에도 그날의 리듬에 맞춰 매트에 앉았다. 그렇게 요가 매트는 다시 본래의 역할을 되찾았다. 많은 사람들이 미라클 모닝과 모닝 루틴을 이야기하지만, 나는 아침형보다는 저녁형이다. 나의 생활에 맞는 시간에 몸을 움직이기 시작하면서, 운동은 부담이 아니라 자연스러운 일상이 되었다.

아침에 요가를 하지 못한 날이면, 늦은 밤 요가 매트 위에서 허우적대는 나를 보며 남편은 아이들에게 "너희 엄마, 진짜 달밤에 체조한다." 하고 놀리곤 했다. 예전 같았으면 그런 말에 괜히 마음이 상해 짜증부터 냈을 것이다. 하지만 요즘의 나는 달랐다.

"그래, 달밤 운동이라도 하는 게 어디야."

대수롭지 않게 넘길 만큼 마음에 여유가 생겼다. 요가하는 시간은 책을 읽을 때처럼 오롯이 나에게 집중하는 순간이었다. 어설픈 동작 속에서도 근육이 미세하게 움직이는 감각이 느껴졌고, 그 과정 자체가 뿌듯함으로 남았다. 업무로 늘 달고 살던 허리와 종아리 통증도 어느

          나를 일으키는 회복 루틴

새 많이 사라졌다.

이런 경험들 덕분에 요가를 좋아하지 않을 수가 없다. 요가 매트 하나와 기본 동작만 익혀두면, 언제 어디서든 가능하다는 점도 큰 매력이다. 함께 모여 수업을 받으면 동질감 속에서 실력이 늘어나는 장점이 있겠지만, 집에서 하는 요가는 다른 사람에게 맞출 필요 없이 나만 준비되면 된다는 분명한 자유가 있다.

집에서 요가를 다시 시작한 지도 어느덧 아홉 달이 넘었다. 바쁜 일상에서도 일주일에 몇 번씩 요가 매트 위에 앉는 시간이 쌓이면서, 몸과 마음에 서서히 변화가 찾아왔다. 책을 읽고 독서 후기를 블로그에 올리는 일은 자연스러운 습관이 되었고, 따라 했던 요가 영상을 함께 소개하며 소소한 일상을 기록하는 일 역시 하루의 루틴으로 자리 잡았다. 글로 생각을 정리하고 요가로 몸을 정돈하는 시간은 서로를 보완하듯 이어졌다. 처음 요가 글을 올릴 때는, 따라했던 영상이 정확히 어떤 것이었는지 기억나지 않아, 목록을 뒤적이며 몇 번이나 다시 확인해야 했다. 하지만 반복하다 보니 동작 이름이 익숙해졌고, 영상도 금방 찾을 수 있게 되었다. 그리고 그날의 몸 상태에 맞는 요가 영상과, 나에게 잘 맞는 채널도 자연스럽게 눈에 들어왔다.

요가는 어느새 오래된 친구처럼 내 곁에 남았다. 아침에 눈을 뜨자마자 자연스럽게 요가 매트에 앉는 것이 하루의 시작이 되었다. 책을 읽으며 나 자신을 돌아보고 잊고 있던 감정을 들여다보듯, 요가를 하며 내 몸을 천천히 알아간다. 오늘도 몸의 작은 근육 하나하나에 귀를 기울이고, 사소한 신호까지 살피며 그 과정에서 내 움직임에 대한 감사한 마음이 조금씩 생겨났다. 처음 요가를 했을 때 폴더처럼 접히는 유연함과는 아직 거리가 멀다. 전보다 더 굳은 듯한 날도 있고, 마음이 먼저 지쳐 매트 위에 멍하니 누워 시간을 보내는 날도 있다. 요가를 통해 가장 크게 배운 것은 '지금, 이 순간의 나를 받아들이는 일'이다. 잘하려 애쓰기보다 오늘의 나를 있는 그대로 인정하는 시간이다. 현재의 움직임을 스스로 칭찬한다.

굳어 있던 얼굴 근육까지 풀기 위해 "아이~" 하고 소리를 내본다.

조금씩 입꼬리가 올라가고, 그 미소는 천천히 눈까지 번져간다. 그렇게 하루를 편안하게 시작하기도 하고, 고요하게 마무리하기도 한다. 언젠가 지금보다 몸과 마음이 더 유연해질 나를 떠올리며, 오늘도 요가 매트 위에서 숨을 고르고 나를 마주한다.

새로운 시작이
나를 다시 채우기까지

"골프? 내가? 굳이? 우리 집 형편에 나까지 배워야 해?"

남편이 골프를 권유했을 때 나의 첫 반응은 당황과 거부감이었다. "우리 형편에 단종된 소형차나 몰아도 충분한데, 무슨 골프야?" 내 삶과는 도무지 어울리지 않는 이야기처럼 느껴졌다. 그때의 나에게 골프는 투정부터 나오게 했다. 그러자 남편이 한마디 했다.

"형편 따라가다 보면, 너 평생 못 배운다."

사회생활을 위해 일찌감치 골프를 배웠던 남편은 내가 언젠가 이 운동을 좋아하게 될 거라고 먼저 믿었다. 가끔 찾던 사찰에 가는 날이면 남편은 나를 설득하겠다며 근처 골프장까지 함께 데려가곤 했다. 도로변에 차를 세워두고 골프장의 풍경을 가리키며 설명했다.

"저기가 클럽하우스야. 저기 보이지? 사람들이 골프 치고 있는 연둣빛 잔디."

그렇게 남편은 골프장이 가진 여유로움과 평온함, 그리고 계절의 변화를 담고 있는 풍경을 내가 잠시라도 직접 느끼고 함께 공감하길 바랐다. 하지만 그 마음과 달리, 나는 쉽게 마음을 열지 못했다.

　운동에는 영 소질이 없는 나로서 새로운 운동을 배우기란 쉬운 선택이 아니었다. 큰아들은 어릴 때부터 운동 후 국밥 먹는 재미로 아빠를 따라다녔다. 고학년이 되면서 힘이 붙자, 아빠에게 골프를 조금씩 배우기 시작했다. 가끔은 구경하듯 따라갔다가, 나도 자연스럽게 골프채를 잡게 되었다. 함께 하고 싶어 하는 남편의 그 열정 덕분에 지금 내가 할 수 있는 운동이 생겼다. 가끔 큰아들이 이야기한다. "엄마는 대단한 것 같아요. 본래 남편한테 운전하고 골프는 배우지 말라는데 엄마는 그 어려운 걸 다했어요." 그렇게 말하는 날이면, 남편에게 레슨을 받다 "귀에 피 나겠다"라고 소리치며 골프채를 내던졌던 날도 함께 떠오른다. 남편은 자기가 잘 가르쳐서 그렇다 하고, 나는 내가 잘해서 이만큼이라며 우기기 일쑤다.

　내가 처음 필드에 나갔을 때는 나보다 남편이 더 설레어 했다. 전날 밤늦게까지 골프장의 기본 에티켓을 설명해 주고, 준비해야 할 물품들을 하나씩 꼼꼼히 챙겨주었다. 어린 나이에 결혼해 이제는 따로 살았던 날보다 함께한 날이 더 많아졌다. 성격도 생각도 잘 맞지 않아 우리는 서로를 가끔 '로또 부부'라 부르기도 한다. 때로는 너무 미워서, 우리가 왜 부부가 되었는지 묻고 싶을 때도 있었다. 그런 마음이 나만의 것은 아니었을 것이다. 남편 역시 비슷한 순간들이 있었겠지. 하지만 글을 쓰다 보니 문득 깨닫게 되었다. 오래 함께한 시간만큼, 서로의 장점은 어느새 당연한 것이 되었다. 그렇다고 단점만 있었던 것은 아니

　　　　　　　　　　　　　　　　　나를 일으키는 회복 루틴

다. 서로의 장단점이 섞인 시간 속에서, 그렇게 이어진 시간들이 작지만 값진 경험으로 남았다.

예전에는 골프가 사치스럽고 나와는 거리가 먼 운동이라고만 생각했다. 겉모습만 보고 쉽게 판단했다. 하지만 남편과 아이와 함께 시간을 보내며, 누군가를 보여주기 위한 것이 아니라 자신을 위한 운동이라는 생각이 들자 마음이 한결 가벼워졌다. 마음을 열자, 골프를 배우는 것에 거부감이 사라지기 시작했다. 처음 골프를 배울 때는 가장 기본적인 것부터 시작했다. 골프채를 잡는 그립부터, 자세와 스윙 등 기본 동작을 하나씩 익히며, 글쓰기와 닮았다는 생각이 들었다. 글쓰기도 펜을 잡는 단순한 동작부터 시작하듯, 골프도 기초를 차근차근 반복하며 감각을 다듬어야 자신만의 스타일과 리듬이 만들어진다. 처음 어설펐던 움직임도 반복을 거치며 익숙해지고, 서툰 몸과 마음은 조금씩 자연스러움을 얻는다. 골프와 글쓰기 두 가지 모두 용기가 필요했지만, 반복을 통해 나만의 리듬과 즐거움을 찾고, 새로운 도전은 결국 '해보겠다는 마음'에서 시작된다는 사실을 깨달았다. 그렇게 골프와 글쓰기는 단순한 취미를 넘어, 나 자신을 돌보고 삶을 부드럽게 만드는 시간이 되었다.

그렇게 직접 겪어보니, 막연한 두려움 뒤에는 생각보다 넓고 흥미로운 세계가 펼쳐져 있었다. 글쓰기도 마찬가지였다. 처음 글을 쓰기 시작했을 때 나는 '과연 내가 쓸 수 있을까?', '남들에게 보여도 괜찮을까?' 하는 망설임과 부끄러움에 자주 멈춰 섰다. 글을 쓰는 사람들은

　　　　　　　　　　　　8장 몸과 마음을 채운 네 가지 여정

내 눈에 모두 전문가처럼 보였다. 그들 사이에서 나만 홀로 초라하게 느껴졌고, '내가 쓸 자격이 있을까?' 하는 불안 때문에 쉽게 펜을 들지 못한 날이 더 많았다. 그럼에도 한 문장, 또 한 문장을 이어가며 나의 글은 누군가에게 닿기 시작했고, 함께 글을 쓰는 사람들을 만나며 더 넓은 세상을 보게 되었다. 그 과정은 내게 힘과 위로가 되었다.

그렇게 하루하루의 작은 움직임들이 쌓여 지금의 나를 만들어왔다. 산책하며 계절의 변화를 느끼고, 마음의 안정을 얻었다. 수영장에서 물살을 가르며 몸과 숨이 하나가 되는 순간에는 세상의 무게가 조금 가벼워졌고, 요가 매트 위에 서서는 호흡과 자세를 맞추며 생각의 소용돌이 속에서도 자신에게 집중하는 법을 배웠다. 골프를 배우면서 처음 느꼈던 두려움과 어색함도 하나씩 극복하며 나만의 리듬과 즐거움을 찾았다.

산책, 수영, 요가, 골프. 서로 다른 활동이었지만, 모두 몸과 마음을 돌보는 방법을 알려주었다. 사소한 선택과 움직임이 쌓여 나를 위한 한 걸음이 되고, 결국 성장으로 이어진다는 사실도 깨달았다. 이렇게 쌓인 습관들은 이제 단순한 취미를 넘어, 하루를 시작하고 마무리하는 나만의 시간으로 자리 잡았다. 앞으로도 이 시간을 이어가며, 새로운 도전을 통해 또 다른 나를 발견해 보려 한다.

작은 루틴 덕분에, 흔들리던 나는 다시 나답게 살 수 있었다.

첫째, 작은 움직임이라도 하루 하나씩 쌓아가는 루틴을 만들어 보기

둘째, 남보다 나를 먼저 사랑하는 내가 되기

셋째, 성장하며 노력하는 엄마로 살아가기

다시 삶을 움직이다

육이일

버티며 쉬던 날들

텔레비전 소리에 눈을 떴다. 커튼 사이로 스며든 빛이 희미하게 거실 바닥을 비춘다. 불을 끈 실내는 어둑하지만, 창밖으로는 오후 햇살이 그대로다. 시계를 보니 서너 시간의 여유가 있다. 서둘러 저녁 식사를 준비하려고 자리에서 일어날 필요도 없다. 손을 뻗어 리모컨을 찾았다. 허리춤에 있던 리모컨을 집고 전원 버튼을 누르자 화면이 꺼졌다. 순간, 사방이 조용해졌다. 천장에 있는 일자 모양의 기다란 등, 네 개를 바라보다 다시 눈을 감았다. 모든 게 멈춘 것처럼 고요하다. '그래, 잠은 이렇게 조용한 상태에서 자야지.' 하는 생각을 하다가 가늘게 실눈을 뜨고 거실 한쪽을 바라보았다.

기다란 소파 위에 남편이 팔짱을 낀 채 곤히 잠들어 있다. 침대방에 있는 얇은 이불을 가져와 살짝 덮어주고 나서 다시 자리에 누웠다. 주말이면 각자 누운 자리에서 붙박이처럼, 늘 반복되던 우리의 익숙한 모습이었다.

평일 내내 쌓인 피로를 풀 듯, 우리는 각자의 자리에서 텔레비전을 보다 마법처럼 스르륵 잠에 빠져들었다. 그 시간만큼은 다른 무엇보다도 행복했다. 아무것도 하지 않아도 괜찮다는 허락을 받은 것처럼 편했다.

하지만 어느 순간부터 그 쉼은 더 이상 달콤하지 않았다. 쉬고 있어도 회복되지 않았고, 자고 일어나도 피로는 그대로였다. 오히려 몸보다 마음이 더 무거워졌다.

2014년에는 어느 해보다도 바쁜 나날을 보내고 있었다. 아이들을 돌보고, 기관을 운영하고, 밤늦게까지 회의하며 하루를 보냈다. 집에 들어가는 시간은 점점 늦어졌고, 특별한 일이 없어도 일을 만들었다. 하루의 끝은 늘 지친 몸과 고단한 마음뿐이었다. 밤늦은 시간에 소리 없이 현관문을 열고 들어서면 집 안의 공기는 이미 무거워져 있었다.

남편은 나의 늦은 귀가를 처음엔 너그럽게 이해해 줬다. 하지만, 점점 시간이 길어지고 반복될수록 핑곗거리도 늘어나고 드디어 불꽃 튀는 그날이 왔다. 서로의 피곤과 서운함에 말은 거칠어지고 위로와 응원을 나눠야 할 부부의 사이는 불만과 불평으로 가득 차올랐다.

"나도 좀 쉬고 싶어. 누구는 뭐 이러고 싶어서 그러는 줄 알아?"

남편을 향한 원망의 말을 화살처럼 쏘아붙였다. 나 혼자서만 바쁜 사람 같아서 사실은 내 마음 가장 깊은 곳에서 터져 나온 신호였다. 평

   나를 일으키는 회복 루틴

일 내내 '이대로 버티기 힘들다'는 속뜻을 담아, 쉬고 싶다는 말만 기계처럼 반복했다. 그러다 주말이 되면 나는 조용히 긴 쿠션을 끌어안고 거실 바닥에 누웠다. 텔레비전을 보면서 오른쪽으로, 다시 왼쪽으로 돌아누웠다. 웃음소리와 음악 소리가 뒤섞인 화면을 바라보면 어느새 스르륵 잠이 들었다. 그때의 나에게 쉼이란, 아무것도 하지 않는 것이었다. 그 시간만큼은 아무 역할을 하지 않고 그저 잠만 자면 피곤함이 사라질 거라 믿었다. 생각하지 않고, 느끼지 않고, 그저 잠드는 것이야말로 주말에 해야 할 일이라고 스스로를 다독였다.

그러던 어느 평범한 주말이었다. 낮잠을 자다 텔레비전 소리에 눈을 떴다. 화면 속 사람들의 큰 웃음소리였다. 자세히 보니 평소 같으면 함께 웃었을 재밌는 장면이었는데, 그날따라 시끄럽게 들렸다. 남편은 전용 소파에 나는 바닥에 누워있는 모습을 마치 가까이에서 비웃는 소리 같았다. 불현듯 질문하나가 마음 깊은 곳에서 올라왔다.

'저 사람들은 뭐가 그리 좋은지 신나게 웃고 있는데, 나는 왜 이렇게 누워만 있을까.'

그 질문이 마음 한구석의 정곡을 찔렀다. 화면 너머로 무너진 내 모습을 들킨 것 같아서 리모컨으로 텔레비전을 껐다. 소리가 사라지자, 이번엔 내 안의 소리가 더 또렷해졌다.

'이게 정말 쉬는 삶일까. 이대로 잠만 자다가 나이 들면 삶이 너무 허무하잖아. 나는 지금 어디로 가고 있는 걸까.'

꼬리에 꼬리를 무는 생각에 자도 피곤한 이유를 그제야 알았다. 쉬고 있는 것이 아니라, 잠으로 도피하고 있었다. 쉼이라는 이름을 붙였지만, 사실은 아무것도 하지 않은 채 현실에서 도망치고 있었다.

'내가 그랬구나!'

고개를 들어 소파를 바라보니 남편의 잠든 모습이 보였다. 팔짱을 낀 채 쿠션을 베개 삼은 모습이, 조금 전 나와 똑 닮아 있었다. 그 장면이 이상하게도 웃기면서 마음이 아팠다. 우리는 서로 다른 자리에 있었지만, 같은 방식으로 무너지고 있었다. 무너짐은 어느 날 갑자기 찾아오는 일이 아니다. 겉으로 멀쩡해 보여도 마음속에서는 이미 오래전부터 금이 가고 있었다. 주말마다 텔레비전 앞에서 무력하게 잠들었던 시간은, 이미 오래전에 보내온 신호였다.

그 순간 처음으로 분명한 생각이 들었다. 문제는 일이 많아서도, 시간이 없어서도 아니었다. 회복되지 않은 상태로 삶을 버텨내고 있었다. 답은 생각보다 단순했다. 진짜 쉼은 잠이 아니라 회복이었다.

그날, 나는 내가 무너졌음을 인정했다. 그리고 그 인정이 회복의 시작이었다.

바로 방법을 찾지 못했지만, 최소한 주말을 누워서 잠으로 보내는 일은 하지 않았다. 더 이상 잠으로 삶을 미루며 살 수 없었다. 그날 이후, 나는 쉼을 다시 배우기 시작했다. 잠이 아니라, 회복을 향해.

   나를 일으키는 회복 루틴

삶이 다시 흐르기 시작했다

"자, 빠르게 달려볼까요!"

강사의 외침에 맞춰 온 힘을 다해 페달을 밟았다.

"더 더 더, 더 빠르게!"

머리에서 흐른 땀이 두건을 적셨고 손바닥은 미끄러질 정도로 젖었다. 얼굴은 붉게 달아올랐고 심장은 쿵쾅쿵쾅 요동쳤다.

집에서 걸어서 15분 거리의 운동센터에 등록했다. 그곳에서 처음 만난 운동이 스피닝 자전거였다. 퇴근하자마자 밥도 먹지 않고 운동하러 갔다. 어두운 조명 아래 음악이 흐르고 사이키 조명이 번쩍였다. 짧은 반바지에 민소매 티, 머리에는 두건. 살짝 어두운 조명 덕분에 뱃살을 가릴 수 있어서 다행이었다.

"어이 어이, 어허 이~!"

"어허 이~!"

어느새 나는 맨 뒷자리에서 조금씩 앞으로 나가 있었다. 목청껏 외칠 때마다 내 안의 생기도 함께 깨어났다. 자전거 바퀴가 돌 듯, 닳고 조여진 내 인생도 다시 굴러가기 시작했다. 회의와 업무를 핑계로 미뤄 두었던 나를 위한 시간이 하나둘 회복되고 있었다. 페달을 밟는 발끝에서 새로운 리듬이 느껴졌다. 멈춰 있던 나는 강하게, 때로는 부드럽게 다시 움직이기 시작했다.

스피닝 자전거를 타면서 안 그래도 굵은 허벅지가 더 단단해졌다. 친정이모는 내 허벅지를 보며 누굴 닮은 거냐고 감탄하셨다.

"아버지 닮았나 봐요."

어머니를 닮았으면 운동신경이 둔했을 텐데, 달리기와 축구를 잘하시던 친정아버지를 닮아서인지 웬만한 운동은 곧잘 한다.

일주일에 세 번 스피닝을 마치면 개운해진 몸으로 근처 식당을 찾게 되었다. 처음엔 허기진 배를 채우느라 치맥 한 잔으로 시작했는데, 운동 후 회식은 점점 커졌다. 어느 순간 운동보다 치맥 자리가 더 기다려졌다. 마음이 잘 맞는 회원들과 운동센터 근처 단골집을 하나둘 찾아다녔다. 음식은 안주라기보다 작은 뷔페에 가까웠다.

운동을 시작하며 몸은 튼튼해졌지만, 운동 후 폭식으로 다시 몸이 무거워졌다. 결국 남편에게 식단을 채식으로 바꾸자고 했다.

"채식만 하는 코끼리도 덩치가 크잖아."

남편의 말에 웃음이 나왔다.

　　　　　　　　　　　　　　　　　나를 일으키는 회복 루틴

스피닝을 시작한 지 4년쯤 되었을 때 한쪽 무릎이 아프기 시작했다. 송곳으로 찌르는 듯한 통증이었다. 병원에 가는 대신, 무릎에 부담이 덜한 수영이었다. 주 3회의 스피닝에 수영을 더해 운동은 주 5회가 되었다. 수영을 시작한 뒤로 치맥과도 자연스럽게 멀어졌다. 주말이면 도시락을 싸서 수영장에 갔다.

어릴 적 물에 빠져 죽을 뻔한 기억을 지우기 위해 아주 천천히 물과 친해졌다. 수영하며 마음이 차분해졌다. 호흡이 조금씩 자유로워질 즈음, 물속에서 입으로 '뽀글뽀글' 거품을 내보내며 바닥에서 수면을 바라봤다. 물속에서 피어오르는 작은 거품들은 어디에서도 본 적 없는 장면이었다.

수영동호회에도 가입했다. 자투리 시간마다 수영 영상을 찾아보며 자세를 익혔다. 초보였지만 다른 사람들의 동작을 보면 물타기를 잘하는지, 팔의 힘을 빼는지 단번에 알 수 있었다. 마스터 반 사람들처럼 멋진 자세로 수영하고 싶었지만, 마음처럼 되지는 않았다. 수영을 시작한 지 2년쯤 되었을 때 아무리 애써도 세월이 답이라는 것을 깨달으면서 운동은 특별한 일이 아닌 내 일상이 되었다.

몸의 건강을 되찾자, 이번에는 일의 공허함이 밀려왔다. 2015년, 어린이집 책상 앞에 앉아 수첩 한 귀퉁이에 남편 욕을 적었다.

'남편만 아니었어도 이렇게 고생하지 않았을 텐데.'

10년 동안 운영하던 어린이집을 정리하는 일은 시작보다 훨씬 어려웠다.

　　　　　　　　　　　　　　　　9장 다시 삶을 움직이다

그해 10월, 나는 남편에게 차마 하지 못할 말을 세 번이나 글로 남겼다. 1일, 15일, 30일. 쓸 때마다 잠깐은 마음이 풀렸지만, 보름 간격으로 다시 올라오는 내 마음속에 자리한 쓴 뿌리를 발견하고 깜짝 놀랐다.

'일곱 살 때부터 지금까지 믿어온 하나님은 정말 살아 계신 걸까?'

어려움을 피해 가게 해달라고 빌고 또 빌었지만 크고 작은 어려움은 늘 나를 따라왔다.

어느 날, 신학생 모집 플래카드를 보다가 혼잣말처럼 중얼거렸다.

"저거다."

그 길만이 내가 살 길이라는 확신이 들었다. 아흔을 기준으로 보면 그때의 나는 딱 반을 산 나이였다. 평생 돈 버는 일에 매달려 살아왔으니, 잠시 모든 것을 내려놓고 하나님을 배우기로 했다. 자기소개서를 쓰는 종이 위로 눈물이 떨어졌다. 마음을 정하자 어린이집 정리도 하나둘 풀려갔다. 신학생으로 공부하며 수영장과 교회, 집 외의 모든 만남을 자연스럽게 끊었다.

앉은뱅이책상 앞에 앉아 묵혀 두었던 두꺼운 성경책을 펼쳤다. 40년 신앙생활을 하면서도 성경을 한 번도 완독하지 않았다는 사실이 놀라웠다.

오후 9시만 되면 마법에 걸린 것처럼 책상 앞에 앉았다. 성경을 펼친 며칠은 작은 책벌레가 보여 처음엔 활자 대신 책벌레를 찾느라 시간을 보냈다. 그러다 이내 졸음이 쏟아졌다. 고개를 끄덕이다 깜짝 놀라 다시 성경을 보던 어느 날, 문득 웃음이 났다.

 나를 일으키는 회복 루틴

'성경을 안 보던 내가 이렇게 애쓰는 모습이 조물주 눈에는 얼마나 귀여울까.'

공부하지 않던 자녀가 매일 책상 앞에 앉아 있는 모습을 바라보는 부모의 마음이 이럴까 싶었다.

남편에게 그 이야기를 하자 성경 앱을 깔아 주었다. 읽기와 듣기를 함께하며 졸기도 하고 깨기도 하기를 반복했다. 그렇게 3개월이 지나 성경 1독을 마쳤다. 놀랍게도 그때부터는 졸지 않았다. 말씀이 궁금해지기 시작했다. 성경 말씀이 꿀송이처럼 달다는 말이 무슨 뜻인지 그제야 알게 되었다. 교회 생활을 하던 나는 점점 신앙생활을 하는 사람으로 바뀌고 있었다.

공부하는 동안 '항상 기뻐하라, 쉬지 말고 기도하라, 범사에 감사하라'는 말씀이 삶이 되었다. 이 어려움을 피하게 해달라고 하던 기도는 "이 어려움을 이겨낼 수 있게 도와주세요"로 바뀌었다. 신학 공부하며 내 안에서 무너져 있던 사랑이 가장 먼저 회복되었다.

     9장 다시 삶을 움직이다

닫힌 문 앞에서 길을 만들다

2020년, 코로나로 수영장 문이 닫히며 일상의 리듬이 한순간에 끊어졌다. 매일 같이 몸을 담그던 물 대신 집 안에서 간단한 스트레칭과 윗몸일으키기를 하며 시간을 보냈다. 한 번씩 동영상을 틀어놓고 새천년 체조를 따라 했다. 한 달 내내 영상만 보고 따라 하니 자연스럽게 동작이 외워졌고 점점 재미가 없어졌다. 늘 똑같은 사람, 똑같은 장소, 다양한 새천년 체조를 찾아 따라 했지만 오래가지 못했다.

역시나 지금까지 해 온 운동 중에서 수영을 배운 건 참 잘한 일이었다며 수영 생각이 간절할 무렵, 다시 수영장 문을 연다는 소식이 들렸다. 새벽 5시에 등록하러 나갔지만, 인원 제한부터 코로나에 맞는 여러 가지 규제가 마음에 걸렸다. 결국 수영을 잠시 쉬기로 하면서 운동의 문이 자연스럽게 닫혔다.

점점 집안에서의 생활이 갑옷을 입은 것처럼 답답했다. 외식조차도 인원 제한이 있고 집안에서의 인원도 규제를 받던 시절이라 되도록 외출하지 않았다.

사방이 막힌 것 같은 날들이었다. 앞도, 옆도, 뒤도 모두 막힌 것처럼 느껴질 때면 '그럴수록 위를 보라'는 말이 떠올랐다. 하지만 그때의 나는 위를 올려다볼 마음의 여유조차 없었다.

종일 집 안에만 머물다 보니 몸을 점점 움직이기 싫어졌다. 그러던 어느 날, 남편이 말했다.

"몸을 좀 움직여야지. 햇빛도 쬐고."

꿈쩍도 하기 싫었지만, 성화에 못 이겨 마지못해 가까운 계룡산으로 향했다. 한참 연애 시절, 여름 소나기를 피하던 추억이 있는 산이라 정겹긴 했지만, 어느새 물이 더 좋았다. 수영을 배운 이후로 산하고는 담을 쌓은 거나 다름없어서 집에 있고 싶었다. 그 마음을 숨기지 못한 채 툴툴거리며 걷고 있는데, 남편이 등산로 초입에서 발견한 나무막대기를 웃으며 건네주었다. 여느 때 같으면 반가운 마음에 얼른 받아서 지팡이로 썼지만, 그날만큼은 나를 귀찮게 하는 사람이라는 티를 내며 걸었다. 발목에 모래주머니를 찬 사람처럼 무거운 다리를 멈추고 조금 가다 쉬기를 반복했다.

중턱쯤 올라 더 이상 한 걸음도 떼지 못하는 몸을 쉬려고 커다란 돌 위에 털썩 걸터앉았다. 그사이 남편은 가방에서 도시락통을 꺼냈다. 언제 준비했는지 방울토마토와 오이를 먹음직스럽게 담아온 모습에 그만 말문이 막혔다. 투덜거리기를 멈추고 숨을 고르는 사이에 타는

목을 달래줄 물병을 내 손에 들려주었다. 생수병 뚜껑을 따서 다시 내 입에 물을 넣어주었을 때, 억지로 산에 끌려와 심통을 부리던 마음이 눈 녹듯 사라졌다.

그제야 주변 풍경이 눈에 들어왔다. 산에서 불어오는 시원한 바람, 상쾌한 공기, 바람에 흔들리는 나뭇가지, 숲 어딘가에서 들려오는 새소리까지 또렷하게 들렸다.

집에서부터 나올 때 싫다고 말하지 않았을 뿐 싫은 내색을 보였는데, 억지로 끌려온 기분을 이제야 풀다니 나란 사람 참. 미안한 마음을 만회하려고 조금 전처럼 한참 뒤떨어져 가지 않고 함께 걸었다.

언제나 그렇듯 우리의 목적지는 남매탑이었다. 정상에 도착하자마자 남편은 보온병에 담아온 물을 컵라면에 붓고 나서 후식으로 먹을 커피 물을 남겨놨다. 뜨끈한 컵라면을 호호 불며 먹다가 라면 국물에 김밥을 찍어 먹으니, 산에서 누리는 최고의 밥상이 따로 없었다. 입가심으로 마시는 커피믹스 한잔은 산에서 먹으면 두 배로 맛있다.

"여보, 집에선 그렇게 힘들었는데 산에 오니까 하나도 안 힘드네?"

그 말이 내 입에서 나왔을 때, 나 자신도 놀랐다. 몸을 먼저 움직이면 마음이 뒤따라 올라왔다는 사실을 그제야 알았다.

간만에 온몸의 근육을 쓴 탓인지 집으로 오는 버스 안에서 스르르 잠이 들었다. 남편 어깨에 기대 잠든 채 눈을 뜨니, 어느새 집 근처 정거장이었다.

　　　　　　　　나를 일으키는 회복 루틴

그날 저녁, 나는 그림일기에 산에서의 장면을 그렸다. 남편이 내게 생수를 건네주던 모습이었다. 프린터로 인쇄한 그림의 여백에 이렇게 적었다.

"사랑하며 살겠습니다."

산에 가기 전에는 그렇게 싫었던 시간이, 다녀오고 나니 마음을 먼저 일으키는 시간이었음을 알게 되었다. 억지로 일으켰던 몸이 마음을 대신해 길을 열어주었다.

꽃피는 5월이었지만 여전히 두꺼운 스웨터를 입고 집 안에 머물던 나는, 그 산행을 계기로 온몸의 세포가 하나씩 깨어나는 느낌을 받았다. 막혀 있던 땀구멍이 열리듯, 잊고 지내던 감사도 함께 되살아났다.

그날 이후, 나는 몸을 움직인 날을 그냥 흘려보내지 않았다. 작은 움직임 뒤에는 늘 기록이 따라왔다. 그림을 그리고, 짧은 글을 남겼다. 특별한 일이 있어서가 아니었다. 그저 하루가 무사히 지나갔다는 사실만으로도 쓸 말이 생겼다. 감사할 이유를 찾기 시작하자 감사할 일이 하나둘 계속 보였다.

코로나로 집 안에 갇힌 것 같던 시간도 돌이켜보니 절망의 시간이 아니었다. 오히려 나를 다시 움직이게 한 시간이었다. 운동을 할 수 없게 되자 다른 방법으로 몸을 움직이기 시작했다. 집에서 몸을 풀고, 산을 오르고, 하루의 일상을 기록했다. 멈춰 있는 줄 알았던 시간 속에서도 나는 조금씩 앞으로 나아가고 있었다.

그렇게 나의 가장 큰 회복은 특별한 곳이 아니라 평범한 일상에서 시작되었다. 한쪽 문이 닫히면 또 다른 길이 열렸고, 그 길은 거창한 결심이 아니라, 억지로라도 내디딘 한 걸음부터였다. 그 걸음이 내 안의 길을 열었고, 감사는 길이 보이지 않던 자리에서도 다시 걸어가게 하는 힘이 되었다. 오늘 마음이 움직이지 않는 날이라면, 생각보다 먼저 몸을 일으키길 바란다. 결국 나를 살리는 건 거창한 변화가 아니라, 걸어 나선 작은 한 걸음이다. 길은 그렇게, 조용히 시작된다.

오늘을 살아가는 연습

삶을 바꾸는 것은 거창한 결심이 아니라, 오늘을 계속 살아가기 위한 작은 반복이라는 것을 알게 되었다. 나는 특별해지기 위해 무언가를 시작한 것이 아니라, 하루를 조금 더 잘 살아내고 싶어서 몸과 마음을 움직이기 시작했다. 그렇게 시작된 작은 루틴들이 어느새 삶의 방향을 바꾸고 있었다.

"여보, 영어 노래 한 곡쯤은 불러야 하지 않겠어?"

설거지를 막 끝내고 커피를 마시려던 순간, 남편이 불쑥 말을 건넸다. 늘 그렇듯 내 일상에 작은 미션을 던지듯 말했다. 오십 대에 무슨 팝송이냐는 표정으로 바라보자, 남편이 태연하게 웃으며 말했다.

"오십 대를 멋지게 살아가는 몇 가지가 있는데, 그중 하나가 팝송 한두 곡을 외워 부르는 거래."

남편은 십 대 시절 친구 이야기를 꺼냈다. 기타를 치며 팝송을 부르던 친구 흉내를 내다가, 내가 무대에 처음 소개되어 진행할 일이 있을 때 팝송 한 곡으로 분위기를 열면 사람들의 굳은 마음이 단번에 풀릴 거라며 꽤 진지하게 설득했다.

"그럼, 당신이 불러."

툭 던지듯 말했지만, 남편은 능청스럽게 웃으며 말했다.

"난 노래 못하잖아. 당신은 목소리가 좋잖아."

별것 아닌 말이었는데 '목소리가 좋잖아.' 이 한마디가 오래 마음에 남았다. 남편은 늘 내가 조금 더 걸어가면 좋을 방향으로 등을 살짝 밀어주는 사람이다. 억지로 떠밀린 것도, 대단한 결심을 한 것도 아니었다. 다만 '한 번쯤 도전해도 괜찮지 않을까?' 하는 마음이 들었다.

그렇게 나는 생애 처음으로 팝송 한 곡을 외우기 시작했다.

가사를 출력해 주방과 욕실에 붙여 두고, 가방에는 언제든 꺼내 볼 수 있도록 종이를 넣어 다녔다. 서툰 발음으로 "Bless the Lord, oh my soul"을 흉내 내다 보면 어떤 날은 노래를 부르는 대신 듣기만 하다 하루가 지나가기도 했다.

노래 연습을 할 때마다 훌라후프를 함께 돌렸다. 한 곡당 6분 남짓한 시간조차 아깝게 느껴졌기 때문이다. 가만히 서서 부를 때와 훌라후프를 돌리며 부를 때의 느낌은 완전히 달랐다. 몸을 움직이니 발음이 또렷해지고 리듬이 자연스럽게 몸에 스며들었다. 어색한 목소리에 혼자 웃음이 터지기도 했지만, 그 시간은 분명 몸과 마음을 동시에 깨우는 즐거움이었다.

며칠 뒤 자전거를 타고 동네 길을 달렸다. 이어폰 속 노래와 페달의 리듬이 묘하게 맞아떨어졌다. 바람이 얼굴을 스치며 지나가는데 오래 닫혀 있던 창문을 한꺼번에 열어젖힌 기분이 들었다.

그때 문득 이런 생각이 들었다.

'누군가에게 잘 보이려는 게 아니라, 내가 좋아하면 그걸로 충분하구나.'

한 곡을 외우자, 다음 곡이 이어졌고, 노래는 일상 속 작은 무대가 되었다.

길을 걷다 익숙한 팝송이 들리면 노래가 먼저 나를 알아보고 말을 거는 것 같았다. 영어라는 장벽 뒤에 있던 노래들이 이제는 편안한 친구처럼 곁에 머물렀다.

이 작은 변화는 내 안에서 또 다른 움직임을 만들었다. 노래를 외우고, 훌라후프를 돌리고, 자전거를 타며 바람을 맞는 시간 속에서 나는 다시 꾸준함의 힘을 배웠다. 처음엔 어색했던 발음이 입 근육에 남고 리듬이 몸에 들어오며 목소리는 호흡을 따라 자연스럽게 흘러갔다.

글쓰기 루틴도 다르지 않았다. 새벽 4시 기도로 시작된 하루는 말씀 묵상과 성경 읽기, 10분 독서와 필사, 블로그 글쓰기로 이어졌다. 특별해 보이지 않는 반복이 생각과 마음을 단단히 단련하는 시간이 되었다.

운동도 삶을 닮아 있었다. 훌라후프를 돌리고, 계단을 오르며 자신을 응원하고, 일상에서 몸을 조금 더 움직였다. 이제는 삶을 건강하게 만드는 것은 요란한 계획이 아니라 지금 서 있는 자리에서의 작은 실천임을 안다.

노래도, 훌라후프도, 자전거도, 글쓰기와 독서도 결국 같은 방향을 향하고 있었다. 몸을 조금씩 움직이고 마음을 매일 한 줄이라도 읽고 쓰는 일. 그것은 특별해지기 위한 훈련이 아니라 오늘을 끝까지 살아내기 위한 연습에 가까웠다.

그 시간을 지나오며 나는 세 가지를 배우게 되었다.

첫째, 시작은 거창하지 않아도 된다.

팝송 한 곡처럼 사소한 시작이 삶의 흐름을 바꾸기도 했다. 중요한 것은 잘하려는 마음보다, 한 번 해보는 용기였다.

둘째, 몸이 움직이면 마음도 따라 움직인다.

노래하며 훌라후프를 돌리고 자전거를 타는 동안 먼저 변한 것은 의지가 아니라 마음이었다. 움직임은 생각보다 빠르게 삶을 앞으로 밀어주었다.

셋째, 꾸준함은 결심이 아니라 기억이다.

여러 번 반복한 작은 실천들은 몸에 남아 멈췄다가도 다시 나를 원래 자리로 돌아오게 했다.

여전히 완벽하지 않고, 바쁜 날에는 흐름이 무너져 운동도 독서도 멈출 때가 있다. 그래도 다시 시작하는 데 필요한 것은 새로운 결심이 아니라 이미 내 안에 남아 있는 기억 때문이다.

이 책에서 나눈 운동과 독서는 거창한 방법이 아니다. 삶을 조금 더 나답게 살아가기 위한 최소한의 움직임이다. 오늘은 계단을 한 층 더

오르고, 내일은 책 한 쪽을 더 넘긴다. 그렇게 몸과 마음을 함께 쓰다 보면 삶은 어느새 각자의 리듬을 갖게 된다. 앞날을 알 수 없지만 더 좋은 방향으로 안내하고 있음은 분명하다.

이제 이 글의 마지막 장을 마치지만 누군가의 하루는 지금 여기서부터 시작할 수 있다. 각자 서 있는 자리에서 가능한 만큼만 움직이고 읽어 보길 바란다. 아주 사소한 반복이면 충분하다. 때론 멈춘 것처럼 보여도 그 쌓임이 몸에 남아 마음을 다시 움직이게 해줄 테니까.

오늘을 계속 살아가는 연습 세 가지

첫째, 시작은 거창할 필요가 없다. 중요한 것은 잘하는 것이 아니라 멈추지 않고 시작해 보는 마음이다.

둘째, 몸이 움직이면 마음도 따라 움직인다. 움직임은 의지를 기다리지 않고 삶을 앞으로 밀어준다.

셋째, 꾸준함은 결심이 아니라 기억이다. 멈추는 날이 있어도 다시 시작하는 힘은 이미 몸 안에 남아 있다.

흔들림을 건너는 시간

윤미경

손끝에 남은 피로

"야, 이 개새끼야!"

그 한마디에 급식실이 얼어붙었다. 화를 참지 못한 아이가 급식판을 들어 맞은편 아이의 머리 위로 내던졌다. 미역국과 김치, 밥이 얼굴을 타고 흘러내렸다. 음식 벼락을 맞은 아이는 울음을 터뜨리며 달려들었고, 두 아이는 한 덩어리처럼 엉켜 붙었다. 조금 전까지 웃음이 가득하던 급식실. 삼백여 명의 아이들이 숟가락을 든 채 숨을 죽이고 그 장면을 지켜보았다.

담임교사는 식판을 던진 아이를 급식실 밖으로 데리고 나갔다. 학년부장인 나는 남겨진 아이를 일으켜 세웠다. 수돗가로 데려가 머리에 묻은 음식물을 천천히 털어주었다. 물줄기가 흐를 때마다 아이의 숨은 울음이 섞여 떨렸다. 그날 내 손끝에 남은 건 미역 냄새가 아니라 오래 쌓인 피로의 냄새였다.

학년 말이면 교실 사이를 오가며 동료를 모으는 교사들이 있다. 내년에는 같은 학년을 맡아 보자고 웃으며 손가락을 건다. 하지만 나는 그런 여유가 없었다. 수업이 끝난 뒤 커피 한 잔을 나누며 웃고 떠드는 일조차 부담스러웠다. 승진 준비로 각종 대회의 보고서를 제출하고 점수를 하나씩 쌓아야 하는 시기였다. 어느 학년이든 어떤 업무든 주어진 1년을 성실히 살아내면 충분했다.

2017년, 나는 일곱 개 학급으로 구성된 4학년 학년부장을 맡았다. 성격이 강하고 다루기 어려운 아이들이 많다는 소문이 돌던 4학년은 '기피 학년'이라는 꼬리표를 달았다. 어느 교사도 그 학년 배치를 희망하지 않았다. 4학년은 다른 지역을 희망했다가 밀린 교사, 점수가 부족해 3지망으로 온 교사, 그리고 기간제·신규·전입·복직 교사들로 채워졌다. 배정 발표 후 처음 얼굴을 마주한 자리에는 무거운 공기만 흘렀다. '함께 잘해보자'보다는 각자 맡은 1년을 무사히 지나가자는 마음이 앞섰고, 나 역시 다르지 않았다.

우리 학년에서는 식판 사건 같은 일이 낯설지 않았다. 어느 반이든 하루가 조용히 지나가기 어려웠고, 우리 반도 예외는 아니었다. 그중에서도 유난히 눈에 띄는 아이가 있었다. 도끼눈을 하고 늘 어깃장을 놓는 몸집이 작은 남자아이 현우였다.

모둠 활동에서는 자신의 의견이 받아들여질 때까지 물러서지 않았고, 체육 시간에는 자기 팀이 지기라도 하면 난리가 났다. 마음에 들지 않으면 소리를 지르거나 활동을 거부했다. 우리 반 아이들은 서서히 지쳐갔고, 원망 섞인 시선과 한숨은 현우를 향했다.

전국의 4학년을 대상으로 한 학생정서 · 행동특성검사 결과에서 현우가 고위험군으로 분류되었다. 나는 현우의 아버지가 운영하는 식당을 찾았다. 학교 생활 이야기를 꺼내자 아버지는 한동안 말을 잇지 못하고 깊게 숨을 들이쉬었다.

"어릴 때 가정폭력을 겪었던 아이입니다. 재혼 후 제가 데려와 키우고 있어요. 더 잘 보듬겠습니다. 선생님, 죄송합니다."

그 말은 사과라기보다, 오래 접힌 슬픔이 조용히 밖으로 새어 나오는 소리처럼 들렸다.

현우의 안쓰러운 상황을 알게 된 뒤로 사소한 행동 하나에도 칭찬을 아끼지 않았다. 얼러 보기도 달래 보기도 하며 그의 마음을 붙들고자 했다. 하지만 친구의 발을 걸어 넘어뜨리거나 운동화를 화장실 변기에 집어넣는 장면을 마주할 때면 치밀어 오르는 분노를 억누르기 어려웠다.

협의 시간에 모인 동학년 교사들은 각자 학급에서 겪는 어려움을 쏟아내느라 바빴다. 하나를 수습했다 싶으면 또 다른 문제가 터졌다. 나 역시 내 학급을 지키는 것만으로도 벅찼고, 동학년 선생님들 또한 다르지 않아 보였다. 학년 전체를 돌아볼 여유는 그렇게 우리 모두에게서 조금씩 사라지고 있었다. 매일 땀이 등줄기를 타고 흐르고 심장은 요동쳤다. 벌써 갱년기가 시작된 건 아닐까. 하루는 늘 한숨으로 닫혔고, 머릿속은 쉽게 지쳐갔다.

그해 여름 전세버스를 타고 1박 2일 직원여행을 떠났다. 동학년 초임 교사 옆자리에 앉아 창밖만 바라보았다. 목적지인 강화도에 가까워질 즈음에야 우리는 서로의 교실 이야기를 꺼냈다. 버겁게 느껴지는 아이들, 출근길의 두려움, 잦은 위통과 소화불량…. 이야기를 나누고서야 우리 모두 지쳐 있다는 사실을 실감했다. 하루를 덜 힘들게 보낼 방법을 찾으려 서로 머리를 맞대던 어느 순간 예전에 들었던 감정 코칭 연수 강사의 말이 떠올랐다.

"운동은 단순히 체력을 기르는 일이 아니라, 감정을 다스리는 훈련입니다. 꾸준히 운동하는 사람은 스트레스 상황에서도 비교적 빨리 마음을 회복하지요. 특히 감정노동을 하는 교사나 갱년기를 겪는 여성이라면, 생활 속에서 운동을 꼭 실천해 보길 권합니다."

그 말이 그제야 선명하게 다가왔다.

대학 시절부터 결혼 전까지 나는 테니스와 에어로빅, 요가를 꾸준히 즐겼다. 그러나 임신과 출산, 육아가 시작되면서 운동은 삶의 목록에서 조용히 밀려났다. 10여 년 동안 '운동은 사치'라 여기며 내 몸을 돌보는 일을 뒤로 미뤄 두었다.

어느 순간부터 매일 쌓이던 피로와 무력감, 쉽게 치밀어 오르는 분노, 숨 막히는 긴장감이 문득 경고처럼 느껴졌다. 이것이 단순한 정신적 스트레스만은 아닐지도 모른다는 생각이 스쳤다. 돌보지 않은 몸이

보내는 신호. 어쩌면 오래전부터 조용히 울리고 있던 몸의 목소리였는
지도 모른다.

 10장 흔들림을 건너는 시간

땀과 책 사이에서 나를 만나다

학교에서 말썽 많은 아이들과 씨름하던 날들 속에서 몸과 마음은 서서히 닳아갔다. 새롭게 무언가를 시도해 보고 싶은 의욕은 오래전에 바닥을 드러냈다. 하루하루를 버티는 일상만이 남아 있었고, 2017년은 그렇게 무기력 속에서 저물어 갔다.

이듬해 나는 학교 교육과정을 기획하고 운영하는 혁신연구부장을 맡게 되었다. 중책을 맡은 만큼 주변을 더 세심히 살피며, 나 자신도 다시 활기를 되찾고 싶었다. 그동안 돌보지 못했던 몸과 마음을 회복하고 싶다는 마음이 작은 불씨처럼 피어오르기 시작했다.

마침 막내아이까지 내가 근무하는 초등학교에 입학했다. 퇴근 후 아이들이 방과 후 수업을 마치고 합기도장에 가 있는 동안, 나에게도 잠시 숨 돌릴 시간이 생겼다. 학교와 집이 가까워 출퇴근에 시간을 빼앗

기지 않는 것도 다행이었다. 저녁 식사 전까지 운동을 마칠 수 있다면 가족과 보내는 시간에도 무리가 없을 듯했다.

집 근처 상가를 둘러보다가 '여성 전용 30분 순환운동'이라는 배너가 눈에 들어왔다.

"그래, 바로 이거야. 30분이라도 좋다. 일단 시작해 보자."

그렇게 나는 오랜만에 나를 위해 시간을 내었다. 아주 조심스럽지만, 분명한 첫걸음이었다.

오랫동안 운동과 담을 쌓고 지내던 내가, 마침내 운동 센터의 문을 밀고 들어섰다. 열 명 남짓한 회원들이 코치의 구령에 맞춰 숨을 몰아쉬며 몸을 움직이고 있었다. 탄탄하게 다져진 몸들이 눈에 들어왔다. 부러움과 긴장이 뒤섞인 마음으로 나는 회원 등록을 마쳤다.

먼저 몸 상태를 확인하기 위해 양말을 벗고 인바디 기계 위에 올라섰다. 손잡이 전극을 잡고 안내에 따라 자세를 고정하자 묘하게 심장이 조여 왔다. 학교 보건실에도 같은 기계가 있었지만, 수치로 드러날 내 몸의 현실을 마주할 용기가 없어 애써 피해 왔던 기억이 스쳤다.

결과는 금세 출력되었다. 키와 몸무게, 체지방량, 근육 발달 상태까지. 숫자들은 변명할 틈 없이 내 몸의 진실을 보여주었다. 그 한 장의 종이에는 내가 외면해 온 시간들이 고스란히 담겨 있었다.

새 운동복과 운동화를 갖춰 입고 기구 앞에 섰을 때, 나는 더 이상 물러서지 않기로 마음먹었다. 몸과 마음을 함께 돌보는 시간을 이제는 삶 안으로 들여놓겠다고. 그렇게 매일 30분, 나만의 회복이 시작되었다.

코치가 옆에서 동작을 바로잡아 주었지만, 기초 체력이 거의 없던 나는 몇 번만 반복해도 팔과 다리가 후들거렸다. 고작 30분이 이렇게 길게 느껴질 줄은 몰랐다. 그럼에도 운동을 마치고 나니 오랜만의 상쾌함이 몸을 가득 채웠다. 땀을 흘리는 일이 이렇게 기분 좋을 수 있다는 사실을 새삼 깨달았다. 힘은 빠졌지만, 마음은 오히려 또렷해졌다. 일터에서 쌓인 피로를 기구 운동과 가벼운 달리기로 하나씩 털어내자 집으로 돌아가는 발걸음이 한결 가벼워졌다. 집에서는 두 아들과 보내는 시간이 더 밝고 활기차졌다. 학교에서는 아이들에게 너그러우면서도 단호하게 대할 수 있었다. 업무를 마주하는 태도에도 자연스러운 여유가 스며들었다. 운동은 몸만 바꾸는 일이 아니었다. 하루의 표정을 바꾸는 일이었다.

몸과 마음은 서서히 제자리를 찾아가고 있었지만, 마음 깊은 곳에는 아직 채워지지 않은 빈자리가 남아 있었다. 나는 직장과 가정에서 내게 맡겨진 몫을 성실히 해내는 것만으로도 충분하다고 여겨왔다. 매일 같은 일을 반복하는 쳇바퀴 같은 삶 속에서, 그것이 최선이라 믿으며 스스로를 다독여왔다.

"지금 나에게 주어진 일만으로도 벅찬데, 어떻게 그 이상을 바랄 수 있을까."

늘 그렇게 나 자신과 타협해 왔다. 이상이나 꿈을 품기보다는, 맡겨진 역할을 묵묵히 수행하는 데 익숙해져 있었다. 부족함을 느끼면서도, 더 나아가려는 마음은 애써 눌러 두었다.

 나를 일으키는 회복 루틴

"독서 모임에서 함께 책을 읽고 토론할 동아리 회원을 모집합니다."

그러던 어느 날, 같은 학교에 근무하는 최 선생님이 교사 독서 동아리 회원을 모집한다는 메시지를 보냈다. 독서교육 관련 저서를 출간했고, 아이들의 독서교육에도 깊은 통찰을 지닌 분이었다. 그때까지 나는 누군가와 함께 책을 읽고 생각을 나누어 본 적이 없었다. 독서는 늘 혼자의 몫이었다. 그럼에도 오래 고민하지 않았다. 망설임이 올라오기도 전에, 나는 신청서를 제출했다. 어쩌면 마음 한켠의 빈자리가, 이미 새로운 만남을 기다리고 있었는지도 몰랐다.

최 선생님의 교실에는 다양한 도서와 아이들이 쓴 글을 정리한 바인더가 빼곡히 꽂혀 있었다. 독서 모임을 핑계 삼아 그 교실을 찾을 때마다, 그 안에 켜켜이 쌓인 독서교육의 흔적을 유심히 들여다보았다. 책등의 마모와 빼곡한 기록들이 그 시간을 말해 주는 듯했다.

그 공간은 단순한 모임 장소가 아니었다. 교사로서, 그리고 한 사람으로서 더 자랄 수 있다는 가능성을 보여 주는 배움의 자리였다. 그 교실에 앉아 있으면 생각과 마음이 조금 더 깊어지는 듯했다. 책을 읽고 '본 것, 깨달은 것, 적용할 것'의 앞글자를 딴 '본깨적 독서법'으로 생각을 정리했다. 혼자 읽을 때는 스쳐 지나갔을 문장들이, 함께 나누는 자리에서는 오래 머물렀다. 책 벗들과 마음을 나누는 기쁨을, 그때 처음 맛보았다.

교사로서 성장한다는 것은 무엇일까. 그리고 한 사람으로서 내가 발전한다는 것은 또 무엇일까.

운동을 통해 몸과 마음을 돌보았듯, 이제는 나의 꿈과 미래를 향해 한 걸음 내딛고 싶어졌다. 최 선생님의 소개로 3P자기경영연구소 강규형 대표의 『바인더의 힘』과 『독서 천재가 된 홍 팀장』을 읽으며, 나는 본격적으로 책과 가까워지기로 마음먹었다. 본깨적 독서법을 제대로 배우고 싶어 '3P 독서경영 기본과정'까지 이수했다.

독서와 독서경영 교육을 통해 얻은 통찰은 분명했다. 나를 경영한다는 것은 삶의 일부를 잘해내는 일이 아니라, 시간과 독서, 업무와 건강, 대인관계에 이르기까지 삶 전반을 스스로 바로 세우는 일이라는 사실이었다.

나는 아주 작은 것부터 실천하기 시작했다. 매주 한 권의 책을 읽고, 주간 플래너를 작성하며 우선순위를 점검했다. 운동을 꾸준히 이어가며 몸과 마음의 균형을 맞췄고, 업무에서는 할 일과 하지 말아야 할 일을 분명히 구분했다. 동료와의 관계에서는 필요할 때는 선을 지키고, 함께할 때는 배려를 잊지 않으려 애썼다.

이 작은 변화들이 차곡차곡 쌓이자 하루의 감각이 달라졌다. 삶은 점점 더 주체적이고 안정된 방향으로 기울었고, 몸과 마음에도 서서히 근육이 붙는 듯했다. 무엇보다 흔들림 속에서도 중심을 잃지 않는, 한층 단단해진 나 자신을 마주하게 되었다.

 나를 일으키는 회복 루틴

흔들림을 견디는 법

운동은 이제 완전히 내 일상 속에 스며들었다. 1년 넘게 이어온 30분 순환운동은 종목만 달라졌을 뿐, 점핑 다이어트와 요가, 필라테스로 자연스럽게 이어졌다. 나는 멈추지 않고 몸과 마음을 꾸준히 챙겼다. 어느새 운동은 단순한 취미를 넘어, 하루를 버텨내게 하는 나만의 의식이 되었다.

퇴근 후 회식이나 갑작스러운 일정으로 운동을 거른 날이면, 마치 중요한 약속을 놓친 것처럼 마음이 불편했다. 집에서 잔소리가 길어질 때면 아이들은 웃으며 말했다.

"엄마, 뭐 안 좋은 일 있어요? 얼른 운동하고 와요."

그 말 속에는 '운동하고 온 엄마가 더 행복하다'는 아이들만의 믿음이 담겨 있었다. 운동은 그렇게 스트레스를 덜어주고 에너지를 채워주며 가족을 대하는 나의 태도까지 조금씩 바꾸어 놓았다.

하지만 내면의 성장은 새 학교로 옮긴 뒤부터 다시 흔들리기 시작했다. 낯선 환경에 적응하는 일도 버거운 데다, 마음을 나누던 선생님들과의 독서 모임을 이어갈 수 없다는 사실이 유독 서글펐다. 혼자 읽는 책은 점점 가벼워졌고, 깊이 있는 사유 대신 흥미 위주의 소설을 고르게 되었다. 떠오르는 생각도 독서 노트 한쪽에 단상처럼 적는 데 그쳤다.

함께 이야기할 이가 사라지자 책 읽기와 주간 플래너 쓰기는 바쁜 일상 속에서 자연스레 뒤로 밀려났다. 마음이 동할 때만 잠시 꺼내 들었다가, 이내 다시 덮는 날들이 반복되었다.

코로나19 이후, 온라인 독서 모임이 하나둘 생겨나기 시작했다. 나에게 기회였다. 자기 성장을 갈망하는 사람들이 언제든 연결될 수 있는 배움의 장이 열린 셈이었다. 물리적 거리나 이동 시간을 걱정할 필요도 없었다.

그러던 중, 함께 읽고 쓰며 성장하는 전국 교사 온라인 성장 모임 〈자기경영노트연구소〉의 홍보가 눈에 들어왔다. 당시 나는 마흔 중반의 교사였다. 나이만 먹고 뚜렷한 성취는 없다는 생각에 잠시 가입을 망설였지만 '지금 시작하지 않으면 언제 하겠는가'라는 마음으로 물러서지 않았다. 서로를 공감하고 응원하는 교사들과 연대한다는 사실만으로도 큰 힘이 되었다. 나는 블로그를 새로 만들고 일기장에만 묵혀 두었던 이야기들을 세상으로 꺼내기 시작했다.

블로그 화면을 켜고 키보드에 손을 올리는 순간 깊은 고민이 밀려왔

                                        나를 일으키는 회복 루틴

다. 글의 구성을 어떻게 잡아야 할지, 어디까지를 드러내도 될지 막막했다. 글솜씨가 부족해 누군가의 웃음거리가 되지는 않을지 걱정도 앞섰다. 부끄러운 마음에 친한 친구들에게조차 블로그의 존재를 알리지 못했다.

제주에 사는 대학 친구 윤주가 서울교대역 근처에서 강의를 한다며 연락을 해왔다. 우리 집과 교대역의 중간 지점인 잠실에서 만나 밥을 먹고, 호수를 따라 천천히 걸으며 오랜만의 시간을 나누었다.

그날 저녁, 윤주와 나눈 이야기들을 블로그에 정리해 올렸다. 한 시간도 채 지나지 않아 윤주가 댓글을 달았다. 내가 블로그를 운영한다는 사실조차 몰랐을 텐데, 어떻게 그 글을 보게 되었을까 순간 고개가 갸웃해졌다.

알고 보니, 익명의 누군가가 내 글을 읽고 "이거 너 이야기 아니야?"라며 윤주에게 링크를 보내주었다고 했다. 뜻밖의 연결이었다. 그 일을 계기로 우리는 블로그 이웃이 되었다.

그때 문득 깨달았다. 글은 생각보다 멀리, 그리고 조용히 사람과 사람을 이어주고 있다는 사실을. 블로그 포스팅 하나를 올리기 위해 두세 시간을 붙들고 앉아 썼다 지웠다를 반복하며 힘들어했던 시간은, 누군가 읽고 반응해 주는 기쁨으로 조금씩 채워졌다.

'자기경영노트연구소' 독서 모임을 통해 여러 자기계발서를 접했다. 예전에는 겉만 번지르르한 문장처럼 느껴졌던 책들이, 이제는 내 일상을 실제로 바꾸는 안내서로 다가왔다. 『거인의 노트』, 『역행자』, 『아주 작은 습관의 힘』은 한결같이 말했다. 삶은 저절로 나아지지 않으며, 스스로 관리하고 주도할 때 비로소 안정과 성취가 함께 온다고. 책이 권한 대로 운동과 독서를 의식적으로 이어가자 작은 변화가 쌓이기 시작했다. 흐트러졌던 습관이 제 모양을 갖추자 태도는 단단해졌고, 목표는 또렷해졌다.

주간 플래너를 3P자기경영연구소의 시간 관리 바인더에 작성하며 시간 관리가 한층 구체화되었다. 연·월·주·일 단위로 독서, 운동, 글쓰기 목표를 세우고, 실천한 항목은 체크박스로 표시했다. 작은 네모칸에 체크 표시가 늘어갈수록 하루의 무게도 분명해졌다.

다섯 가지 색 형광펜으로 주업무, 보조업무, 자기계발, 인간관계, 휴식을 구분하며 하루를 시각적으로 점검했다. 눈에 보이는 색의 분포는 곧 나의 삶의 균형을 보여주는 지표가 되었다. 다음 페이지에는 하브루타, 글쓰기, 독서 모임 등 활동별 카테고리를 만들어 메모를 누적했다. 흩어져 사라질 생각과 경험이 기록 속에서 머물 자리를 얻었다. 이렇게 쌓인 기록은 블로그에 시간과 생각, 경험을 옮겨 적는 든든한 자료가 되었다. 기록은 단순한 저장이 아니라, 나의 성장과 성취를 점검하고 스스로에게 피드백을 건네는 기반으로 자리 잡았다.

문득 MBC 다큐멘터리에서 김연아 선수가 기초 체력 운동을 하던 장면이 떠오른다. 스트레칭을 하던 그녀에게 PD가 물었다.

"무슨 생각하며 스트레칭하세요?"

김연아 선수는 잠시도 머뭇거리지 않고 웃으며 답했다.

"무슨 생각을 해요? 그냥 하는 거죠."

그 말이 오래도록 마음에 남았다.

예전의 나는 운동을 할지 말지, 책을 읽을지 말지, 글을 쓸지 말지 망설이다가, '이런다고 뭐가 달라지겠어' 하는 생각에 쉽게 포기하곤 했다. 시작과 멈춤을 반복하며 무엇 하나 오래 이어가지 못했다.

하지만 지금은 다르다. 더 이상 고민하지 않는다. 플래너에 계획을 적고 기록하는 사이, 실행은 어느새 습관처럼 몸에 스며들었다. 운동으로 체력을 돌보고, 책을 읽고 나누며 생각의 깊이를 키운다. 기록을 통해 생각을 정리하며 하루하루 나 자신을 다듬어 간다. 머뭇거림이 줄어든 자리에, 행동이 자리 잡았다.

이제 나는 다시 삶의 중심을 찾아가고 있다. 완벽하지 않아도, 빠르지 않아도 괜찮다. 중요한 것은 멈추지 않는 마음이라는 사실을 배웠기 때문이다. 그래서 오늘도 나는 운동하고, 읽고, 쓰고, 기록한다. 거창한 변화는 없지만, 그 반복이 나를 지켜 준다. 나는 오늘도 천천히, 그러나 분명히 자라고 있다.

나를 움직이는 세 가지 힘

나는 운동하는 사람이다.

나는 읽고 나누는 사람이다.

나는 쓰고 기록하는 사람이다.

거창한 결심을 한 적은 없다. 그저 매일 같은 선택을 반복했을 뿐이다. 그러자 어느 순간 삶의 결이 달라지기 시작했다. 운동은 힘듦이 아니라 회복이 되었고, 독서는 경쟁이 아니라 연결이 되었으며, 기록은 증명이 아니라 정리가 되었다. 그 덕분에 나는 고민보다 실천이 앞서는 사람, 결과보다 과정을 믿는 사람, 불안에 끌려가기보다 평안 속에서 단단해지는 사람이 되었다.

이 변화는 어떻게 가능했을까.

첫째, 함께하는 힘이 습관을 지속하게 만들었다.

자동차 보험 만료 시점이 다가오자 설계사에게서 전화 한 통이 걸려

 나를 일으키는 회복 루틴

왔다.

"고객님, 30일 동안 하루 5천 보 이상 걸으시고 인증 사진을 보내주시면 20만 원을 환급해드립니다. 한번 도전해보시겠어요? 평소에도 그 정도는 걸으시잖아요?"

나는 가볍게 승낙했다. 그러나 막상 일상으로 돌아오자 현실은 달랐다. 학교에서 교실과 교무실을 오가며 움직이긴 했지만, 하루 걸음 수는 5천 보에 미치지 못했다. 주말에는 집에만 머무느라 2천 보도 채 되지 않았다. 주 3회 필라테스를 제외하면, 하루 대부분을 앉아서 보내고 있었다.

나는 혼자의 의지로는 어렵겠다는 걸 인정하고, 함께의 힘을 빌리기로 했다. 걷기 동아리에 신청했고, 그렇게 그해 6월부터 걷기를 시작했다. 일주일에 다섯 번, 저녁을 먹고 집 주변 하천을 따라 한 시간쯤 걸었다. 풍경 사진과 8천 보 인증, 걷다 떠오른 단상을 단톡방에 올리면 누군가는 꼭 응원의 말을 건넸다. 혼자서는 이어지지 않던 습관이, 함께 응원하는 사람이 생기자 자연스럽게 자리를 잡았다. 습관을 붙잡은 것은 의지가 아니라 관계였다.

둘째, 선언은 실천에 힘을 보탰다.

주 5회 걷기를 네 달째 이어오던 어느 날, 나는 슬그머니 나 자신과 타협하고 있었다.

'이번 주는 이미 다섯 번을 채웠으니 오늘 하루쯤은 쉬어도 괜찮지 않을까?'

그 무렵 독서 모임에서 고명환의『고전이 답했다: 마땅히 가져야 할
부에 대하여』를 읽었다. 책 속에서 만난 질문, "나는 지금 당장 무엇을
시작할 수 있는가?" 앞에 오래 머물렀다. 그리고 모임 선생님들 앞에
서 이렇게 선언했다.

"매일 8천 보를 걷겠습니다. '오늘만 쉴까'라는 유혹과는 더 이상 타
협하지 않겠습니다."

그 말을 입 밖으로 꺼낸 순간부터 일상이 달라졌다. 소파에 몸을 기
대고 휴대전화를 드는 대신, 잠깐의 틈만 생겨도 운동화를 신고 밖으로
나섰다. 다른 이들 앞에서 한 약속이었기에 스스로를 쉽게 놓아주지 않
게 되었다. 선언은 그렇게, 나를 다시 행동의 자리로 불러 세웠다.

셋째, 특별한 하루가 일상에 활력을 불어넣었다.

맹모삼천지교라는 말처럼 환경의 힘은 크다. 지인들이 러닝 크루나
마라톤 대회 이야기를 꺼낼 때마다 귀가 솔깃했다. 그러던 어느 날, 운
전 중이던 내 눈에 마라톤 대회 현수막 하나가 유난히 또렷하게 들어
왔다. 평소라면 아무 생각 없이 지나쳤을 장면이었다.

집으로 돌아와 중학교 3학년 아들에게 말을 꺼냈다.

"엄마랑 마라톤 대회 나가볼래? 5km밖에 안 돼. 힘들면 걸어도 괜
찮아."

매일 걷기만 했을 뿐 제대로 뛰어본 적 없는 내가, 아들과 함께 시체
육회 주최 마라톤 대회에 덜컥 신청했다. 중간에 멈춰도 괜찮다고 스
스로를 다독였다. 완주보다 더 중요한 건, 새로운 일에 발을 내딛는 경

　　　　　　　　　　　　　　　　　나를 일으키는 회복 루틴

험이었다.

대회 당일, 하천을 따라 5km와 10km, 하프, 풀 마라톤까지 네 개 부문에 2,500여 명의 참가자가 출발선에 섰다.

"5, 4, 3, 2, 1, 스타트!"

초등학교 운동회 때마다 달리기에서 꼴찌를 하던 내가, 아들과 나란히 서서 환호성을 지르며 달리고 있었다. 숨은 차올랐지만 마음은 이상하리만치 가벼웠다. 그 하루는 운동을 '해야 할 일'에서 '하고 싶은 일'로 바꾸어 놓았다. 특별한 하루는 일상을 흔들어 깨우는 작은 축제였다.

이런 세 가지 원리는 운동에만 머물지 않았다. 내가 속한 '백작' 글쓰기 모임에서도 같은 원리가 그대로 작동했다. 『성공하는 사람들의 7가지 습관』을 6개월 동안 함께 읽을 회원을 모집한다는 공지가 올라왔을 때, 나는 잠시 망설였다. 500쪽이 훌쩍 넘는 두꺼운 책 앞에서 선뜻 자신이 나지 않았다. 그럼에도 '함께라면 가능하겠다'는 마음으로 도전을 선택했다. 매일 정해진 분량을 읽고 짧은 단상이라도 남기겠다고 공개적으로 선언했다. 읽고 기록하는 시간이 차곡차곡 쌓이자, 책은 더 이상 부담이 아니라 하루의 리듬이 되었다. 마침내 완독 후 상장을 받던 순간, 예상보다 훨씬 큰 성취감이 밀려왔다. 그 경험은 내 안에 분명한 성취의 흔적을 남겼다.

플래너에 운동과 독서, 글쓰기를 계획하고 기록하며 하루의 흐름을 만들어갔다. 선언하고, 함께하고, 나누는 힘을 빌리자 완주한 경험들이 하나둘 쌓이기 시작했다. 그 과정에서 얻은 성취감도 컸지만, 무엇보다 값졌던 것은 나 스스로를 믿게 되었다는 사실이었다.

반복된 선택과 공개된 약속, 때때로 찾아온 작은 도전을 통해 나는 혼자가 아닌 방식으로 성장하는 법을 배웠다. 그렇게 쌓인 변화들은 내 일상의 중심을 단단히 붙잡아 주었고, 마음에는 평안과 자신감을 남겼다. 완벽하지 않아도 빠르지 않아도 괜찮다. 중요한 것은 멈추지 않는 마음으로 오늘의 한 걸음을 내딛는 일이다.

나를 움직이는 세 가지 힘

첫째, 관계 속에 나를 둔다. 응원과 점검이 습관을 붙든다.

둘째, 목표를 말로 선언한다. 공개된 약속이 행동을 이끈다.

셋째, 일상에 작은 도전을 설계한다. 그 낯섦이 변화의 리듬을 깨운다.

  나를 일으키는 회복 루틴

11장

오늘도
엄마로 살아내다

은재롭다

'엄마'라는 이름표를 달고

출산을 앞두고 사직서를 제출했다. 엄마가 되기 위해 준비하고 싶었다. 일주일에 세 번 임산부 요가 수업을 듣고, 분만에 도움이 된다는 라마즈 호흡법을 틈틈이 연습했다. 산모 교실을 다니며 출산 과정부터 수유·목욕·이유식 먹이기까지 아기 돌보는 방법을 배웠다. 그 과정에서 좋은 엄마가 될 수 있다는 자신감이 생겼다. 라마즈 호흡법으로 자연 분만을 시도했지만 결국 제왕절개로 아기를 만났다. 자신했던 모유 수유도 모유량 부족과 젖병만 빨려는 아기 때문에 제대로 이어가지 못했다. 출산부터 수유까지, 내 계획대로 이루어진 것은 아무것도 없었다. 아기는 우유 먹는 양이 개월 수에 비해 많이 적었다. 예방 접종을 앞두고 검진하던 소아과 의사는 비난 섞인 목소리로 말했다.

"어머니! 아기를 너무 못 키우시는 거 아니에요? 크게 태어난 아기를 이렇게 못 키우면 어떡해요? 몸무게가 늘질 않았어요."

속에서 울컥하고 올라왔다. 눈물이 차올랐다. 적은 양을 두 시간마다 먹는 아기를 단 한 번도 울리지 않고 젖병을 물렸다. 적은 양을 먹기에 분유의 영양성분에 더 많이 신경 썼다. 의사는 아기의 몸무게 하나로 모든 걸 단정 지었다. 속상했다. 그동안 애썼던 노력은 의사의 한마디에 물거품이 되고 말았다.

출산 두 달 전, 출판사와 프리랜서 계약을 했다. 부모를 위한 지도서와 유아를 위한 독서 활동을 제시하는 원고를 집필하는 일이다. 아기를 기다리며 요가와 산모 교실에 다니는 시간 외엔 원고를 썼다. 그 인연으로 조리원에서 나오기 전 두 번째 원고를 계약했고, 순한 기질의 첫째 덕분에 육아도 원고도 순조롭게 진행되었다. 당시 지방 근무로 늦은 퇴근과 이른 출근을 반복하는 남편은 주말이면 밀린 잠을 자며 하루를 보냈다. 집안일과 육아는 자연스럽게 내 몫이 되었다. 아기와 둘만의 생활은 익숙해졌고, 반복되는 일상에서 나의 노력과 애씀은 조금씩 지쳐갔다.

둘째 출산을 앞두고 출판사 두 곳과 추가 계약이 이루어졌다. 육아 경험자로서 자신 있었다. 둘째는 첫째와는 달리 개월 수에 맞게 분유를 먹고 긴 낮잠을 자주었다. 첫째와의 시간을 허락할 만큼 순한 아기였다. 그럼에도 혼자 두 아이와 보내는 하루는 바쁘고 정신없었다. 둘째에게 분유를 먹이면서 첫째의 아침 식사를 돕고, 둘째가 모빌을 보는 동안 첫째에게 그림책을 읽어주었다. 차례로 점심을 먹이고 그림책

을 읽어주고 놀이를 함께 하고 나면 하루의 절반이 갔다. 두 아이를 목
욕시키고 나면 하루가 저문다. 나란히 누워 자장가를 불러주다 보면,
먼저 잠이 드는 건 늘 나였다. 아차 싶어 눈을 떠 보면 어느새 두 아이
는 내 곁에서 깊이 잠들어 있었다. 조용히 방을 나와 거실로 향한다.
미처 정리하지 못한 설거지와 젖병을 뒤로 한 채 잠시 창밖을 바라본
다. 어둠 속에서 빛을 내는 가로등 불빛이 하루를 살아낸 나에게 애썼
다고 말해주는 것 같다. 서둘러 주방을 정리하고 커피를 들고 서재로
간다. 마감 날짜를 코앞에 둔 원고는 새벽이 되어서야 시작된다. 키보
드 소리 사이로 서재의 불빛을 따라 걸어오는 발소리가 들린다. 엄마
의 곁에서 잠들고 싶은 첫째가 애착 수건을 끌며 서재 문을 연다. 나의
무릎에 볼을 잠깐 비비고는 책상 옆에 놓인 유아용 소파에서 잠이 든
다. 엄마의 시간이라 엄마를 방해하면 안 된다는 것을 이미 알고 있다
는 듯이 말이다. 때로는 잠들지 못하는 아이를 안고 컴퓨터 앞에 앉는
다. 팔과 다리, 온몸으로 엄마를 안은 아이는 엄마의 호흡과 규칙적으
로 들리는 키보드 소리에 잠이 든다. 첫째는 새벽마다 엄마를 찾아 서
재로 온다.

아침 6시 30분이면 하루를 시작하는 두 아이. 먹이고 놀아주고 씻기
고 재우면 엄마로서의 하루는 끝이 난다. 그때부터 내 일이 시작된다.
다섯 시간도 채 자지 못하고 맞이한 아침, 피곤했고 점심을 먹이고 나
면 체력은 급격히 떨어진다. 피곤함은 모든 감각을 예민하게 만들었다.
먼저 태어났다는 이유 하나로 첫째는 엄마의 짜증을 받아내야 했다.

"혼자서 놀아."

"엄마 좀 그만 불러."

"혼자 못 놀겠으면 장난감 모두 버려."

첫째가 들고 있던 장난감을 상자 속에 마구 던져 넣었다. 힘듦을 누구라도 알아줬으면 하는 간절함에 고래고래 소리를 질렀다. 아이가 받을 상처보다 감정 조절이 안 되는 나를 보는 게 더 괴로웠다. 집이라는 공간이 숨 막힐 듯 답답했다. 주말에 올라와 쉬고 싶어 하는 남편이 미워지기 시작했다. 그런 와중에도 두 아이를 잘 키워야 한다는 책임감이 나를 짓눌렀다. 목소리도 눈빛도 날카롭게 변해갔다. 다음 달 육아잡지에 실릴 첫째와의 놀이 활동 원고 작업은 아이도 나도 즐겁지 않았다. 고작 네 살이 얼마나 잘 할 수 있겠는가. 엄마의 기준에 못 미치면 목소리를 높이며 다그쳤다. 일 년 동안 아이도 나도 행복하지 않은 시간이었다. 나 자신에게 회의감이 들었다. '이 정도밖에 안 되는 사람인가?' 하는 자책 속에서, 푸석한 마음으로 두 아이를 키우고 있었다. 남편은 아이를 혼내는 나를 묵묵히 참았다. 큰 소리 한 번, 당장 일을 그만두고 아이에게 집중하라고 하지 않았다. 육아로 사회생활을 접은 이후 세상과 연결된 유일한 통로였던 원고마저 놓으라고 할 수 없어 기다렸다고 훗날 말했다. 내내 숨기고 살았던 민낯을 들킨 것 같아 온몸이 화끈거렸다. 둘째가 두 돌을 맞을 무렵, 출판사 일을 모두 그만두었다. 분리불안이 더해가는 첫째, 눈치만 늘어가는 둘째, 지쳐가는 나, 그리고 고갈된 지식으로 점점 허술해져 가는 원고. 그 앞에서 선택해야만 했다.

둘째의 개월 수가 늘어나면서 집안 곳곳을 누비고 다녀 눈길을 뗄 수가 없었다. 자연스럽게 첫째에게 집중하는 시간이 줄었다. 미안했다. 한 달을 고민한 끝에 어린이집에 보내기로 했다. 엄마가 동생 보는 동안 책보며 기다리겠다고 아침마다 우는 첫째를 어르고 달래 억지로 차에 태웠다. 매일 아침 울었다. 이 정도밖에 되지 않는 엄마라는 게 속상했고 미안했다. 기관에 보낸 지 두 달이 지났을 무렵, 기관 생활에 익숙한 아이들이 첫째를 때리는 일이 생겼다. 잠결에 "때리지 마."하며 우는 소리에 나도 함께 엉엉 울어버렸다. 애써 외면했던 미안한 감정들이 쏟아져 나왔다. 욕심이었다. 완벽한 엄마, 완벽한 내 아이를 꿈꿨다. 온몸으로 후회가 밀려오면서 품에 안겨 잠이 든 첫째를 보며 다짐했다. 엄마 사랑만은 넘치도록 받는 아이로 자라게 하겠다고. 다음 날로 어린이집을 정리했다. 집으로 돌아온 아이는 날마다 웃는다. 때때로 내 눈치를 보는 아이를 볼 때면 가슴이 미어졌다. 나 하나 믿고 이 세상에 나온 아이, 그 아이가 나로 인해 상처받고 눈치 보는 아이가 되어 가고 있다. 마음을 잘 다스려야 한다. 더 이상의 상처는 용납할 수 없다. 완벽한 엄마, 좋은 엄마이기 전에 아이를 향해 활짝 웃어줄 수 있는 엄마가 먼저 되자고 다짐했다.

책을 다시 열었다. 임신 기간 동안 읽었던 『당신은 당신 아이의 첫 번째 선생님입니다』, 『부모와 아이 사이』를 꺼내 밑줄 그어 놓은 부분부터 차근차근 다시 읽기 시작했다. 아이는 부모의 말과 행동을 통해 이 공간이 안전한 곳인지, 내가 믿고 사랑할 수 있는 사람인지를 판단한다고 했다. 나의 지침과 피곤함을 앞세워 무심코 뱉은 말은 아이의 가슴에 얼마나 깊은 상처를 남겼을까. 아이에게 유일한 이 세계가 얼마나 불안했을까. 나는 일어섰다. 매일 아침 아이들과 놀이터로 나갔다. 조용한 놀이터에서 셋만의 시간을 맘껏 누렸다. 뛰어가는 첫째의 뒤를, 둘째를 태운 유모차로 쫓아가고, 미끄럼틀 기차를 타며 소리를 맘껏 지르며 집에만 묶여 있던 에너지를 뿜어내기 시작했다. 한바탕 놀고 집으로 돌아가는 길에는 맞는 옷이 없어 옷장을 뒤집으며 짜증 났던 기분도 거실에 늘어놓은 장난감과 미처 닦지 못한 설거지도 떠오르지 않았다. 맘껏 뛰어놀아 두 볼이 빨갛게 익은 첫째와 유모차에서 잠든 둘째의 얼굴만 보였다. 행복했다. 아이를 보며 활짝 웃는 내가 참 좋았다.

아이가 보인다. 엄마가 곁에 있는 것만으로도 행복한 아이가. 아이의 얼굴에 찾아드는 미소를 보며 엄마라는 자리가 주는 책임감을 배운다. 엄마는 잘하는 사람이 아니다. 들어주고, 안아주고, 웃어주면 그걸로 충분하다. 아이에게 상처를 내고서야 뒤늦게 깨달았지만, 그 상처가 잘 아물고 새살이 돋도록 보듬어 주는 것, 내 몫이다. 후회 뒤에 찾아온 깨달음으로 두 아이의 엄마로 성장하고 있다. 아이를 통해 배운다.

                                                           나를 일으키는 회복 루틴

한 걸음 내디디며

출산을 앞두고 설렘과 기쁨을 만끽하면서도 '다시 일을 할 수 있을까?' 하는 질문을 스스로에게 던졌다. 육아를 끝내고 학원으로 돌아가는 것은 불가능하다. 어린 자녀를 둔, 보조 양육자가 없는 나에게 늦은 퇴근이 일상인 학원으로의 복귀는 어려운 일이다. 불안했다. 나란 존재가 잊힐까 두려워 일에 매달렸고, 동시에 육아에도 최선을 다하고자 애썼다. 나의 불안감은 짜증과 피로로 변해, 조금 더 크다는 이유만으로 첫째에게 쏟아졌다. 첫째를 다 큰 아이, 혼자 할 수 있는 아이, 스스로 해야 하는 아이로 대했다. "혼자 해 봐, 좀! 동생도 있는데 엄마가 언제까지 도와줘!" 하면서 말이다. 둘째를 돌보고 주방과 거실을 정리한 뒤 안방 문을 열다 가슴이 '쿵'하고 내려앉았다. 애착 수건을 끌어안고 수건 끝을 입안 가득 문 채 첫째가 잠들어 있었다. 낮잠이 없는 아이가 엄마 곁에 오지 못한 채, 눈치만 살피다 혼자 잠이 든 것이다. 두 아이를 재우고 핸드폰에 저장된 영상을 보다가 한참을 울었다. 둘째 출산 후 조리 중인 엄마를 위해 노래하며 율동하는 첫째였다. 다 큰 아이로 대했던 첫째는 발음도 율동도 어설픈 어린 네 살 아이였다. 보살핌이 간절하게 필요한 아이에게 내가 무슨 짓을 한 것인지, 정신이 번쩍 들었다. 더 이상 이렇게 살면 안 되겠다는 생각이 들었다. 상처투성이인 첫째의 마음을 치유해야 하는 일은 내가 가장 먼저 해야 할 숙제였다.

아침을 먹고 간식을 담아 밖으로 나갔다. 풀밭을 기어다니는 개미를 관찰하고, 햇살 아래 함께 걸었다. 비가 오는 날에는 장화 신고 물웅덩이를 밟으며 자연이 주는 재미를 만끽했다. 둘째가 잠든 사이에는 집안일을 모두 제쳐두고 첫째와 그림책을 읽었다. 온전히 첫째에게 집중하는 그 시간은 나도 첫째도 편안하다. 그림책 육아를 본격적으로 시작했다. 새벽까지 일하고 아침을 맞이하는 날에도 그림책 읽어주기는 잊지 않았다. 잠이 부족하고 지쳐있던 나에게 그림책은 수면제가 되어 읽어주다 졸기 일쑤였다. 그때마다 아이들이 내미는 커피믹스. 미안함에 타지도 못하고 손에 든 채 그림책을 읽었다. 거실 바닥에 배를 깔고 엎드려 그림책을 본다. 첫째는 동생을 위해 큰 소리를 내며 온몸으로 장면을 흉내 낸다. 둘째는 언니를 따라 몸을 들썩인다. 두 아이의 몸짓을 바라보는 그 순간은 졸음도 피곤도 스르르 사라진다. 우리는 날마다 그림책에 빠져 서로의 마음을 치유해 갔다.

일주일에 한 번, 주말이면 그림책을 대출하기 위해 온 가족이 도서

   나를 일으키는 회복 루틴

관으로 향한다. 읽어주고 싶은 책과 아이들이 읽고 싶은 책을 함께 대출한다. 새로운 책에 호기심을 보이는 아이를 위해 맘카페에 가입해 정보를 구했다. 동원육영재단의 '동원 책꾸러기'와 출판사의 서평단이 답이 되었다. 새로운 그림책을 무료로 받아 읽힐 수 있었다. 서평단은 아이들과 읽은 뒤 활동 후기를 올리는 수고가 있지만, 독자이자 엄마, 독서 강사이자 어른으로서 다양한 시선으로 그림책을 맛보는 시간을 마음껏 누릴 수 있었다. 아이들에게 더 다양한 그림책을 보여 주기 위한 도전은, 책을 꾸준히 읽고 글을 쓰며 생각을 정리하는 성장의 시간이 되었다. 그 덕분에 블로그라는 온라인 공간을 통해 여러 사람들과 연결되는 소통 창구를 갖게 되는 행운도 얻었다. 그림책 육아는 나에게서 두 아이로 뻗어 나갔고, 한글을 익힌 첫째가 둘째에게 읽어주고, 둘째가 엄마와 언니에게 그림으로 이야기를 만드는 시간으로 이어졌다. 우리는 책을 읽고 다양한 놀이로 즐거움을 만끽했다. 밀가루 그림을 그리고, 쌀 뻥튀기로 주방놀이를 하며, 티슈 한 통을 모두 찢어 머리 위로 날리는 눈놀이를 즐겼다. 베개는 제설차가 되어 티슈 눈을 밀어내며 놀이에 빠졌다. 두 아이에게서 끊임없이 쏟아져 나오는 웃음소리는 행복이었다. 나도 이제 좋은 엄마가 될 수 있구나, 하는 자신감이 뿌리를 내리기 시작했다.

주말이면 남편이 둘째를 업고, 나는 첫째의 손을 잡고 집 근처 산을 올랐다. 일주일에 한 번, 때로는 한 달에 한 번, 등산하는 것만으로도 내 마음은 신선한 공기로 채워졌다. 집에서 벗어나 자연을 느끼며 조금씩 안정감을 찾아갔다. 주말에만 만나는 남편은 캠핑을 준비한다. 비 오는 날 아빠와 물총 싸움을 하며 흠뻑 젖어가는 첫째를 보고 있으면 절로 웃음이 나고 신이 난다. 캠핑 마을 근처의 산을 오르고, 배고픔도 잊은 채 물놀이하며 아이들은 건강하게 자랐다. 둘째가 다섯 살이 되던 해, 등산화를 신겨 본격적으로 등산을 시작했다. 간식 먹는 재미로 오른 산은 정상에 올라 함성을 지르는 즐거움을 느껴보는 날까지 한 달에 두 번은 꼬박 다녔다. 아이들이 성장하는 만큼 나의 마음도 편안해져 갔다. 두 아이가 유치원과 초등학교에 입학한 뒤, 동네 뒷산으로 걷기 운동을 나갔다. 음악을 들으며 걷는 시간은 부산스러웠던 아침의 나를 편안하게 해주었다. 조급했던 마음도 느슨해지고, 그 틈 사이로 여유가 찾아들었다. 동네 친구들과 아파트 헬스장 줌바 교실에 등록했다. 반팔에 반바지 차림으로 일주일에 세 번, 음악에 맞춰 몸을 흔드는 시간은 동작이 틀려도 즐거웠다. 간격을 맞춰 줄을 선 우리들은 동작을 따라 하는 것만으로도 분주했다. 동작을 정확히 기억하거나 박자를 맞추는 일은 우리에게 중요하지 않았다. 집이라는 공간에서 벗어나 새로운 것을 배우는 순간이 쉼이었다. 박자에 맞춰 몸을 움직이다 보면 50분이란 시간은 금세 흘러간다. 땀으로 젖은 몸과 빨갛게 달아오른 얼굴에는 신남과 자유가 가득했다.

주말부부로 혼자 두 아이를 돌보는 육아는 책임감과 의무감이 되어 나를 눌렀다. 일과 나의 존재를 하나로 엮어 스스로 자존감을 깎아내리기도 했다. 아이는 엄마의 숨소리에서 편안함을 느끼고, 엄마의 표

　　　　　　　　　　　　　　　　　　나를 일으키는 회복 루틴

정으로 세상을 읽는다. 하루하루 지쳐가는 엄마와 마주해야 했던 아이들의 마음 또한 나만큼이나 힘들었다는 것을 알게 되었다. 좋은 엄마가 되어야 한다는 부담감을 내려놓기로 했다. 거실을 나뒹구는 장난감과 펼쳐진 그림책, 마구 잘린 색종이는 정리해야 할 일거리가 아닌 재미난 놀이였다. 익숙한 공간에서 놀고 즐긴 흔적은 바로 내 아이의 세상이다. 그림책 읽어주며 아이 곁에서 잠들고, 이불 속에서 뒹굴며 함께하는 재미를 하나둘 찾아갔다. 그제야 나도, 아이도 편안해졌다. 그림책 육아하면서 도서관을 찾는 횟수가 늘었다. 그림책을 살피던 내 눈은 반대편 서가로 향했다. 읽고 싶은 책이 가득했지만 대출하지 못했다. 끝까지 읽어낼 자신이 없었다. 여러 날이 지나고, 단 한 장을 읽지 못하고 반납하는 일이 생기더라도 대출했다. 내 곁에 책을 두고 싶었다. 신간 도서 소식이 들릴 때 누군가 읽고 있을 그 책이 궁금했다. 그림책 사이에 내 책 한 권. 서서히 나를 위한 책을 읽기 시작했다. '나를 위한'이라는 말 뒤로, 책 · 음악 · 커피 · 운동 등 하나씩 늘려가면서 엄마로, 어른으로 성장해 나갔다. 내가 정한 틀에서 벗어나 지금을 즐기는 사람이 되려고 노력했다. 이제는 엄마가 잘하고 좋아하는 것을 함께 하는 것이 모두를 즐겁게 한다는 것을 안다. 함께 산책하며 자연을 느끼고, 좋아하는 그림책을 읽고, 놀이를 즐기는 시간은 육아 속에서 나를 찾아가는 성장의 쉼이 되었다.

마음이 건강해지려면 반드시 몸을 움직여야 한다는 것을 등산과 걷기를 통해 배웠다. 아이가 어린 엄마는 유모차 끌고 동네를 산책하면

　　　　　　　　　　　　　　　11장 오늘도 엄마로 살아내다

된다. 매일 힘들다면 일주일에 한 번이라도 가족과 함께 놀이터를 탐색한다. 가벼운 산책과 놀이만으로도 즐거움과 기분 전환을 동시에 만끽할 수 있다. 비 오는 날, 우비만 입고 나가보는 것도 즐겁다. 떨어지는 비를 온몸으로 받아내는 경험은 오래도록 기억에 남는다. 빗물이 맺힌 나뭇잎과 땅 위로 올라온 지렁이와 달팽이를 만나는 반가움은 놀이가 되고 추억이 된다. 가벼운 움직임만으로도 충분히 여유를 즐길 수 있으며, 불어오는 바람만으로도 마음을 환기할 수 있다. 몸으로 느낀 바깥 공기는 온 마음을 감싸 하루를 견뎌낼 용기와 위로가 된다. 나를 위한 잠깐의 산책은 오늘을 살아낸 나에게 주는 선물이자 내일을 살아갈 응원이다.

흔들림을 이겨내는 내가 되기까지

두 딸의 유치원, 초등학교 입학은 나만의 시간 스위치를 ON으로 켜주었다. 2주에 한 번, 수업 시작 10분 전 1~2학년 교실에서 그림책 읽어주기 봉사를 신청했다. 첫 봉사가 있는 아침, 두 딸과 함께 걸어가는 등굣길에서 약간의 긴장과 설렘이 느껴졌다. 마치 바람을 가득 담은 풍선처럼 어디로 날아갈지 모르는 듯한 들뜬 마음이 발걸음마저 가볍게 했다. 두 권의 그림책을 들고 배정된 교실로 들어간다. 아이들과 가볍게 인사하고 책을 읽기 시작하면 어수선했던 교실은 금세 조용해지고 교실은 내 목소리로 채워진다. 아이들의 질문에 답하면서 나도 모르게 입가에 미소가 걸렸다. 하루를 육아로 채웠던 일상이 딴 세상의 이야기처럼 현실과 동떨어진 느낌이 들었다. 책 읽기 봉사가 있는 금요일만큼은 학교에 소속된 기분으로 등굣길이 즐거웠다. 학생들 앞에 서는 잠깐의 시간이 주는 떨림은 8년 만에 느껴보는 벅찬 감동이었다.

비록 어머니 봉사자 신분이지만 학생들이 보내는 시선 덕분에 독서 선생님으로 돌아간 듯 가슴이 벅찼다.

　아침 책 읽기 봉사 2년 차에 접어들 무렵, 도서관 사서 선생님이 저학년을 대상으로 인형극을 제안했다. 모집된 여덟 명의 인형극 회원들과 함께, 전래그림책을 바탕으로 인형극을 준비했다. 작아지고 낡아더는 입지 못하는 옷과 양말, 가정에서 쓰던 물품들을 모아 손수 바느질해 인형을 만들었다. 나는 그림책을 바탕으로 대본을 썼다. 나에게 맡겨진 일이 있고, 해낼 수 있다는 믿음 속에서 고민하는 시간은 즐거웠다. 잊고 있었던 나의 존재가 되살아나는 듯한 느낌에 행복했다. 여덟 명의 엄마는 인형극을 준비하며 누구 엄마에서 언니와 동생이 되었다. 공연을 준비하며 빈 시간에는 산을 오르기 시작했다. 일상을 나누고 웃으며 하는 아침 등산은 매일 같은 장소를 오갔던 엄마들에게 건강한 일탈의 시간이 되었다. 자연을 온몸으로 느끼고 내 몸에 좋은 에너지를 채워주는 시간, 우리 모두 행복했다. 등산을 마치고 내려와 허기진 배를 채우고 커피를 마시며 끊임없이 이야기를 나누었다. 그렇게 서로 많은 것을 공유하는 사이로 5년을 함께 했다. 해설자로 무대 앞에서 인형극의 문을 여는 엄마를 응원하기 위해 쉬는 시간마다 찾아오는 두 아이를 만날 때 뿌듯했다. 하길 참 잘했다는 생각이 들었다. 인형극은 아이들을 위한 행사이지만, 전업주부로 살아가는 나에게 특별한 시간으로 와 주었다. 그 시간은 '책 읽어주는 엄마'와 'ㅇㅇ초 인형극'이라는 폴더명으로 노트북에 기록되었다. 지금껏 그 시간을 기억할 수 있

　　　　　　　　　　　　　　나를 일으키는 회복 루틴

는 것은 기록 덕분이다. 두 아이의 일정을 중심으로 생활하는 가운데 나에게 주어진 시간에 이루어진 모든 것을 사진과 짧은 메모로 기록하였다. 교실에서 읽어준 그림책도 극본의 수정 기록도 운동의 기록까지도 모두 나를 대신하여 기억한다.

친구들과 시작한 줌바는 인형극을 준비하며 점점 느슨해졌다. 시간이 나는 날에도 가기 싫은 마음이 앞섰다. 의지가 꺾인 우리는 고민 끝에 에어로빅 수업으로 바꾸었다. 줌바를 했던 경험 덕분에 에어로빅은 쉽게 따라갈 수 있을 거라는 자신감으로 등록을 마쳤다. 수업 첫날, 친구들과 옷을 맞춰 입고 기분 좋게 교실로 들어갔다. 빈자리에 나란히 서서 수업 시작을 기다렸다. 수업 시간이 다가오자 멋들어진 옷을 입은 중년의 어머님들이 하나둘 들어오신다. 우리 곁으로 오시며 '여기 내 자리', '여기는 내 자리'라고 하셨다. 우리는 서서히 밀려 결국 맨 뒷자리에 서게 되었다. 몸이 풀리기도 전 음악 소리가 커지고 강사의 움직임이 빨라졌다. 앞자리에 선 화려한 옷차림의 어머님들은 유연함을 넘어 교실을 날아다녔다. 절도있게 움직이며 내는 기합 소리는 교실을 쩌렁쩌렁 울렸다. 앞자리에 설 자격이 충분했다. '에어로빅쯤이야'라는 생각은 큰 착각이었다. 시작하고 5분도 채 되지 않아 깨달았다. 옆 사람과 얼굴을 마주하는 일이 자주 생겼고, 뒤로 가지도 못한 채 어머님들과 인사하는 상황이 한 시간 내내 이어졌다. 당황스러워할 틈도 힘들다고 잠깐 쉴 틈도 없다. 좌우 앞뒤에서 오는 회원들과 충돌하지 않으려면 무조건 움직여야 했다. 동작보다 방향에 집중하느라 달아오르는 얼굴에 헛웃음이 터져 나왔다. 셋이 한 달을 버텼다. 두 달째 접어든 어느 날, 다리에서 찌릿하고 스파크가 튀는 듯한 강한 고통이 찾아왔다. 친구의 어깨를 붙잡고 겨우 교실을 나와 정형외과로 향했다. 허벅지 인대 파열이라는 진단을 받고 운동을 그만두어야 했다. 아이를 키우느라 제대로 운동을 배워보지 못한 내가 줌바에 에어로빅까지 욕심냈다. 우리는 나를 핑계로 재활이라는 명목으로 둘레길 산책으로 방향을 틀었다. 편안해졌다. 줌바도 에어로빅도 끝까지 해내지 못했지만, 포기라고 생각하지 않는다. 경험했다는 것으로 만족했고, 무엇이 나와 맞는 운동인지 알게 되는 계기가 되었다.

두 아이의 등교 후 맞이하는 햇살은 내가 이룬 세상의 선물이었다. 힘들고 지쳤던 육아는 어느새 나와 발맞추고 편안한 숨이 쉬어졌다. 갓 내린 커피 한 잔 들고 책 읽고 글 쓰는 시간은 나를 괜찮은 사람으로 만들었다. 매일 썼다. 작가가 된 듯한 기분에 사로잡혔다. 두 딸이 초등학교 4학년, 1학년이 되면서 도서관 프로그램에 참여하였다. 일주일에 두 번은 꼬박 도서관에 갔다. 수업 마치는 시간을 기다리며 아이와 나란히 앉아 책을 읽는다. 아이들의 성장을 지켜보며 내 꿈을 다시 설계하기 시작했다. 가르치고 싶었다. 책을 읽어주는 엄마가 아니라, 선생님으로 학교에 출근하고 싶어졌다. 편입했다. 인형극이 안정되면서 모임 횟수를 줄였고, 하교하는 아이들을 기다리며 강의를 듣고 정리하는 혼자만의 시간을 늘렸다. 자연스러운 변화라고 생각한 나와는 달리 서운한 마음이 들었을까. 매일 만나 밥을 먹어 '식구'라 했던, 언니와 동생이었던 엄마들로부터 소외되었다. 내 의견에 아무런 반응을 보이지 않는 그들의 태도는 미움보다 실망으로 남았다. 이유조차 말하지 않은 채 거리를 두는 모습이 상처가 되어 가슴에 깊이 박혔다. '왜?'라는 질문조차 하지 않았다. 묻는다고 말해 줄 거였다면 진작 마음을 터놓았을 테다. 그들은 아무것도 하지 않았다. 몇 년을 함께 했던 시간은 그렇게 허무하게 끝이 났다. 며칠 동안 아팠고 속상했다. 나는 외면하고자 하는 그들의 마음을 받아들이기로 했다. 나에게는 이루고자 하는 꿈이 먼저였다.

아침마다 걸었다. 집으로 돌아와 계획된 분량의 공부를 하고, 마감이 다가오는 서평을 썼다. 처음의 당혹스러움이 가시고, 평온과 함께 나의 일상을 되찾았다. 인형극 공연과 책 읽기 봉사를 통해 만남은 이어졌지만, 아이의 엄마로서 주어진 일에 최선을 다하며 학기를 무사히 마쳤다. 두 아이를 등교시키면서 걸었고, 하교 전까지 꿈을 향한 공부와 책 읽기, 글쓰기에 집중했다. 매일 아침 걷기는 상쾌한 공기로 묵은 감정들을 씻어냈다. 마음 깊숙하게 담겨있던 감정들을 비워내는 시간으로 만들었다. 매일 아침 불어오는 바람에 털어내려 애쓴 덕분에 상황을 있는 그대로 받아들일 수 있었다. 분명 성장했다. 예전에 나라면 가슴속에 꽁하게 담아두고, 타인의 마음을 돌리려 숱한 노력으로 에너지를 소모했을 게 분명하다. 그러나 지금의 나는 가슴에 담아두지 않고 노력도 기울이지 않는다. 내 존재가 그들에게 이 정도라면 더는 매달릴 이유가 없다는 것을 안다. 그들이 나에 대해 이야기하는 동안 나는 글을 쓰며 감정을 정리했다. 함께하는 동안 좋았던 시간을 놓아야 하는 것에 대한 아쉬움과 이유조차 알지 못한 채 끝을 낸 서운함을 글에 풀었다. 그리고 나로 인해 상처가 된 일이 있었다면 이제는 편안해졌으면 하고 바랐다. 잊어가길. 잊기를.

하고자 하는 것을 실천하는 과정은 나와의 약속을 지켜가는 기록이다. 성장은 바람의 방향에 따라 흔들릴 수 있는 유연함과 바람이 지나간 자리에서 다시 시작할 수 있는 용기가 필요하다. 흔들리지 않고 피는 꽃은 없다는 도종환 시인의 시처럼 흔들리지 않고 피어나는 꿈은 없다. 때로 흔들리고, 때로 쉬어 가더라도 꿈꾸기를 멈추지 않는다면 그 꿈은 반드시 이루어진다. 꿈꾸는 모든 이의 삶을 응원한다.

 나를 일으키는 회복 루틴

'함께'의 힘에 기대보자

둘째의 등교 시간에 맞춰 집을 나선다. 아파트 정원을 크게 돌며 40~50분 빠른 걸음으로 걷는다. 비가 오거나 너무 추운 날은 창밖을 바라보며 스텝퍼를 탄다. 밖에서 걸을 때보다 운동량은 줄지만 매일 걷기를 실천한다. 하루 쉬면 이틀 쉬고 싶은 내 맘을 나는 잘 알고 있다. 출근 준비를 마치고 잠깐의 시간 동안 한 문장 필사와 짧은 글쓰기를 하고, 인증을 마친다. 출근길에 전자책 또는 웹 검색으로 시를 찾는다. 쉬는 시간에 골라놓은 시를 손 글씨로 필사하고, 소리 내어 낭독하여 녹음한다. 필사 사진과 녹음 파일을 채팅방에 올려 오늘의 실천을 인증한다. 학교에 30분 일찍 출근하는 나는, 자리를 정리한 뒤 25분 알람을 맞추고 정해진 분량의 책을 읽는다. 글쓰기는 출근길 또는 미리 찍어놓은 사진에서 글감을 찾아 점심 먹고 끄적이고, 집으로 돌아오는 길에 살을 보태고, 저녁 식사를 마친 후 정리하여 블로그에 발행한다. 잠들기 전 30분은 읽고 싶은 책을 자유롭게 읽는다. 가벼운 소설부터 그림책, 청소년 소설 때로는 로맨스 소설을 읽으며 하루를 정리한다. 나의 하루 루틴은 인증으로 시작하여 인증으로 마친다. 한 문장 필사·시 필사·21분 글쓰기·10분 독서·운동까지 SNS를 통해 참여 신청을 한다. 온라인으로 이루어지는 모임으로, 하루 언제라도 인증을 남기면 된다. 내 일정에 맞춰 과제를 수행한다. 오늘을 넘기면 안 된다는 강제성이 마음에 든다. 나의 선택으로 이루어진 모임은 인증을 놓치지 않으려 노력하면서 루틴은 차츰 자리 잡아 간다.

게으르지 않지만, 타인에게는 관대하다. 잘 지켜오던 루틴도 도움을 청하는 누군가의 연락에 바로 뛰어나가며, 계획이 계획으로 끝나는 날들이 늘어갔다. 즐거운 마음으로 나갔지만, 돌아오면 미뤄진 일들을 떠올리며 스스로에게 짜증이 났다. '30분 후에 만나.', '지금 바로는 힘들어.'라고 말하지 못하여 나의 계획은 아주 쉽게 미뤄졌다. 설령 미뤄졌더라도 해내고자 하는 의지만 있으면 언제든 마칠 수 있었지만 나는 그러지 못한다. 의지가 약한 사람이라는 걸 경험한 후, 방법을 찾았다. 바로 인증이다. 소속감과 강제성이 있어야 역할을 다해내는 나를 위한 탁월한 선택이다. 사람이 좋아 계획된 루틴이 깨지는 편이라면 모임 참여를 추천한다. 면대면과 비대면은 본인의 성향이나 상황에 맞춰 선택하면 된다. 오고 가는 시간이 부담되거나 직장 때문에 시간 내기 힘들다면, 온라인 모임을 통해 소속감과 꾸준함의 힘을 기르는 것이 좋다. 내가 좋아하는 일을 오래 이어가려면 혼자가 아닌 함께 하는 것이 좋다. 때때로 열리는, 줌 모임에서 서로의 생각을 교환하는 시간도 유익하다. 나와 다른 생각을 경험하며 내 생각을 정리할 수 있다. 혼자 읽은 책을 여러 사람과 나누는 시간은 새로운 지식을 쌓게 하고, 다양한 시각을 접하는 기회를 준다. 성장을 직접 체감하는 귀한 경험을 할 수 있다.

　출산을 앞둔 나는 운동을 위해 가까운 초등학교 운동장이나 집안일을 위해 찾은 세탁소와 마트가 전부였다. 아기와 함께 보내는 첫 여름은 무더위 탓에 생활 반경이 더욱 좁아졌다. 육아는 힘들고 몸은 점점 불어나면서 둔해지는 느낌이 들었다. 아이들과 놀이터에 나가고 싶어도 마땅한 옷이 없어 나갈 용기가 나지 않았다. 첫 아이가 두 돌 될 무렵 이사를 하면서 생활에 변화가 찾아왔다. 매일 전철을 타고 문화센터, 소극장, 도서관, 유원지로 나갔다. 두 돌 아기와 전철과 버스를 이용하는 것이 쉬운 일은 아니었지만 즐거웠다. 밖으로 나왔다는 것만으로도 숨이 쉬어졌다. 그렇게 시작된 즐거움은 둘째가 태어난 후 4년 동안 이어갔다. 육아와 원고 집필에 집중하느라 내 몸에 어떤 변화가 일어나고 있는지조차 느끼지 못했다. 반복되는 생활은 단순했지만 몸에는 피로가 쌓였고 둔해지는 몸과 함께 자신감도 점점 떨어졌다. 나의 소심함을 회복하고 뭉친 근육을 풀어내기 위해서는 운동이 필수라는 생각이 들었다. 거실에 매트 세 장을 나란히 깐다. 텔레비전 화면에는 가장 쉬운 동작으로 전신 피로를 풀어내는 운동 영상을 띄웠다. 아이들과 함께 운동을 시작했다. 말 그대로 좌충우돌. 상대의 매트로 넘어가고, 발이 상대방 얼굴을 때리기도 하고, 도미노가 되어 순차적으로 쓰러지기도 하는, 말 그대로 요지경 속이었다. 웃음이 터져 운동은 제대로 이루어지지 않았지만, 매일 매트를 깔았다. 뻣뻣하기만 한 몸은 눈에 띄는 변화는 없었지만 움직였다. 기지개를 한 번 쭉 펴고, 가슴을 활짝 열어 등 근육에 힘을 주는 것만으로도 만족스러웠다. 어설프게 시작한 운동은 두 아이를 등교시킨 뒤 걷기와 더불어 유튜브 영상을 따라 하는 것으로 이어졌다. 아침에 약속이 생기는 날에는 아이들이 일어나기 30분 전 운동을 했고, 도저히 시간을 뺄 수 없는 날에는 잠들기 전 10분이라도 가볍게 몸을 움직이려고 노력했다. 살을 빼겠다는 목표는 처음부터 세우지 않았다. 뭉쳐지고 무감각해진 근육들을 풀고 언제든 운동을 시작할 수 있는 몸으로 만들고 싶었을 뿐이다. 주말에는 자동차에 자전거 네 대를 싣고 공원으로 나갔다. 하천을 중심으로 만들어놓은 자전거길을 따라 줄지어 자전거를 탄다. 앞서가는 첫째의 속도에 맞추어 페달을 밟으며 앞으로 나아간다. 불어오는 바람을 온몸으로 맞으며 달리는 그 기분은 마음에 담아두었던 응어리를 날리는 힘을 가졌다. 서서히 체력이 붙고 자신감이 생기면서 자동차로 이동했던 거리를 자전거로 시작한다. 줄지어 가는 모습을 뒤에서 바라보고 있는 순간은 뿌듯하다는 말로 대신할 수 없을 만큼 깊고 강한 벅참이 있다. 그 후 우리는 지역에서 열리는 자전거 대축전에 참여하여 8km 완주 메달을 받았다. 운동 신경 없고 겁이 많아 공원 밖에서 자전거를 타는 것이 부담스럽지만, 함께 하는 가족의 힘으로 완주라는 쾌거를 안았다. 14세 미만은 초보 코스 8km로 제한된 조건에서 벗어난 우리 가족, 따뜻한 봄을 맞아 열심히 페달을 굴려 일반 코스 25km 도전이라는 새로운 기록을 꿈꾼다.

　　　　　　　　　　　　　　　나를 일으키는 회복 루틴

계획을 실행에 옮기는 것은 중요하다. 다만 욕심내지 말아야 한다. 블로그 이웃 '검마사'가 쓴 『루틴의 설계』에 이런 말이 나온다. '꾸준함을 유지하기 위해서는 내가 가진 에너지의 한계를 알고 있어야 한다.'와 매일 하겠다는 '꾸준함은 의지보다 체력에서 나온다.'라고 했다. '함께'는 서로를 의지하고 용기를 북돋아 주는 효과도 있지만, 타인과의 비교로 좌절의 신호등이 켜질 수도 있다. 나의 속도를 스스로 조절하는 것의 중요함을 잊지 않아야 한다. 또한 어떤 도전이든 체크리스트에 기록하며, 나의 하루와 잘 맞춰지고 있는지 점검하는 시간은 꼭 필요하다. 하루를 시작하면서 TO DO LIST 앱에 오늘의 할 일을 기록한다. 인증부터 재활용 정리, 도서관 책 반납, 온라인 쇼핑까지 사소한 일상도 함께 적는다. 한 가지씩 완료하고 클릭하면 '완료됨'이라는 문구와 함께 알림음이 들린다. 짧은 알림음은 마치 '잘했어, 수고했어.'라고 말해주는 듯하다. 사소한 일까지 기록하는 습관은 바로 알림음이 주는 칭찬의 소리에 힘이 나기 때문이다. 혼자 애쓰며 나아가기 힘들 때는, '함께 힘'에 기대어 실천의 기회를 넓혀 가는 것도 좋다. 인증은 나로 시작해서 함께하는 이들을 움직이는 장치의 역할을 한다. '함께'는, 루틴을 지켜나갈 수 있는 동력이자 서로에게 자극이 되는 실천력이다. 혼자가 아니라는 것만으로도 버티는 힘이 만들어지고, 꾸준함을 가능하게 한다. 함께한 오늘은 성장의 시작이고, 내일의 실천을 향한 첫걸음이다.

육아 중이지만 나를 찾고 싶은 이에게 전하는 루틴

첫째, 집 앞 놀이터나 가까운 공원으로 나간다. 단 10분이면 충분하다.

둘째, 좋아하는 장르의 책을 하루 10분 읽으며, 잠시 현실에서 벗어난다.

셋째, 남들이 하는 운동이 아니라, 내 몸에 맞는 운동으로 가볍게 시작한다.

넷째, 챌린지에 참여해 즐겁게 인증하며, '함께 힘'으로 일상을 완충한다.

다섯째, 좋은 엄마의 기준을 남이 아닌, 나와 내 아이를 중심으로 세운다.

나를 일으키는 회복 루틴

절망 끝에서도
희망은 꺼지지 않는다

이연화

반갑지 않은 손님

퇴근길이었다. 살얼음이 낀 도로에서 발이 미끄러졌다. 중심을 잡을 새도 없이 몸이 기울었다. 본능처럼 손을 짚는 순간, 손목이 찌릿했다. 다리는 움직이지 않았다. 순간적으로 숨이 막혔다. 당황스러움보다 두려움이 밀려왔다. 어떡하지.

뒤에서 누군가 말을 걸었다. 돌아보니 젊은 연인이었다.

"괜찮으세요? 병원에 데려다 드릴까요?"

그들의 도움으로 가까운 벤치에 겨우 앉았다.

"갑자기 넘어져서 그런 것 같아요. 조금 진정되면 괜찮을 거예요. 감사합니다."

말은 그렇게 했지만 전혀 괜찮지 않았다. 집까지 걸어갈 자신이 없었다. 심장이 쿵쾅거렸고 머릿속은 하얘졌다.

손이 떨려 스마트폰이 자꾸 미끄러졌다. 간신히 119를 눌렀다. 응급실로 실려갔을 때 남편과 딸이 허겁지겁 달려왔다. 간호사가 보호자에게 연락한 모양이었다. 진단을 위해 몸을 일으켜보려 했지만 뜻대로 움직여지지 않았다. 사실 몸은 이미 신호를 보내고 있었다. 며칠 전부터 다리가 저렸다. 오래 서 있어서 그런 줄 알았다. 쉬면 괜찮아질 거라 넘겼다. 하지만 저림은 통증이 되었고, 통증은 밤잠을 빼앗았다. 족욕도, 마사지도, 침 치료도 소용없었다. 몸이 보내는 신호를 알면서도 모른 척했다. 조금만 더 버티자. 아직은 괜찮다고 달래며 일상을 이어갔었다.

MRI와 CT 검사 후, 의사의 말은 예상보다 심각했다.

"허리 디스크가 튀어나와 신경을 누르고 있네요. 다리 저림은 신경이 눌린 영향이고요. 골반염도 오랫동안 진행이 된 상태로 보이는데 알고 계셨나요?"

"아니요. 골반 틀어졌다는 이야기는 들었는데 염증이 있다는 것은 처음 들어요."

"아. 그러시군요. 급한 건 허리 디스크 치료지만 현재 골반뼈에 금이 가 있는 상태고, 손목도 부어있으니 당분간 입원하셔서 치료받으시는 게 좋을 것 같습니다."

머릿속이 멍해졌다. 아이들, 직장, 해야 할 일들이 한꺼번에 떠올랐다. 결국 병가를 냈다. 회복이 더디고, 오랜 치료 기간이 필요하다는 진단 끝에 어린이집 복귀가 아닌 퇴사를 결정해야 했다. 삶이 한순간

 나를 일으키는 회복 루틴

에 멈춰 섰다.

하얀 벽과 천장, 꼼짝도 하지 못하는 몸. 병실 침대에 누워 천장을 바라보는데 눈물이 흘러내렸다.

'왜 이런 일이 자꾸 생기는 걸까.'

주치의는 디스크 수술을 권했지만 손목과 발목의 깁스 때문에 당장은 어렵다고 했다. 대신 신경 차단술을 받았다. 일반 진통제로는 통증이 잡히지 않았다. 강한 진통제와 수면제에 의지해 하루하루를 버텼다. 입원 기간이 길어지자 남편의 말도 점점 날카로워졌다.

"다들 아파도 참고 일하는데 자긴 복받은 줄 알아."

표정이 달라진 나를 보며 남편은 달래듯 말했다.

"농담이야, 농담. 장난한 건데 뭘 그렇게 화를 내고 그래."

남편의 말로 내 통증을 부정 당하는 느낌이었다.

"혼자 있어도 괜찮으니까, 이제 병원에 오지 마. 필요한 거 있으면 전화할 테니까."

남편이 짐을 챙겨 나간 후, 병실 환자들이 말했다.

"이참에 쉬어 간다 생각해요. 마음이 편해야 빨리 회복돼요."

"얼마나 아플꺼 그래. 난 빨래 널다가 실려왔당께. 다치려면 뭘 해도 다치니께 신경 쓰지 말어. 젊으니께 금방 나을껴."

"아픈 사람 마음은 아파본 사람만 알아요. 그러니 너무 마음 상해하지 말아요."

그 말들이 이상하게도 큰 위로가 되었다.

신경 주사를 맞은 날, 온몸이 불에 덴 듯 화끈거렸다. 피부에 살짝 스치기만 해도 붉은 반점이 올라왔다. 어지러워 정신을 차릴 수가 없었다. 3일 동안 혼자 고통을 견디고 참아야 했다. 고통 속에서 나는 처음으로 깨달았다. 몸이 무너진 건 단순한 사고가 아니라, 오랫동안 나를 돌보지 않은 결과라는 것을. 참아내야 했다. 아프면서도 그저 괜찮다 넘겼다. 늘 그래왔던 것처럼. 더 이상 몸은 버티지 못하고 나를 강제로 멈춰 세웠다. 그러나 울고 싶지 않았다. 울면 그대로 무너져 내릴 것 같았기에. 고통에 눈을 감았을 때 삼남매의 얼굴이 떠올랐다. 조금씩 마음이 안정되어 갔다. 그래! 더한 고통도 이겨냈는데 이것쯤이야. 당당하게 치료 받고, 회복하는 데만 신경 쓰자 다짐했다.

창문에 드리워진 햇살과 파란 하늘이 펼쳐져 있었다. 두둥실 흘러가는 흰 구름에 부정적인 마음들도 실어 보냈다.

'다 지나간다. 그래, 다시 살아야지. 이 아픔에도 끝은 있을 테니까.'

그날 이후 병원 일지를 쓰기 시작했다. 매일 아침마다 혈액 검사와 소변 검사로 염증 수치를 확인했다. 혈압과 맥박. 통증 부위와 강도, 몸에 느껴지는 감각들을 적었다. 일지를 쓰면서 몸 상태와 컨디션을 알아 갈 수 있었다. 궁금한 점이나 새롭게 통증이 느껴지면 적어두었다가 의사 선생님께 물었다. 몸을 이해하는 것은 결국 나를 이해하는 일이었다. 보육 일지를 써왔던 경험이 병원 일지를 적는 것에도 도움이 되었다. 예민하다고 생각했던 성격 덕분에 증상을 좀 더 세밀하게 살필 수 있었다. 몸이 망가지면서 삶이 후회됐다. 열심히 살아왔다 여겼던 나였다. 왜 이런 고통이 찾아왔는지 부정하고 또 부정했다. 원망과 자책으로 많은 시간을 흘려보냈다. 그러면서 희망을 놓지 않는 나를 발견하게 되었다.

몸이 아프다는 건 단순한 불행이 아니었다. 나를 다시 만날 기회였다. 누워 있는 동안 많은 혼란과 수많은 생각이 머릿속을 가득 채웠다. 나에게만 아픔이 찾아오는 것 같았다. 하지만 아픔은 누구에게나 찾아왔다. 몸이 보내는 신호에 관심을 가지고 치료에 임하면 회복이 가능했다. 통증을 그저 고장 난 몸의 '경고'로만 들을지, 아니면 나를 돌보라는 '기회'로 받아들일지는 내 선택이었다. 나는 나를 조금 더 아끼며 살아 보기로 했다.

멈춰서야 보이는 것

　병원 생활은 길어졌다. 깁스 한 손목과 발목, 금이 간 골반, 디스크로 인한 통증까지 겹치면서 마음도 쉽게 무너졌다. 새벽 5시 기상해 저녁 9시 잠들기 전까지 검사와 물리 치료를 받아야 했다. 통증 때문에 진통제와 수면제를 먹어야 잠을 잘 수 있었다. 누워 있는 시간이 길어지자, 부정적인 생각과 감정들이 올라왔다. 정신적으로도 지쳐갔다. 나를 돌보지 않고 몰아붙이기만 했던 나를 자책해야 했다. 아이들과 가족을 챙기고, 최선을 다하면서 살아왔다. 그러나 정작 '나'는 없었다.

　힘들어하는 나에게 친구가 책 한 권을 보내왔다. 왜 하필 지금 책일까. 깁스를 한 손으로 책을 펼치며 생각했다. 분명 책을 선물한 이유가 있을 것 같았다. 천천히 읽어 내려가다 문장 하나가 마음에 내려앉았다.
　진정한 마음의 '쉼'!

나는 한 번도 제대로 쉰 적이 없었다. 쉬면 뒤처질 것 같았고, 부족한 사람이 될 것 같았다. 세 아이 엄마로서도 자격이 부족하다 여겼다. 쉬고 싶었던 마음은 간절했지만 쉽게 쉴 수 있는 상황이 아니었다. 『30년 만의 휴식』을 읽으며 조금씩 마음이 편안해졌다. 그랬다. 병원에 있는 상황이 편치 않았던 나, 가족에게도 미안해하던 나, 어린이집 친구들에게 인사도 못하고, 그만두게 된 상황과 끝까지 책임지지 못한 것에 대한 원망이 마음속에 가득 차 있었다. 회복이 더딜 수밖에 없었다.

'친구가 책을 선물한 이유가 이거였구나!'

너에게도 쉼이 필요해. 걱정하지 말고, 치료에만 집중해. 지금은 너를 돌볼 시간이야. 친구의 목소리가 들리는 것 같았다. 머리맡에 두고 매일 조금씩 읽었다. 읽으면서 눈시울이 붉어졌다.

'완벽하지 않고 실수해도, 잠시 쉬어 가도 돼. 미안해할 필요 없어. 넌 쉴 자격이 충분해. 그러니 마음 편하게 치료받고, 푹 쉬어.'

내 욕심이자 잘하고 싶었던 욕구에서 온 감정들이었다. 조금 내려놔도 된다고 책은 말해주었다. 몸이 하는 말에 귀 기울일 때, 마음도 다시 방향을 찾는다. 마음의 방향을 통해 감정이 흘러간다. 몸이 멈춘 지금이야말로 나를 돌보고, 마음의 소리를 들을 수 있는 최적의 시간이었다. 어지러움 때문에 처음엔 몇 줄을 읽는 것도 힘들었지만, 책 속의 문장들이 내 안의 공허한 공간을 채워주었다.

치료가 어느 정도 진행되자, 재활 운동이 시작되었다. 처음엔 단 5분 걷는 것도 버거웠다. 다리에 힘이 들어가지 않아 몇 걸음마다 숨이 찼다. 물리 치료 선생님이 말했다.

　　　　　　　　12장 절망 끝에서도 희망은 꺼지지 않는다

"무리하게 하지 마시고, 할 수 있는 만큼만 해보세요."

물리 치료 선생님의 말이 나를 다독였다. 매일 같은 시간, 병실 복도를 천천히 걸었다. 걷는 동안, 책 속 문장이 떠올랐다. 재활 운동은 단순히 치료가 아니라 회복의 언어라는 걸 알았다. 바른 걷기를 하기 위해 자세 교정도 필요했다. 물리 치료실에서 바르게 걷는 방법을 배우며 꾸준하게 재활에 힘썼다.

퇴원 후에도 걷기는 계속됐다. 아침에 눈을 뜨면 머리부터 발끝까지 천천히 몸을 스캔했다. 스트레칭하고 불편한 부분 찾으며 몸을 살폈다. 비 오는 날에도 예외는 없었다. 궂은 날에는 평소보다 몸이 무겁고, 관절마다 쑤셨다. 류머티즘 관절염 때문이었다. 류머티즘 관절염 약을 먹은 후, 몸을 조금씩 움직였다. 가만히 있어도 물먹은 솜처럼 몸이 무거웠다. 계단 내려가는 것도 쉽지 않았다. 4층에서 1층까지 계단 내려가는 데 한 달이 걸렸다. 의료용 지팡이로 천천히 걸어야 했다. 달리는 사람을 보면, 마음이 조급해지기도 했다. 그럴 때면 '무리하지 말자, 충분히 몸을 보살핀 후 시작해도 늦지 않아.'라고 스스로를 다독였다. 무너지는 날도 많았다. 건강을 되찾기 위해서는 감당해야 할 몫이었다. 내가 할 수 없는 일에 얽매여 시간을 허비할 수 없었다. 열심히 걷기 운동을 하고, 체력을 키워 나가다 보면 언젠가 나도 달릴 수 있는 날이 올 거라 믿었다.

남편은 걷기가 운동이 되냐고 했다. 지금 내가 할 수 있는 운동은 걷기쁜이었다. 걸을 수 있게 된 것만으로도 행복했다. 걷기 운동을 하며 들숨과 날숨을 반복하는 호흡도 익숙해졌다. 석 달이 지나며, 의료용 지팡이 없이 걸을 수 있게 되었다. 안산천 산책로, 노적봉 둘레길, 아파트 단지 주변을 걸었다. 스마트 앱을 활용해 걸음 수와 거리를 기록했다. 1,000보, 1,500보, 2,000보, 컨디션에 따라 걸음 수와 거리를 조정하면서 매일 걸었다. 걸으면서 몸이 많이 좋아졌다. 걷고 돌아오면 걷기 앱을 확인했다. 파란색의 걸음 수가 깜빡였다. 나는 그 숫자를 한참 바라보았다.

"오늘도 해냈다."

나에게 칭찬을 해주었다. 누군가는 그런 나를 보고 웃기도 했다. 스스로를 칭찬하는 사람이 어딨냐며 이상하게 보기도 했다. 그래도 괜찮았다. 포기하지 않았다는 증거였으니까. 기록들이 쌓이면서 조금씩 자신감도 찾아갔다.

걷기 운동은 기초 체력을 키울 수 있게 도와주고, 독서는 마음의 근육을 단단하게 만들어 준다. 삶의 방향도 조금씩 달라졌다. 이전에는 하루를 버티는 데 급급했다면 이제는 하루를 살아내는 법을 배우고 있다. 쉼은 또 다른 시작과 같다. 멈춰야, 다시 걸을 수 있게 된다. 몸이 회복되자 마음도 밝아졌다. 걷기 운동과 독서가 나를 다시 삶으로 걸어 나오게 했다. 사람은 자신에 대한 이해가 깊어질수록 자유로워진다. 그리고 그때 비로소 자신의 가치도 또렷하게 보이기 시작한다. 『30년 만의 휴식』을 읽는 동안, 나를 얽매고 있던 마음속 아이가 많이 성

숙해졌다. 성숙한 인간은 스스로도 편하게, 타인과도 좋은 관계를 맺
고 행복하게 살아갈 수 있다.

 나를 일으키는 회복 루틴

회복의 동행이 되어 준 남편

현관문이 열리며 퇴근한 남편이 들어왔다. 하던 일을 멈추고 일어서며 말했다.

"자기 왔어?"

남편은 신발을 벗으며 말했다.

"달덩이가 됐네, 보름달."

"약 때문에 그런가. 많이 부었어? 목 디스크가 재발했다네."

"또? 아휴. 어이가 없네. 참말로. 수업 중인가 보네."

"아니, 블로그에 올릴 글 쓰고 있었어."

"그럼…. 계속해. 저녁은 내가 알아서 챙겨 먹을게."

예전 같으면 어림도 없는 일이었다. 부엌에 들어오면 큰일 나는 줄 알던 남편이었다. 내가 아프고 난 후, 집안일은 남편의 몫이 되었다.

무도 주방 세제로 씻어서 잔소리 들었던 남편. 지금은 반찬도, 찌개도 척척해낸다. 남편의 요리 선생님은 유튜브다. 친정 식구들이 반찬과 국을 택배로 보내 주기도 했지만, 외식을 좋아하지 않는 남편과 아이들은 직접 만들어 먹는 걸 선호했다. 남편은 요리할 때 흥얼흥얼 콧노래를 부르며 삼겹살을 굽고, 된장찌개를 끓였다. 아이들도 맛있게 먹으니, 남편의 얼굴에도 웃음이 자주 보였다. 손을 씻으러 화장실로 들어가는 남편을 뒤로하고 노트북 앞에 앉았다.

거울을 보며 얼굴을 살폈다. '달덩이?' 별다른 차이가 없어 보였지만 남편에게는 달라 보였나 보다. 미소가 지어졌다.

"또 병원이야? 몸이 피곤하니 잠이 안 오지. 피곤하게 일해 봐. 잠이 안 오나. 호강에 겨워 그래."

"아프니까 다니는 거지. 누구는 아프고 싶어서 아프냐. 사람이 어찌 그러냐."

가시 같은 말들이 오갔다. 아픔은 이해 받지 못할수록 더 깊어졌다. 그럴 때마다 남편을 원망하고, 몸을 잘 관리하지 못한 나를 탓했다. 병원을 자주 다니는 것도, 아픈 것도 전혀 이해하지 못했다. 응급실에 실려가고, 진료를 함께 받으면서 내 상태에 대해 알게 되면서 남편은 조금씩 달라졌다.

'달덩이'라는 말을 들으면 화가 나고 짜증이 났을 것이다. 하지만 지금은 웃을 수 있다. 그 말에 담긴 남편의 마음을 알기 때문이다. 걱정과 서툰 애정이 뒤섞인 말이라는걸. 허리 디스크와 골반염이 심해지면서 병원 검진과 산책에 동행했다. 천천히 걸으며 팔을 잡아주고, 땀이 나면 수건으로 땀을 닦아주고, 말없이 물을 건네주었다. 그 시간은 나를 돌보는 시간이자, 서로를 이해하는 시간이었다. 함께한 20년보다, 아픈 뒤의 6년이 우리를 더 깊이 알게 했다. 말이 얼마나 쉽게 상처가 되는지, 또 어떻게 하면 상처 없이 마음을 전할 수 있는지를 배우는 시간이었다.

우리는 많이 부딪혔다. 서로 힘들었고, 서로를 이해할 여유가 없었다. 우리는 상대가 아니라 감정에 반응해 말을 내뱉고 있음을 깨닫게 되었다. 부부 사이에서는 익숙함 때문에 더 쉽게 말하게 된다. 감정이 올라올 때 잠깐 멈추는 것으로도 많은 오해가 사라졌다. 화가 치밀어 오르면 먼저 깊게 숨을 들이쉰다. '잠깐 멈춤'을 선언하고 자리를 옮겼다.

"잠깐만 시간을 줘. 지금은 말하면 상처 줄 것 같아."

남편에게 말했다. 처음엔 어색했지만, 멈춤의 순간은 시간적인 여유를 준다. 잠깐의 여유 덕분에 감정을 정리할 시간도 생겼다. 상처 주는 말 대신 서로의 마음을 확인할 수 있었다. 멈춤은 싸움을 피하는 게 아니라, 관계를 지키는 선택이었다.

말 걸기 전에 지금 대화 가능한지 동의를 구했다. 마음이 복잡할수록 바로 말을 꺼내고 싶었다. 하지만 남편은 퇴근 직후 가장 지친 상태였기에 밥 먹고 자기 바빴다.

"지금 잠깐 이야기할 수 있을까?"

남편은 준비된 마음으로 말하는 걸 느낄 수 있었다. 나도 더 차분한 상태에서 말할 수 있었다. 대화는 서로의 마음이 열려 있을 때 해야 한다. 말이 문제가 아니라 타이밍이 문제였다.

말보다 '작은 행동'으로 마음 전했다. 관계는 말로 무너지지만, 행동으로 다시 이어진다. 말로는 다 표현하지 못해도, 행동은 의외로 마음을 바로 전했다. 남편이 피곤해 보이는 날, 따뜻한 차 한 잔을 건넸다. 말은 없지만, 컵을 받으며 짓는 미소가 마음을 전해주었다. 작은 행동임에도 서로의 마음을 다정하게 이어 주기엔 충분했다. 남편도 말로 설명하지 못하는 마음을 행동으로 보여 줄 때가 있다. 토요일은 남편의 쉬는 날이다. 대신 일요일은 내가 쉰다. 남편 배려 없이 쉬는 건 불가능하다. 말이 어려울 때, 행동이 마음을 대신했다.

서로에 대한 '비판' 대신 '부탁'하며 문제를 해결했다. 비판은 마음을 닫게 하지만 부탁은 상대를 움직이게 만든다. 한때는 "왜 이렇게 해?"라고 짜증을 내 자주 다툼이 일어났다. 그 말은 문제를 해결하지 못했다. 부탁의 말로 바꾸자 상황이 달라졌다.

"자기야! 설거지 부탁해도 될까?"

"내일 병원 갈 때 같이 가 줄 수 있어?"

부탁의 말로 하니 남편도 부담 없이 도와주었다. 서로 비난을 줄이는 대신 원하는 것을 정확히 부탁하는 관계가 갈등을 줄여주었다. 부탁은 상대를 존중하는 언어였다.

부부 관계에서 기적처럼 효과 있는 말은 '고마워'였다. 남편이 내 운동 루틴을 배려해 아이들 식사를 챙겨 줄 때, 고마움을 표현했다. 감사의 말은 마음을 따뜻하게 만들 뿐 아니라 상대가 어떤 행동을 계속할 동기를 준다. 아픈 시기에 서로 날카로웠다. 서로에게 '고마워'는 응원과 신뢰가 되었다. 감사한 순간을 발견하려는 노력 자체가 관계를 부드럽게 만들어준다. 감사는 상대를 변화시키기보다, 관계를 따뜻하게 유지시켰다.

상처 없이 마음을 전하는 일은 말을 조심하는 기술이 아니다. 서로를 있는 그대로 바라보려는 태도에서 시작된다. 조금 멈추고, 타이밍을 묻고, 행동으로 마음을 건넨다. 비난 대신 부탁을 하고, 감사를 나눈다. 그러다 보니 서로를 다시 따뜻하게 품어주게 되었다. 관계는 갑자기 좋아지지 않는다. 작은 실천 하나가 어제의 상처를 덜고, 오늘의 우리를 조금 더 가까이 앉게 만든다.

나를 바꾼 건 하루 한 장의 감정 일기였다. 아프고 나서 감정을 흘려보내지 못한 채 묻어 두었다. 병원 일지를 기록하듯 감정 일기를 쓰기 시작했다. 아주 솔직하게.

'오늘은 이유 없이 서러웠다. 남편 말 한마디가 마음에 남았다. 짜증이 났다. 통증 때문에 더 예민해졌다.'

감정을 적다 보니 내 감정 뿐 아니라 남편의 마음도 보이기 시작했다. 차갑다 느꼈던 말들 속에 걱정과 미안함이 담겨 있었다. 상대를 바꾸기 위해서가 아니라, 내 마음을 덜 다치게 해주었다. 기록은 나를 지키는 가장 부드러운 방법이자, 관계를 회복시키는 가장 조용한 시작이었다.

삶을 새롭게 디자인하는
작심삼일 루틴

하고 싶은 일도, 해야 할 것도 쌓여만 갔다. 그러나 몸과 마음은 더 이상 나를 따라주지 않았다. 엄마로서도, 아내로서도 제 역할을 제대로 해내지 못한다는 생각에 마음이 무거웠다. 남편과 아이들의 도움으로 겨우 집안 일과 끼니를 해결했지만, 마음속 죄책감은 쉽게 사라지지 않았다. 번아웃이 오고, 무기력과 우울증까지 찾아왔다. 불면증까지 겹치면서 삶의 질은 바닥까지 떨어졌다. 정신과 치료를 받으며 무너진 몸도 하나씩 치료해갔다. 회복과 악화를 반복하며 악착같이 버텼다. 돌이켜보면 내가 가장 잘한 일은 참는 것이었는지도 모른다. 그 대가로 몸과 마음이 상처투성이가 되어버렸지만 자책도 후회도 부질없음을 알게 되었다. 그저 하루가 주어짐에 감사할 뿐이다. 마음에 평화와 안정이 찾아올 때까지 많은 분들의 도움이 있었다. 혼자였다면 불가능했을 것이다. 다시 앞으로 나아갈 수 있었던 건 '감사 일기'를 쓰기 시작하면서였다.

처음부터 순조롭지 않았다. 무언가를 꾸준히 한다는 건 생각보다 어려웠다. 체력은 바닥이었고, 건강은 자주 흔들렸다. 무력감에 빠져 일주일 동안 아무것도 하지 못한 적도 있었다. 그럴수록 회복은 더디고 피로는 쌓여갔다. 의사들은 같은 말을 반복했다. 몸이 힘들어도 집에만 있지 말고, 잠깐이라도 밖으로 나가 걸어보라는 조언이었다. 밑져야 본전이라는 마음으로 산책을 시작했다. 길가에 피어나는 들꽃을 바라보며 잠시 숨을 고르는 것만으로도 마음이 풀렸다. 걷는 시간은 어느새 내게 치료이자 휴식이 되었다.

건강을 위해 해야 하는 일이면서, 동시에 내가 좋아할 수 있는 일. 나는 그것을 찾아야 했다. 나에게 맞는 루틴을 찾아야 했다. 행복은 특정한 목표에 도달하는 것이 아니라 그곳을 향해 나아가는 과정 속에 있었다.

"무엇이 나를 기분 좋게 하는가?"

"나를 짜증 나게 하고, 지루하게 하고, 좌절감을 느끼게 하는 것은 무엇인가?"

"나는 나의 기대치에 부응하며 살고 있는가?"

그 질문들에 답을 찾아가는 과정은 나답게 사는 방법을 다시 배우는 시간이었다.

체력이 약해졌고, 면역이 떨어지면서 만성 염증 질환이 늘어났다. 병원 진료가 일상이 되었고, 디스크 질환까지 겹치며 건강을 챙기기가 쉽지 않았다. 환절기마다 증상은 심해져 몇 달씩 입원 치료를 받기도 했다. 운동을 해도 체력은 쉽게 늘지 않았다. 그렇다고 포기할 수는 없었다. 어떻게든 지속할 방법을 찾아야 했다. '작심삼일'을 실패의 상징으로 여기며 살아왔다. 나는 그것을 '다시 시작할 수 있는 힘'으로 바꾸어 보기로 했다. 삼일마다 마음을 다지고, 삼일 동안만이라도 해보자는 마음으로 '작심삼일 루틴'을 세웠다. 중요한 것은 완벽함이 아니라 '다시'였다. 작심삼일 루틴은 독서, 기록, 운동 세 가지 축으로 구성되었다. 쉼과 도전을 번갈아 이어가며 멈추더라도 다시 시작할 수 있도록 설계한 나만의 회복 구조였다.

첫째, 몸을 깨우는 3일 운동 루틴이다.

허리 디스크와 만성 염증으로 운동을 꾸준히 이어가는 일은 쉽지 않았다. 무리한 목표 대신 삼일 단위로 작은 운동을 정했다. 첫날은 스트레칭, 둘째 날은 가벼운 걷기, 셋째 날은 근력 운동 한 가지. 컨디션이 좋지 않을 때는 멈추는 대신 쉼을 선택했다. 이렇게 3일을 보내고, 다시 3일을 시작했다. 아침에 눈 뜨면 기지개 켜고, 누운 그대로 가볍게 스트레칭을 했다. 팔과 다리를 가볍게 털고, 굳은 허리를 천천히 풀었다. 벽을 짚고 발끝을 들었다 내리며 몸을 깨웠다. 손목과 어깨를 돌리며 숨을 고르는 그 시간이, 하루를 버티게 하는 힘이 되었다.

10분이 20분이 되고, 20분이 30분이 되었다. 몸이 조금씩 부드러워지자 마음의 파동도 잦아들었다. 매일 아침 이루어지는 스트레칭으로 몸을 이완시켜 밤새 굳어진 몸을 유연하게 풀어준다. 별것 아닌 동작

 나를 일으키는 회복 루틴

이지만, 그 작은 움직임 하나에도 감사했다. 쪼그려 앉지 않기, 허리 숙이는 것을 조심해야 한다. 걷기와 빨리 걷기, 실내 자전거 타기, 줌 바댄스, 달리기를 날씨와 컨디션에 맞게 조절했다. 줌바 댄스 강좌에 참여했던 날, 숨이 찰 만큼 몸을 움직이며 오랜만에 살아 있다는 기분을 느꼈다. 이틀 후 무리에 대가는 통증으로 돌아왔다. 허리와 골반에 충격이 가해져 2주간 물리 치료를 받아야 했다. 회복의 루틴에는 열정보다 절제가 먼저다. 그날의 컨디션에 맞춰 실천하는 것이 중요했다.

둘째, 마음을 채우는 3일 독서 루틴이다.

병원 대기실이나 치료 후, 휴식 시간에 '틈새 독서'를 했다. 길게 읽지 않아도 괜찮았다. 단 한 문장이라도 마음에 남기면 그것으로 충분했다. 책 속 문장은 일상의 회복제였다. '오늘의 한 줄'을 마음에 새기며 스스로를 다독였다. 몸이 아프자 마음도 쉽게 흔들렸다. 그래서 마음의 근육을 기르는 시간이 필요했다. 그때 내 곁에 있었던 건 그림책이었다. 그림책을 통해 내 안의 감정을 마주했고, 감정 치유에 관한 책들로 독서의 폭을 넓혀갔다. 에세이, 자기 계발, 고전, 소설을 읽으며 독서는 점점 나의 생활 리듬이 되었다. 책을 읽을 때면 마치 누군가가 조용히 등을 토닥여 주는 것 같았다. 마음이 머무는 문장을 노트에 적고, 왜 그 문장이 끌리는지 생각했다. 떠오른 감정과 생각을 따라가며 나를 이해하는 시간을 가졌다. 책은 나의 거울이 되었고, 기록은 그 거울을 비추는 빛이 되어 주었다.

셋째, 나를 돌보는 3일 기록 루틴이다.

독서 후 남은 한 줄, 운동 후의 작은 뿌듯함, 그날의 몸 상태를 간단히 기록했다. 기록은 거창한 글이 아니라, 나에게 보내는 짧은 안부였다.

"오늘도 잘 버텼다."

"내일은 오늘보다 더 행복하게 지내보자."

이렇게 하루하루의 흔적을 쌓아가며, 나를 잃지 않는 루틴이 완성되었다. 기록은 회복 루틴의 중심이었다. 아침에는 몸을 스캔하며 상태를 적고, 밤에는 하루를 돌아보며 감사 일기와 함께 감정 일기를 남겼다.

'허리 통증이 어제보다 줄어듦. 종아리가 뭉쳐있음. 마사지 필요.

하늘이 맑고 바람도 시원하니 기분이 상쾌함, 지저귀는 새소리가 마음을 차분하게 해준다.

음표가 마음속에서 춤을 추듯 혈액을 타고 흘러간다.

사람들이 무리 지어 걸어왔다. 옆으로 피하며 걸었지만 긴장되어 심장이 두근거렸다.

그럼에도 오늘 하루 무탈하게 지낼 수 있어 감사합니다.'

기록은 나를 평가하는 도구가 아니라 오늘의 나를 살아 있게 확인하는 증거가 되었다. 감사 일기를 쓰고 나면 마음은 한결 차분해졌고, 잠자리에 드는 시간도 조금씩 편안해졌다.

루틴의 힘은 완벽함이 아니라 반복에 있다. 작심삼일 루틴 또한 마찬가지다. 멈추고, 시작하고, 또 이어가는 과정이다. 결국 나를 지탱해 준 것은 강한 의지가 아니라 '다시 해보자'는 마음이었다. 운동은 몸의 균형을, 독서는 마음의 온도를, 기록은 삶의 방향을 되찾게 해주었다. 삶을 바라보는 내 마음가짐도 바뀌어갔다. 기록의 양보다 중요한 건 '꾸준히 쓰는 일'이었다. 완벽하게 쓰려 하지 않고, 있는 그대로 쓰면 되었다. 오늘 하루도 열심히 살아낸 나를 기록으로 남기며 마무리했다. 그렇게 적어간 기록들이 나를 단단하게 세워주는 나만의 루틴이 되었다. 나는 여전히 작심삼일을 하고 있다. 다만 이제는 실패하지 않는다. 다시 시작하면 되기 때문이다. 그렇게 쌓인 작은 반복이 오늘의 나를 지탱해 준다.

반복과 재도전으로 꾸준히 실천하는 '작심삼일 루틴'

첫째, 몸해력 기르기 - 스트레칭으로 몸을 풀어주며, 컨디션을 확인한다.

둘째, 마음력 기르기 - 하루 일과 중 틈틈이 책을 읽는다.

셋째, 체력 기르기 - 걷기 운동으로 체력을 키우고 기록을 남긴다.

12장 절망 끝에서도 희망은 꺼지지 않는다

강단교

나 자신을 사랑하지 못했다. 비교하고, 탓하며, 끝내 스스로 동굴 속으로 밀어 넣었다. 몸과 마음이 완전히 무너지고 난 후에야 비로소 시선을 나에게로 돌리게 되었다. 다이어트를 위해 시작한 운동이 건강과 더불어 마음을 일으켜 세웠다. 기록은 내 몸과 마음을 살피며 운동을 이어갈 힘이 되어주었고, 결과보다 과정이 중요하다는 것을 일깨워주었다. 내 삶의 방향을 결정하는 것은 외부의 상황이 아닌 나를 향한 믿음이다. 변화는 밖이 아니라, 나를 바라보는 순간 시작된다.

강화정

지금의 나는 더 이상 그날의 창가에 서 있지 않다. 여전히 흔들린다. 하지만 책을 펼치고, 아이의 손을 잡고, 걷고, 글을 쓴다. 읽고 걷고 쓰는 반복 속에서 나는 조금씩 회복해 왔다. 혹시 지금 삶의 무게에 눌려 멈춰 서 있다면, 내일 한 줄만 읽고 한 발만 걸어보자. 그리고 짧은 문장 하나를 써보자. 혼자 하기 어렵다면 누군가와 함께해도 좋다. 그 작고 느린 시작이 당신의 하루를 다시 움직이게 할 것이다. 우리가 그랬던 것처럼.

글빛혁수

살기 위해 처음으로 내 몸에 투자했다. 죽을 뻔한 뒤에야 내 몸을 바라보게 됐다. 물이 흐르지 않으면 썩듯, 움직이지 않으니 생각이 가라앉았다. 무엇을 먹고 어떻게 살아야 할지 몰라 책을 뒤졌고, 『공복워킹』을 만났다. 걷기 시작했다. 몸이 살아났다. 생각도 함께 움직이기 시작했다. 그때 신기한 일이 일어났다. 가만히 있을 때는 떠오르지 않던 말들이, 걸으니 말풍선이 되어 퐁퐁 머리 위로 솟아오른다. 문득문득 나에게 말을 건다. 오늘도 흐르기 위해 걷는다. 문득이와 함께.

배수진

완벽이라는 이름의 짐을 내려놓자, 비로소 내 곁의 다정한 일상들이 말을 걸어왔다. 정보의 무게에 짓눌려 생긴 불안은 정직한 땀방울로 깨끗이 씻어냈고, 결핍을 쫓던 시선은 이미 가진 것들에 대한 고마움으로 돌려놓았다. 이제 내 손에는 무거운 정답지 대신 나를 지탱할 단단한 루틴들이 쥐어져 있다. 당신의 오늘 또한 거창한 성취보다, 당신을 돌보는 사소하고도 다정한 반복들로 채워지길 소망한다.

백현기

완벽하지 않아도 괜찮다. 오늘을 버틴 작은 반복이 내일의 힘이 된다. 그러니 멈추지 않았다는 사실만 기억하자. 우리는 이미 각자의 자리에서, 자신만의 속도로 가고 있다. 이 마음으로 이 책에 참여했다. 부족함을 알면서도 멈추지 않고 써보는 쪽을 선택했다. 이 글이 누군가에게 작은 용기가 되기를 바란다.

신민진

처음 시련을 겪던 시절을 떠올리며, 회복을 향해 내디뎠던 첫걸음을 다시 돌아보았다. 더 크고 무거운 시련도 있었지만, 그것들이 흐릿해진 이유는 회복의 길을 반복해 지나왔기 때문일 것이다. 나의 이야기가 무너진 마음 앞에서 망설이고 있는 누군가에게 작은 시작이 되었으면 한다. 인생이 해결해야 할 숙제가 아니라 누려야 할 여정임을, 내가 그랬듯 몸을 움직이고 책을 읽고 글을 쓰는 시간 속에서 그 기쁨을 발견해 나가기를.

쓰꾸미

운동, 글쓰기, 독서, 루틴, 일상의 기록. 모두 공통점이 있다. 의도적인 불편함이 주는 놀라운 효과가 있다. 불편함을 만드는 상황이 억제 조절 능력과 같은 인지 기능을 향상하는 효과를 나타낸다는 연구 결과가 많다. 억제 조절 능력이란, 충동을 억제하고 집중력을 유지하는 능력을 말한다. 일상이 늘 내 뜻대로 흘러가면 얼마나 좋을까. 예전에는 이런 희망 고문에 늘 실망하였고, 좌절했다. 이제는 이 다섯 가지 덕분에 일상에서 내 뜻대로 되지 않아도, 참고 견디며 내가 원하는 곳까지 갈 수 있는 힘을 선물 받았다. 이 선물을 같이 나눌 수 있는 책을 쓸 수 있어 감사하다.

연수

두 번째 공저를 마치고 마무리글을 쓰다 보니 '되네' 하는 안도와, 그보다 더 커진 불안이 함께 남았다.

첫 공저『그림책, 마음을 껴안다』때처럼, 나는 여전히 잘 차려진 밥상에 앉아 있는 사람이다.

경험 많은 작가들의 글을 읽을수록 내 글은 더 작아 보였다. 그럼에도 아가의 첫 걸음마처럼, 부족함을 알면서도 한 걸음씩 멈추지 않고 써보기로 했다. 글쓰기를 하며 스스로를 회복하고자 애썼던 것처럼 이 글이 누군가에게도 나처럼 작은 '뻔뻔함'이 되어, 글쓰기의 첫걸음이 되기를 바란다.

육이일

운동과 글쓰기를 통해 잊고 지냈던 추억과 감사의 마음을 다시 마주하게 되었다. 당연하게 여겼던 일상과 사람들에게서 다시 감사의 마음을 발견했다. 글로 생각을 정리하는 일은 여전히 쉽지 않지만, 조금씩 성장하고 있음을 느낀다. 잘 쓴 글보다 진솔함이 살아 있는 글을 쓰고 싶다는 바람도 커졌다. 바쁜 일상에서는 쉼의 소중함을, 한가한 시간 속에서는 바쁨의 의미를 되돌아 보며 이번 공저는 나에게, 스스로를 격려하는 작은 파티였다.

윤미경

나는 오늘의 몸과 마음을 살피며, 할 수 있는 만큼의 한 걸음을 선택한다. 운동하고, 읽고, 쓰고, 기록하는 이 평범한 반복이 나를 가장 나답게 만든다는 것을 알게 되었기 때문이다. 삶은 어느 날 갑자기 바뀌지 않았지만, 매일의 선택은 분명 나를 다른 자리로 데려왔다. 오늘도 나는 나를 믿으며, 매일 하루를 시작한다.

은재롭다

소중한 아이가 내게 왔다. 일과 육아, 어느 하나 놓치고 싶지 않아 전전긍긍했던 지난 시간을 꺼내어 보듬는다. '엄마'가 되는 과정이 버겁기만 했던 나에게 책과 운동, 기록이 있어 참 다행스러운 날의 이야기를 글에 담았다. 끝나지 않을 것 같던 육아의 시간도, 엄마이기에 누릴 수 있는 행복을 찾는 순간 숨을 쉴 수 있었다. 어설프고 고단했던 나를 묵묵히 받아준 남편과 나의 두 소녀에게 온 마음을 다해 사랑을 전한다. '육아'의 시간 속에서 외롭게 걷고 있을 당신, 마음 깊이 안아드립니다.

이연화

오늘 하루를 버텨낸 것만으로도 이미 충분하다는 사실을 잠시라도 떠올릴 수 있다면 좋겠다. 삶은 자주 무너지고, 우리는 그때마다 다시 시작해야 한다. 작심삼일은 그래서 실패가 아니라 회복의 리듬일지도 모른다. 몸이 아픈 날엔 쉬어도 괜찮고, 마음이 흐린 날엔 기록 한 줄이면 충분하다. 멈췄다면, 다시 시작하면 된다. 언제든, 몇 번이든. 지금의 당신도 이미 잘 살아내고 있다.